Promis, on reste amis !

JULIETTE BONTE

Promis, on reste amis !

ROMAN

HARPERCOLLINS FRANCE
83-85, boulevard Vincent-Auriol, 75646 PARIS CEDEX 13.

www.harlequin.fr

ISBN 978-2-2804-5825-2 — ISSN 2271-0256

1

IL ÉTAIT UNE FOIS UNE FIN

♫ *Drive – Raiche*

JANHVI

Le téléphone en équilibre sur mes cuisses, je cherche mon souffle. Une boule s'est logée dans le creux de mon ventre, mélange indigeste de colère et de sidération.

Non, Jan. Je t'interdis de sangloter.

Mes doigts se mettent à trembler. Comme des feuilles. Merci, nervosité. Je m'accroche au rebord du lit dans l'espoir de rester digne, mais la réalité me donne plutôt envie de hurler.

Ne lui fais pas ce plaisir…

Pas question de flancher. J'ai les canaux lacrymaux solides – j'essaie du moins de m'en persuader.

Je me tapote les joues afin de me ressaisir. D'abord comme une précieuse, par petits coups délicats. Ensuite avec l'acharnement d'un Viking sanguinaire déterminé à mettre le pays à feu et à sang.

Hors de question que je m'abaisse à ça. Non. Je ne suis pas ce genre de personne. Janhvi Thapar pleure quand une giclée de shampoing lui pénètre dans l'œil, mais certainement pas pour un homme. Jamais.

Fermant les yeux une seconde, je les rouvre face à l'écran de mon portable.

Peut-être que j'ai mal lu ? Il est tôt, après tout. Le soleil file à peine à travers les vitres embuées de ma chambre. Il se peut que j'aie mal interprété son message, que…

> On ferait mieux d'arrêter là. Je suis désolé, J. Tu es quelqu'un de génial, vraiment. C'est ma faute. Je ne suis pas prêt à passer à l'étape suivante. Je suis conscient de te blesser et je m'en veux à en crever. Si un jour tu arrives à me pardonner, je serai là. Prends soin de toi.

Non. Il n'y a pas de doute. Cole Roston m'a bel et bien plaquée.

— Un « J ». Un ignoble petit « J » réducteur, vraiment ? Je rêve…

Parce qu'en plus de me quitter par texto, *aka* l'abandon le plus pitoyable de l'univers, mon apparemment-désormais-ex ne prend même pas la peine d'orthographier correctement mon prénom. Il faut dire qu'il n'a jamais su placer le « h » de Janhvi au bon endroit, à croire qu'il méprise cette lettre plus que les autres. Et je ne peux pas blâmer sa dyslexie puisqu'elle n'existe pas. À l'instar de son courage, d'ailleurs.

Foutu Cole.

L'écran que je fixe toujours, perdue dans une brume opaque de rage, s'éteint une seconde pour se rallumer l'instant d'après sur la quatrième alarme. Celle de 7 h 15. Elle me rappelle que je suis déjà en retard.

Je quitte mon lit avec la gorge nouée. Les vêtements de la veille forment un tapis de tweed que j'écrase d'une démarche lourde jusqu'à la salle de bains, où la douche est expéditive.

Foutu, foutu Cole.

Je m'abstiens de croiser mon reflet dans le miroir –

autant s'éviter une attaque cardiaque de si bon matin – et file dans le couloir, où des odeurs entêtantes de peinture me ramènent momentanément à la réalité.

— Quelqu'un est en train de peindre ? hasardé-je, sourcils froncés.

— *¡Aquí !*

Leandro. Évidemment.

Suivant les effluves toxiques, je retrouve son corps dégingandé au milieu du débarras censé être une de nos chambres d'amis. Il y a peu, cette pièce contenait encore les cartons datant de notre emménagement à Dupont Circle, quatre ans plus tôt.

Dos à moi, engoncé dans un T-shirt maculé de taches, il dégage les angles avec une brosse à rechampir. J'aurais pu trouver la scène étrange pour un début de journée, mais rien ne me surprend plus chez Leandro Galeano.

— Le gris souris ne te convient pas, finalement ? demandé-je en constatant qu'un vert puissant recouvre l'ancienne peinture.

— C'était trop terne, *sí*. Graham pense qu'on a besoin de tons neutres, mais je trouve le gris trop malheureux pour un enfant. Ça, c'est du vert « Peter Pan ». Tu en penses quoi ?

J'en pense que Cole Roston m'a envoyé un texto à 7 h 03 pour m'annoncer qu'il me répudiait après sept mois de relation, et que j'hésite actuellement entre broyer ses bijoux de famille dans un concasseur d'ordures ou déclarer la période de la dépresso-rupture ouverte.

— C'est sympa. Mais Graham risque de râler en découvrant le changement ce soir.

Il pivote vers moi avec lenteur, le pinceau en équilibre au bout de son bras tendu.

— « Sympa » ?

— Joli, oui. C'est… coloré.

Il me sonde avec une curiosité presque suspicieuse. Mon absence d'entrain le déroute, j'imagine. Je m'empresse d'actionner les muscles endoloris de ma mâchoire pour lui offrir un sourire, histoire de ne pas l'affoler.

Je n'ai pas le cœur à m'épancher sur mes déboires sentimentaux. Pas maintenant, en tout cas.

— Je suis en retard, reprends-je en prenant un air assuré. Adele va m'étriper si je ne lui file pas le compte rendu de l'avancée de l'exposition, tu sais comment elle est. On se voit ce soir !

J'ai à peine le temps d'effectuer un demi-tour que son « Stop ! » tonne dans la pièce.

— Je suis pressée, Leandro…

Il pose le pinceau dans le pot de peinture traînant à ses pieds puis me rejoint en silence.

Tout est passé en revue. Je suis détaillée depuis mes orteils nus jusqu'à ma veste en tweed froissée. Il évalue ensuite l'état catastrophique de ma peau, trop rouge pour être honnête, et celui plus affreux encore de mes cheveux, trop brouillons pour être les miens.

À l'instant où il effectue une pause sur mes lèvres pincées, je comprends qu'il a senti ma fébrilité.

— Jan…

— Si tu oses en parler à Peter ou à Graham, je te vire de la maison, le menacé-je d'un regard noir, consciente qu'il vient de mettre le doigt sur mon problème.

La méfiance apparaît sur son visage.

— Tu veux que je leur dise quoi ? Que tu n'as pas l'air de te sentir bien ? J'ai besoin de plus de détails pour qu'ils s'inquiètent.

— J'ai juste eu un réveil un peu difficile, c'est tout.

— Tu mens, *mi llave*. Quand tu dors mal, ta peau devient grise. Là, tu as des cernes gros comme des pancakes.

— Cette expression n'existe pas, mais je te remercie, ce compliment booste ma confiance.

— Ça n'est pas un compliment. Tu portes les mêmes vêtements qu'hier, en plus.

— Je suis en retard, je te l'ai dit.

— Il s'est passé quoi ?

— J'y vais.

— Tu te retiens de pleurer.

— Bonne journée !

— Janhvi !

Je fuis lamentablement, peu désireuse de passer aux aveux. Annoncer cette nouvelle à voix haute la rendrait plus concrète. Or, si la pérennité de Cole est désormais mise en danger par mon envie profonde de l'encastrer dans un mur, j'aimerais que mes amis n'en soient pas avertis. Je ne suis pas prête à entendre le mot douloureux. Celui qui commence par un « c », et qui définit mon nouveau statut. Pas tout de suite.

Je fonce au vestibule et y déblaie le sol afin de dénicher mes mocassins parmi le monticule de paires présentes. Aucun des trois hommes avec qui je vis ne juge utile d'équiper l'entrée d'un meuble à chaussures ; par contre, un billard prend la poussière dans le garage. Allez comprendre.

J'ignore pourquoi ce détail m'agace. Ni la raison pour laquelle, quelques secondes plus tard, je peste face au journal jeté par le facteur dans notre allée, et qui entrave ma course jusqu'à la voiture.

Je dénombre trois « Mer… cantile ! » avant de clipser convenablement ma ceinture, auxquels s'ajoutent des soupirs rageurs sans cause véritable.

Mes épaules frémissent. Mon ventre émet des râles plaintifs. Je tape du plat de la main sur le volant en m'insultant de perdre aussi facilement le contrôle de mes émotions. Puis j'inspire une longue goulée d'air.

— Tu vas tenir. Ce n'est rien. On s'en fiche. Tout va bien.

Enfin, et avec des larmes au fond de la gorge, je démarre. La journée va être longue.

PETER

— Je ne comprends pas ce qu'elle a, c'est tout jaune…

Mme Wivell attrape la tête de Penelope afin de me montrer l'étendue des dégâts ; son chat – ou plutôt son espèce de kraken à griffes miniature – est presque collé à mon visage. J'en déduis qu'elle me pense presbyte, ou bien qu'elle souhaite ma mort.

Penelope se met à feuler avec une rancœur viscérale. Je n'ai jamais été son docteur favori, et elle me le prouve chaque fois un peu plus.

— Mettez-la sur la table d'auscultation, je vais regarder ça.

Ce vieux persan caractériel vient à la clinique toutes les semaines. Au cabinet, la « visite du mercredi de Penny » a fini par devenir une tradition. Plus personne ne s'étonne de l'hypocondrie aggravée de Mme Wivell et qu'elle étend à son chat ; je ne compte plus le nombre de rendez-vous pris pour des glandes mammaires en parfaite santé, des boules de nœuds absolument inoffensives ou des coussinets d'une propreté exemplaire.

— Alors, qu'est-ce qu'on a, aujourd'hui…

Oreilles baissées, Penelope fait savoir son mécontentement par des râles pendant que j'étudie l'état de ses yeux. Et pour être honnête, je ne suis pas le plus rassuré des deux : les animaux sont imprévisibles, et leurs griffes particulièrement efficaces pour lacérer la peau des vétérinaires.

— C'est une conjonctivite, diagnostiqué-je rapidement. Elle sort encore dans votre jardin ?

— Plus depuis que les travaux ont commencé, non. Mais ma petite-fille est restée quelques heures ce week-end, et je crois qu'elle lui a donné des biscuits au gluten.

— Le gluten ne provoque pas de conjonctivite, madame Wivell.

— Vous êtes sûr ?

— Autant que je sache, oui. Vous la prenez en voiture ? Le vent d'une fenêtre ouverte peut suffire à assécher l'œil et causer une inflammation.

Les vibrations de mon portable secouent la poche de ma blouse. C'est la troisième fois qu'il sonne. En l'espace de dix minutes.

Je reviens à Mme Wivell en essayant de ne pas m'inquiéter : on me contacte sur mon numéro perso uniquement en cas d'urgence pendant mes horaires de travail.

— Et une allergie, docteur ? Elle est peut-être allergique au gluten…

— Les symptômes de l'intolérance ne concernent pas les yeux.

— Vraiment ?

Je la rassure par un sourire et enfonce la main dans ma poche.

— Vraiment, oui, assuré-je en pressant le bouton « *mute* ».

— Vous savez, j'ai une connaissance au club de bridge de Georgetown qui ne supporte pas le gluten ; ça lui provoque des crises terribles. Je ne souhaite ça à Penny pour rien au monde.

— Ce cas ne peut pas être comparé à celui de Penelope, je vous rassure.

— Vous pouvez faire des examens complémentaires ? Il se peut qu'elle ait une cataracte, ou un problème plus grave ? Une réaction à une autre maladie ?

Je la fixe un instant, dubitatif.

— Vous êtes encore allée sur Internet...

Ses grands yeux bleus s'écarquillent avec une innocence coupable, un détail que j'avais déjà remarqué chez elle. Mme Wivell était très certainement une femme de caractère dans sa jeunesse. Ses tenues soignées ajoutent de l'élégance à une allure qui en possède déjà beaucoup, et la couleur de sa carte de crédit atteste d'une belle carrière professionnelle. Les gens comme elle, en temps normal, on ne les voit jamais à la clinique. Ils vivent reclus dans leurs belles maisons qui donnent sur la rivière Potomac et ce sont leurs assistants qui prennent rendez-vous pour leurs animaux. D'ailleurs, à cause d'un manque d'affection et d'attention, ces pauvres bêtes déplorent en général plus de problèmes. Certaines se laissent mourir à petit feu.

Mme Wivell est une exception. Et pour ça, j'éprouve du respect pour elle.

— Je m'inquiète un peu, admet-elle.

— Lire les conseils d'inconnus qui n'en savent pas plus que vous sur l'état de votre animal ne fera que conforter vos craintes. Préférez m'appeler, je suis là pour ça.

— Vous êtes apparemment fort demandé...

Elle jette un regard à ma poche qui recommence à émettre des vibrations.

— Vous pouvez décrocher, ça ne me dérange pas, docteur.

— Penelope est ma priorité pour le moment.

Mais la personne qui cherche à me joindre est tenace. Le temps de préparer l'ordonnance, de fournir les conseils de soins et de raccompagner Mme Wivell à l'accueil, je subis un vrai harcèlement.

— Je vous laisse avec Erin.

L'auxiliaire installée derrière son ordinateur se retrouve alors noyée sous des dizaines de questions concernant l'allergie au gluten et son impact sur la santé des persans.

— Je pense que le Dr Pendleton a déjà dû vous expliquer tout ça en détail.

— Bien sûr, bien sûr. Mais si je peux me permettre…

Je sors mon téléphone en prenant la direction de l'aile du cabinet réservée au personnel. Le nom affiché sur l'écran me fait lever les yeux au ciel.

— Je suis au boulot, Leandro. Je t'ai déjà dit que je ne plaiderai pas ta cause auprès de Graham à propos de cette peinture, c'est à toi de le gérer, déclaré-je en décrochant.

— On a un code H.

Je fronce les sourcils.

— Quoi ?

— Un code H, *parce*. On a un code H !

— Tu es sérieux ?

— J'ai l'air de rire ?

Je rejoins la salle de repos et ferme la porte. La lumière des néons tape sur le vieux mobilier de cette pièce minuscule. Il paraît que j'ai des goûts douteux, mais je n'égale pas ceux de la personne qui a osé installer un fauteuil en vinyle vert ici. J'ai l'impression de perdre un point de vision chaque fois que je regarde cette immondice.

— Elle te l'a dit ? demandé-je en détournant les yeux.

— Non. Elle me l'a fait comprendre.

— Volontairement ?

— Elle a dit « sympa » quand je lui ai demandé ce qu'elle pensait de la nouvelle peinture de la chambre.

Je rabats un bras contre le torse, un peu perplexe.

— Et ?

— La couleur est magnifique, Peter.

— Tu ne peux pas déduire un code H sur la simple base d'une différence de goût…

— Elle a dit « sympa », elle m'a regardé avec ses grands yeux de chien abattu, et elle a exigé que je ne vous raconte rien, ni à Graham ni à toi, au risque d'appeler les services d'immigration pour me renvoyer à Barranquilla par avion. Diagnostic, *doctor* ? Un code H.

— Elle a vraiment utilisé ces mots-là ?

— Presque, *sí*. Je t'appelais pour te prévenir. Vous devez agir.

— « Vous » ? Et toi ? Tu fais partie de l'équipe d'intervention, Leandro.

Depuis qu'il est entré dans nos vies, Leandro ne manque quasi jamais les codes H. Ce sont des rendez-vous imprévus qui ont fondamentalement besoin de sa bonne humeur.

— Pas cette fois : je suis de garde à la pharmacie cette nuit. Débrouillez-vous comme vous voulez, mais rendez-lui son sourire : les mauvaises ondes ne peuvent pas rester dans cette maison.

Il raccroche avec toute la délicatesse qui le caractérise, c'est-à-dire aucune.

J'allume la machine à café, encore bousculé par l'info.

Un code H ? En ce moment ? Vraiment ? L'attitude de Jan n'avait pourtant rien de suspect ces derniers temps ; elle n'a laissé filtrer aucun indice sur des tensions au sein de son couple. Humeur à peu près égale, absence de sensibilité exacerbée sur les sujets « bébé » et « mariage »… Connaissant la manière dont elle gère ses émotions – elle n'en a pas, tout afflue toujours par torrents démentiels chez Janhvi Thapar – j'aurais forcément assisté à une crise ou deux.

— M. Huiyong vient d'arriver, tu veux que… Waouh !

Erin s'immobilise sur le pas de la porte.

— C'est le gluten de Mme Wivell qui te met dans cet état ?

— Quel état ?

— Celui qui enfonce une ride de quatre centimètres entre tes sourcils. Tu es contrarié, constate-t-elle en fermant la porte.

Je regarde le café couler en un filament opaque dans la tasse au lieu de lui répondre. Erin connaît bien mon caractère. Très bien, même. C'est un avantage qui lui permet, entre autres, de me comprendre sans que j'aie à ouvrir la bouche. Cette perspicacité digne de celle d'un border collie la rend exaspérante.

— Ah ! non, OK. Je vois. Janhvi.

J'attrape la tasse fumante sous son regard scrutateur, toujours sans répondre. Malheureusement, mon silence ne l'arrête pas :

— Tu as le droit de me parler d'elle, tu sais. L'eau a coulé sous les ponts.

— La dernière fois que tu m'as dit ça, on s'est disputés. Et par vengeance, tu as refusé de prendre mes rendez-vous pendant deux semaines.

— La dernière fois qu'on a eu une discussion qui dépassait le cadre du travail, j'avais quatre mojitos dans le foie.

Elle relève une petite commissure.

— Je suis toujours un peu à cran avec l'alcool, ça fait ressortir la part sombre de ma personnalité.

— Je sais, oui.

À moi de lui adresser un sourire bancal. J'avale une gorgée brûlante en essayant d'oublier les images de mon auxiliaire vétérinaire avec deux grammes dans le sang.

— Quoi qu'il se passe avec elle, j'espère qu'elle va bien.

— Tu t'améliores, j'y croirais presque...

— Je suis sincère. Tu deviens une teigne quand elle ne va pas bien. Et un Peter Pendleton sur les nerfs, c'est une Erin Bradsley qui se mange des remarques à longueur de journée. Pour mon bonheur personnel, je préfère que Janhvi soit couverte de joie, de fleurs, ou de tout ce qui peut m'éviter la torture.

— Tu exagères.

— Juste un peu, dit-elle en écartant le pouce de son index.

Elle recule vers la porte avec un air amusé.

— Tu ferais mieux de ranger cette tête de despote mécontent, le caniche de M. Huiyong t'attend, termine-t-elle.

— Tu es consciente que je suis ton supérieur ? Techniquement, tu ne peux pas me parler comme ça.

— Il ne fallait pas faire de moi ton ex !

Et la porte se referme dans un claquement sourd.

La discrétion d'Erin est loin d'être sa première qualité. Par contre, je dois lui reconnaître une certaine aptitude au pardon.

Notre relation professionnelle n'aurait pas pu fonctionner si elle n'avait pas accepté mes excuses. Je lui suis reconnaissant pour ça.

Je rejette la tête en arrière et termine le café d'un trait. Téléphone en main, j'envoie dans la foulée un SMS à Graham, lui demandant de me rejoindre au Smithsonian Museum ce soir.

Il me renvoie un « ? » quelques secondes plus tard.

On va chercher Jan. Elle finit à 21 heures.

Un code H ?

Leandro t'a dit ?

Je suis son mari, encore heureux qu'il me prévienne avant toi. Je serai là.

Prends la tente avec toi.

Ça, c'est fait. Plus qu'à venir en aide au caniche de M. Huiyong et mon karma aura droit à un point supplémentaire.

JANHVI

— Non.

Adele compile les documents que je viens de lui apporter sans compassion. Elle les a à peine survolés, comme d'habitude. Heureusement qu'un somptueux bureau en acajou nous sépare ; il m'empêche de commettre un meurtre.

— Ça ne fonctionnera pas, me dit ma cheffe en poussant la pile vers moi.

— Écoutez au moins mes arguments…

— C'est trop osé, Janhvi. Trouvez autre chose.

— Le but de cette exposition est d'éveiller les consciences. Je suis convaincue que…

— Vous ne réussirez qu'à faire fuir nos visiteurs.

Elle pointe un index au-dessus des documents qui m'attendent sagement à côté de son MacBook, seule trace de modernité dans ce bureau aux tendances surannées.

— Madame Bobberson, vous m'avez confié les rênes de la conception de cette exposition…

— Vous restez sous mes ordres.

— Permettez-moi de développer mon idée. Je vous présenterai le projet détaillé et complet avant la fin du mois.

— Mon Dieu ! Vous êtes tellement têtue…

Son soupir me rappelle combien mon insistance l'agace.

— Vous ne travaillez pas dans un musée perdu aux confins d'une petite ville où on pratique le lancer de lasso pendant la pause déjeuner, ironise-t-elle. Nous sommes à Washington DC. Le musée national d'histoire naturelle est l'un des plus visités au monde. Même en vous faisant confiance, il m'est impossible de donner du crédit à vos idées farfelues. Des millions de visiteurs foulent mon département chaque année, vous saisissez ?

J'acquiesce.

— En vous laissant faire n'importe quoi, j'y engage ma réputation.

— Oui, je comprends. Mais jusqu'à preuve du contraire, être original n'a jamais été une erreur.

— Vous n'êtes pas originale, Janhvi. Vous êtes intrépide. Et jusqu'à preuve du contraire, la prise de risques n'est pas forcément synonyme de victoire.

Elle me fait signe de rejoindre la porte.

— Par ailleurs, votre sens de la ponctualité vous a fait défaut, ce matin. Essayez d'éviter ce genre de déconvenues, à l'avenir.

La main sur la poignée, je lui présente mes excuses. Comme elle ne les relève pas, je baisse poliment la tête et quitte son donjon pour de bon.

J'ai commencé à travailler pour Adele Bobberson il y a cinq ans, après un cursus universitaire en muséologie à Georgetown. Une aubaine, puisque ce musée représente le prestige de la profession. Malheureusement, j'ai vite compris la raison pour laquelle la réputation de cette femme la hisse au rang des « Anna Wintour version conservatrice de musée » : Adele s'illustre tout autant pour l'excellence de son travail que l'intransigeance de son caractère.

Si je suis à la tête du prochain projet d'exposition temporaire du département marin, elle reste décisionnaire. Je ne peux pas agir sans son aval. Conséquence ? Je lui rends des visites régulières pour évoquer les dernières avancées, et je constate à chaque fois que nos points de vue diffèrent un peu plus. C'est un cercle vicieux.

Mécontente et frustrée, je traverse les longs couloirs réservés au personnel avec le cerveau dans un étau.

Cabinets des assistants, des techniciens de collection, salle des archives, ateliers de restauration... Mon bureau se situe à la suite d'un enchevêtrement d'espaces exigus aux portes closes. Nous sommes tellement nombreux à travailler ici que je ne connais toujours pas le prénom de chacun.

Ça n'est qu'une fois à l'abri des regards que je m'autorise à extérioriser la tension emmagasinée pendant cet entretien.

— Bo... cal de foutus poils d'orchidoclaste !

Des dizaines d'ouvrages, ouverts à des pages oubliées pour la plupart, jonchent les meubles qui se chevauchent par manque de place. J'allume les appliques murales en actionnant leurs tirettes abîmées : les ampoules se chargent alors d'enrober la pièce d'un halo chevrotant.

J'attrape l'un des livres et le jette sur l'abattant ouvert de mon secrétaire, puis, toujours aussi furieuse, je reprends les recherches. Du moins, j'essaie. Impossible de me concentrer sur ma lecture.

— Pu... dibonderie !

Mes nerfs sont à vif. Je n'avais pas été autant à cran

depuis le jour où Angus Gumpert, mon binôme de chimie organique, m'a fait un pamphlet contre les requins.

Cet idiot, biberonné aux superproductions cinématographiques, a tenté de me persuader que ces animaux n'étaient que des bêtes féroces et avides de sang frais. Il ne savait pas encore sur qui il était tombé. J'ai débattu avec lui pendant une heure, lui expliquant que les requins se trouvaient en haut de la chaîne alimentaire, et qu'ils étaient nécessaires au maintien d'un équilibre : sans eux, il y aurait plus de poissons dans l'océan, donc moins de plancton, donc plus de dioxyde de carbone puisque le plancton l'absorbe. Dans ta face, Angus Gumpert.

J'ai dû me montrer un peu virulente car après ça, il ne m'a plus jamais adressé la parole.

— C'est ridicule...

Aujourd'hui, ce ne sont pas les ennemis des dents de la mer qui me dérangent. Ni même Adele. Je suis tendue à cause d'un texto.

— Tout ça pour ça... Je ne valais pas mieux ? Je t'ai accueilli à la maison, espèce de pédoncule. Tu avais une place sur l'étagère de ma bibliothèque !

Cole refuse de quitter mon esprit depuis le réveil. J'ai relu son message une bonne dizaine de fois sans parvenir à me raisonner – grave erreur m'ayant enfoncé autant d'épines dans le cœur.

Je le hais.

Je hais son regard noir. Je hais sa manière de s'exprimer. Son charisme envoûtant. Je hais encore plus son assurance, son sourire désinvolte et la carrure athlétique qu'il s'est construite au prix d'entraînements corsés à la caserne de Monroe Street. Tout ce qui compose Cole Roston est détestable. Cet homme mériterait d'être primé par l'académie des crétins.

Je secoue la tête et me focalise à nouveau sur les variations de pH et d'ions carbonates affichées par mon livre. Les mots défilent avec plus ou moins de fluidité. Je perds le fil. Je reviens à la ligne. Je déglutis en observant mon téléphone à la dérobée.

— Non, tu es plus forte que ça. Concentre-toi.

Mes boyaux semblent se compresser pour laisser passer une brûlure d'estomac avant de se détendre. Un peu. Je pose mon index sur le paragraphe en cours de lecture et m'efforce d'en décrypter chaque mot. Consciencieusement. Mais bientôt, les réflexions scientifiques n'ont plus de sens.

— La répartition inégale du carbone entre la surface et le fond exerce un contrôle sur le CO_2 de l'atmosphère…

De la main droite – cette traîtresse –, je compose le code de déverrouillage.

— Ce gradient vertical s'explique par des processus à la fois physico-chimiques et biologiques…

L'écran s'éclaire sur une photo de Peter, Leandro, Graham et moi, chacun vêtu d'une tenue élégante dans un état désastreux ; le même cliché a été placardé sur notre frigo, en souvenir du meilleur mariage de notre vie. Et peut-être aussi en guise de prévention contre les méfaits de l'alcool.

— Production primaire… Base des chaînes trophiques…

Mon pouce parcourt les applications jusqu'à ouvrir la galerie photos. Dès lors, je néglige le livre et donne à mon cœur la matière dont il a besoin pour souffrir en silence.

Cole et moi sur Connecticut Avenue, des *cake pops* de la boulangerie Baked by Yael dans les mains ; Cole, mort de rire après qu'un oiseau a déféqué sur le polo que je lui avais offert pour son anniversaire ; Cole, assis sur les canapés extérieurs du Dirty Habit de Chinatown, les lumières scintillantes de la nuit dansant autour de son sourire.

Cole. Cole. Et encore Cole.

Sur chaque photo, sa présence chaleureuse fait oublier la grisaille. Et elle alimente la flamme qui se consume sous ma peau.

— Espèce de co… léoptère !

Supprimer. Supprimer. Et encore supprimer.

Il est 21 heures passées lorsque ma journée de travail s'achève. L'absence de fenêtre empêchant la lune d'illuminer la surface du mobilier, je ne réalise pas vraiment que la nuit est tombée. C'est l'heure sur mon portable qui me rappelle à l'ordre ; j'éteins les appliques en faisant cliqueter leurs tirettes et retrouve la porte à tâtons.

À ces horaires, le musée est fermé au public. Seules quelques âmes persistent dans les salles de taxidermie, courageux membres du personnel qui époussettent et soignent les structures osseuses de reliques animales ou fossiles. Des vigiles, au talkie-walkie accroché à leur ceinture, rôdent aussi dans les parages, mais nous ne sommes pas censés les voir puisqu'ils surveillent le musée en lui-même, et non le labyrinthe que constituent nos bureaux.

En fait, ces ombres ne deviennent visibles qu'en s'aventurant au cœur de l'enceinte. Mais si le règlement nous l'interdit à cette heure… je n'en ai pas grand-chose à faire.

C'est en passant par la rotonde principale que je

retrouve Henry, l'éléphant de savane d'Afrique amené ici en 1959. Trois mètres quatre-vingt-seize de haut et onze tonnes d'os et de peau. Impressionnant. Il fait la réputation mondiale du musée.

D'ici, on peut voir les craquelures de son épiderme, véritables réservoirs qui se remplissaient d'eau à l'époque où il s'aspergeait à l'aide de sa trompe. Les lumières tamisées déposent un filtre d'or sur ses défenses mouchetées de brun, tandis qu'il pointe les yeux vers la coupole du bâtiment.

— On avait dit la dernière fois que c'était la dernière fois !

Huston me rejoint avec une moue contrariée. C'est l'un des vigiles qui effectuent les rondes de nuit. Il ne manquerait plus que je reçoive un blâme et cette journée entrerait au palmarès des plus désespérantes…

— Excusez-moi, Huston, je voulais profiter des allées vides avant de partir.

— Je suis censé rédiger un rapport pour toute anormalité remarquée, vous le savez bien.

Il jette un œil à sa montre avant d'ajouter :

— À 21 h 12, vous n'êtes pas censée vous trouver ici.

— Je n'ai rien volé, promis.

S'il ne sourit pas, c'est tout comme.

— Mademoiselle Thapar…

Le pouce coincé sous la ceinture, il prend le temps de me dévisager. Son air désapprobateur est proche de celui d'un père attendri par la dernière bêtise de sa progéniture. C'est-à-dire peu convaincant.

— Allez, filez, m'ordonne-t-il.

— Pas de sanctions ?

— Vous travaillez sous la houlette de Mme Bobberson, il me semble que la punition est déjà effective.

Nous échangeons un regard complice avant que je m'éloigne vers les portiques de sécurité. Il m'interpelle au dernier moment :

— Au passage, vous direz à vos amis que l'avant du bâtiment n'est pas un terrain de jeu. Je leur fais une fleur parce qu'ils vous connaissent, mais c'est la dernière fois.

— Je vous demande pardon ?

— M. McConnel et M. Pendleton sont à l'extérieur, m'informe-t-il.

Je cligne bêtement des paupières tandis qu'il tourne les talons. *Graham et Peter sont ici ?*

Un ciel aussi sombre que les fonds marins domine l'extérieur. Les colonnes majestueuses qui composent le fronton dessinent des ombres rectilignes sur le dévalement de marches menant au trottoir. Tout en les empruntant, je remarque effectivement deux hommes, près d'une voiture. Ils se lancent un objet en tissu.

— Qu'est-ce que vous faites là ?

Peter se tourne vers moi, manquant alors l'espèce de traversin qui leur sert de balle. C'est sa tête qui trinque.

— Graham, merde !

— Pas de gros mots, lui rappelle ce dernier avec un sourire. Si tu veux m'insulter, fais-le poliment.

Peter ramasse l'objet en lui assenant un regard dépité :

— Cette règle ne devrait pas exister en dehors de la maison.

— C'est de l'entraînement pour plus tard. On ne dit pas à un alcoolique qu'il peut boire en dehors des soirées, si ? C'est pareil pour toi : l'interdiction vaut pour les vingt-quatre heures d'une journée.

— Tu me compares à un alcoolique ?

— Tu es un alcoolique de l'insulte.

— Tu es un enfoiré.

— Ta désintox mériterait quelques ajustements.

— Sinon, quelqu'un pour répondre à ma question ? interviens-je.

Graham pose la main sur le capot de sa voiture avec l'air malicieux. Les boucles de ses cheveux semblent roussir sous la lumière du lampadaire, au même titre que sa barbe flamboyante.

— Apparemment, le mois de septembre est propice aux soirées entre amis, me dit-il.

— On t'embarque avec nous, complète Peter en désignant l'objet qui l'a percuté.

Je reconnais alors la toile mauve du sac qui renferme notre tente multiplace.

— Du camping ? Vous avez prévu une soirée au camping ? comprends-je, surprise.

— Greenbelt Park, ça te parle ?

J'écarquille les yeux.

— Mais... je n'ai pas d'affaires avec moi. Et je suis en tailleur.

Personne ne campe avec une jupe en tweed dont les coutures menacent de craquer à chaque pas.

— J'ai un sac de rechange dans le coffre, assure Graham.

— Je te filerai ma veste, ajoute Peter.

— Et j'ai pris des plaids.

— Il a même pensé aux coussins.

Mon incrédulité s'estompe peu à peu, pour être remplacée par une vague de suspicion.

Yeux plissés, je les dévisage tour à tour... D'où

provient cet excès de bienveillance ? Concrètement, Graham est du genre à terminer la tarte miel-amande – mon dessert préféré – sans m'en laisser une miette. Une source perpétuelle de disputes. Quant à Peter, il peut tourner en dérision mon pyjama à l'effigie de lamantins pendant des heures, en stipulant que, pour le bien de ses yeux, ma passion pour l'océan devrait s'arrêter à la porte de ma penderie. Chez eux, l'attention à l'autre est un concept flou. Une théorie lointaine qui trouverait ses origines dans le fin fond des trous noirs.

À moins que…

— C'est pas vrai !

Ma colère grimpe en une nanoseconde.

— Leandro vous a prévenus, c'est ça ? Vous êtes en train de magouiller un de vos codes H ?

Aucune réponse. La culpabilité qui inonde leurs visages me fait lever les bras au ciel.

— On ne peut vraiment faire confiance à personne ici…

Bien plus détendu que moi, Peter s'avance et passe son bras autour de mes épaules. Les odeurs de bois de santal et de désinfectant – le parfum typique de sa peau – m'enrobent instantanément.

— Arrête de pester, tu adores le camping.

— Pas dans ces conditions ! Je vous connais, on va passer la soirée à… non, je n'ai aucune envie de parler de ça.

— Alors, on ne parlera pas de « ça ». Je suis passé prendre à boire et de la tarte, tu n'auras qu'à viser une indigestion.

— Comment résister à un programme pareil ? s'amuse Graham.

Démoralisée, je ne proteste pourtant pas. Leur tenir

tête n'aurait aucune utilité, ils sont plus butés que tous les membres de ma famille réunis. Et chez moi, on est nombreux.

— Je vais renvoyer Leandro à Barranquilla.

Peter secoue la tête avec un sourire, avant de m'ouvrir la portière arrière du véhicule. Je m'y engouffre avec la certitude de ne pas réussir à éviter le sujet de Cole bien longtemps.

Satané code H.

PETER

Janhvi s'est découvert une passion pour le camping à seize ans. À l'époque, les tensions dans la famille de Graham atteignaient des sommets.

Avec Jan, on s'était mis en tête de sauver notre ami de la déprime ; on était en quête constante d'idées pour lui aérer l'esprit, d'activités à pratiquer le plus loin possible de ses parents, en évitant celles capables de nous causer du tort – comme se droguer, manger des fourmis urticantes ou orchestrer un meurtre. Le camping est vite devenu une évidence.

C'est à Greenbelt Park qu'on a posé les piquets d'une tente pour la première fois. Depuis, on s'y rend pour n'importe quel événement marquant : une augmentation, un week-end prolongé, un code H…

— Je n'en reviens pas qu'il ait craché le morceau !

Les flammes du feu de camp éclairent le visage excédé de Jan. Elle n'a pas décoléré de la route. Encore moins pendant la préparation laborieuse de notre emplacement. Leandro continue de porter la couronne de la trahison sur son crâne de menteur.

— Je veux bien concevoir qu'on soit un groupe, mais

le jardin secret est une notion sacrée ! Je ne lui révélerai plus jamais rien. C'est fini.

— Il a deviné ce qui t'arrivait. Techniquement, il ne t'a pas trahie puisque tu ne lui as rien avoué, réagit Graham.

— Ton intervention ne compte pas, tu prendras sa défense quoi qu'il arrive.

Graham décapsule sa bouteille de bière et la laisse pendre au bout de son bras. Un sourire flotte sur ses lèvres.

— Dis-toi que ça n'est pas une grande perte.

— Que Leandro vive désormais sans dignité ?

— Que Cole ne fasse plus partie de ta vie, rectifie-t-il.

Entendre ce prénom ne lui plaît pas. Elle replie les bras sur la veste que je lui ai prêtée, et s'enfonce si profond dans la chaise pliante qu'elle a l'air assise sur l'herbe fraîche.

Je l'observe un moment, silencieux. D'ici, je peux voir les petites cicatrices d'acné sur le bas de ses joues. Ce sont des creux insignifiants, mais ils la complexaient quand elle était ado ; elle a fini par arrêter de les diaboliser après qu'on lui a montré que certains assemblages formaient des constellations. Cassiopée se voit encore au niveau de son menton.

Est-ce que Cole aimait Cassiopée ? Je ne saurais pas vraiment le dire. Par contre, j'ai déjà croisé Jan à 6 heures du matin, en train de se tartiner de fond de teint devant le miroir de la salle de bains, pour aller se recoucher à côté de son petit ami. Et ça, à moins que je n'aie rien compris à rien, ça ne ressemble pas à de l'amour.

— Tu as essayé de le contacter, aujourd'hui ? lancé-je.

— Je n'ai pas envie d'en parler, Peter.

J'échange un regard avec Graham.

— Tu as pensé à lui ? demande-t-il.

— Vous vous fichez de moi ?

Ça veut dire oui.

— C'est le principe du code H, Jan : il faut que tu extériorises ta colère. Si tu ne nous racontes pas ce qui se passe dans ta tête, on ne pourra pas te remonter le moral, lui rappelle Graham.

— Je n'ai pas besoin que mon moral soit remonté. Je vais très bien. Je me porte à merveille ! Mon bonheur ne dépend pas de mes relations amoureuses. Si j'ai l'air moins enthousiaste que d'habitude, c'est à cause d'Adele. Elle m'épuise à me bloquer les fonds pour l'exposition temporaire. C'est tout. Mes neurones doivent constamment jongler entre ses remarques et mes attentes, et ils commencent à manquer d'élasticité.

— Mais tu...

— Non, Graham ! Si tu tiens vraiment à parler d'histoires amoureuses qui capotent, consacre-toi au chapitre de Ross Geller.

Je pointe le goulot de ma bière dans sa direction, la mâchoire serrée.

— Ce surnom a été banni il y a un moment, dis-je.

— Je le remets au goût du jour.

— C'est hors de question, non.

— Tu m'as imposé un code H, Ross Geller. J'ai le droit de me venger.

J'avale une gorgée sous son regard moqueur.

Si ma relation avec Erin appartient désormais au passé, mes amis en gardent un souvenir « tellement impérissable » que des vannes ressortent ponctuellement à ce sujet. Est-ce que c'est pénible ? Oui. Est-ce que je leur en veux ? Je ferais la même chose si j'étais à leur place.

— C'est vrai que tu nous as offert une leçon magistrale, se rappelle Graham.

— « Ne jamais mélanger boulot et vie privée », annonce Jan, tout sourire.

— Surtout : ne jamais tenter de reséduire son ex.

— Ça ne s'est pas passé comme ça, soupiré-je.

Les deux s'affalent dans leur chaise pliante, sous le crépitement du brasier qui se consume paisiblement. L'habileté de Jan à changer de sujet mériterait une médaille.

— Je m'en voulais d'avoir quitté Erin un peu brutalement, dis-je, histoire de rétablir la vérité. Je pensais qu'elle était mal en point, alors, pour me faire pardonner, je lui ai proposé d'aller boire un verre. Ça n'était pas de la séduction, mais de la compassion.

— Personne ne fait ça, déplore Graham. C'est de l'illogisme pur.

— Je pensais que discuter lui ferait du bien !

— On n'emmène pas son ex dans un bar. C'est un endroit qui a été créé par une secte de célibataires dans le but de mettre un terme à leur solitude sexuelle. Tu n'aurais jamais dû.

— Merci pour le conseil, il arrive avec un an de retard.

Toujours est-il qu'Erin et moi avons discuté… et la situation a un peu dégénéré. Un tout petit peu. La faute à un mélange de tequilas et de mojitos. Et à ma bouche. Sur la sienne.

Aujourd'hui encore, je ne sais pas pourquoi je l'ai embrassée. Elle était là, en face de moi, les tensions étaient enfin redescendues après des semaines de guerre sanglante à la clinique… Mon cerveau a dû croire qu'il était entré dans une dimension parallèle où tout devenait possible.

Scoop : j'étais juste dans un bar. Dans un monde vraiment très réel.

Erin m'a repoussé au bout de quelques secondes à peine. Une belle blessure d'ego mais le pire reste à venir.

L'horreur se dessinait sur ses traits alcoolisés, ce qui m'a d'abord fait penser que j'avais l'haleine d'un koala putréfié, avant de comprendre que quelque chose n'allait pas ; une silhouette derrière elle, floutée par mes huit tequilas, me hurlait dessus. Je ne me souviens que d'une seule de ses phrases : « Respect ce garrot, canard ! » Ce qui, entendu par une oreille sobre, signifie en réalité « Espèce de gros connard ! » Bref. Je n'ai pas eu le temps de demander à cette adorable personne quel était son problème puisqu'elle m'a envoyé un poing d'une violence inouïe dans la figure. Le choc a été si brutal que je suis tombé du tabouret, pour me retrouver inconscient sur le carrelage collant du Red Derby l'instant d'après.

J'ai fini aux urgences du Sibley Memorial Hospital. Jan a débarqué la première, alertée par un appel d'Erin depuis mon propre téléphone. C'est donc elle qui a prévenu Graham de l'incident. Leandro a été le dernier à découvrir ma fracture du nez. Une énorme étendue d'ecchymoses surmontée d'un magnifique œdème qui m'a déformé la face pendant des semaines. J'ai survécu grâce aux antalgiques.

Ce que je ne savais pas, c'est que le responsable de ce carnage, le propriétaire du poing, s'appelait Faith Sheppard. Autrement connue comme la nouvelle petite amie d'Erin, une femme passionnée de boxe anglaise. Par souci d'honnêteté, Erin l'avait prévenue du moment qu'on passerait ensemble au bar, en tout bien tout honneur.

Faith n'a manifestement pas apprécié que je ne respecte ni le bien ni l'honneur.

Leandro, Graham et Janhvi ont estimé que j'avais fait une « Ross Geller 2.0 » : comme le célèbre passionné de dinosaures de la série *Friends*, mon ex préférait dorénavant les femmes aux hommes. D'où la naissance de mon surnom.

— Quelle était la probabilité pour que tu embrasses ton ex devant sa femme championne de boxe ? ricane Graham.

— La ferme.

Depuis, je n'approche aucune femme à moins de trois mètres, et ce, dans n'importe quel lieu qui propose des mojitos ou des tequilas à sa carte. Mais pour trouver un point positif à cette histoire, je pense que ce malentendu a aidé Erin à me pardonner plus vite – je veux dire, un nez cassé contre une rupture ratée, ça peut s'équivaloir.

La soirée se poursuit au rythme des dégustations de tarte et de souvenirs plus ou moins glorieux. Jan se détend à mesure des heures qui passent, mais je la sens différente. Un peu plus absente, moins ancrée dans la réalité.

Je profite de l'absence de Graham, parti répondre à un appel de son mari, pour installer ma chaise pliante à côté de la sienne.

— Je sais ce que tu vas essayer de faire, chuchote-t-elle.

— Je t'empêche de rester seule.

— Tu veux que je me confie.

— Seulement si tu en as envie.

Elle observe les étoiles posées sur le ciel, pensive. Il lui faut un moment pour accepter d'abaisser ses barrières.

— J'ai appris qu'il me quittait par texto ce matin, au

réveil, avoue-t-elle après un long silence. Cet imbécile n'a même pas eu le cran de me le dire en face. Ne fais jamais ça à une femme.

Je ne relève pas et lui tends la dernière part de tarte au miel. Le morceau effectue un aller simple vers sa bouche.

— Tu n'as pas répondu à Graham, tout à l'heure.

— À quel propos ?

Elle avale sa bouchée avant de se rappeler la question posée par l'Écossais.

— Ah ! si j'ai pensé à *lui* ? Pas au point d'être enfermée dans la case des hystériques, disons.

— Combien de fois, à peu près ?

Elle plisse les yeux en direction de la voûte étoilée avec l'air d'un expert-comptable en plein travail.

— Trente ?

— Je multiplie ce chiffre par combien ?

— Trente ?

Son sourire me peine un peu.

Je sais qu'elle est déçue d'elle-même. Jan compose difficilement avec les ruptures. Chaque fois, sa confiance en elle diminue d'un cran, comme si l'homme qui la quittait s'en allait avec un morceau de sa dignité.

— Je ne comprends pas ce que j'ai encore fait, Peter...

— Tu n'as pas à t'en vouloir. Tu n'es pas responsable.

— J'ai l'impression que ma vie amoureuse est une succession d'échecs... Déjà au collège, j'aurais dû voir les signes avant-coureurs. Tu te souviens de Parker Sanders ?

— Parker Sanders était un crétin, Jan.

Ce brun, fan d'histoire, mangeait des graines de chia au petit déjeuner. Ces petites boules noires lui restaient coincées dans les dents et devenaient des missiles balistiques dès qu'il se mettait à parler.

— J'avais un vrai coup de cœur pour lui, insiste-t-elle. Et il m'a plaquée au bout de trois semaines pour sortir avec Brianna.

— Elle était trompettiste dans la fanfare, ça ne compte pas.

Elle marque une pause, à nouveau perdue dans ses réflexions.

— Et Fitz ? Fitz le libraire. Il m'a quittée après avoir découvert que j'avais une section « romance contemporaine » dans ma bibliothèque.

— Raison qui justifie son bon débarras.

— Scott Herman m'a remerciée après huit jours de bons et loyaux services.

— Tu l'avais rencontré dans un bar.

— Tu as une justification à donner pour Isaac ?

Je fronce les sourcils.

— Je ne me rappelle plus d'Isaac…

— Il m'a offert la déclaration du siècle sur la terrasse de notre jardin, avant de s'évaporer dans la nature. Il a littéralement disparu de ma vie il y a deux ans et demi ! J'évapore les hommes, Peter !

Je hausse les épaules.

— Les enlèvements d'humains par des aliens avaient la cote à cette période. Peut-être que ce type est encore accroché à une table d'auscultation à bord d'un vaisseau spatial qui parcourt la galaxie, et qu'il hurle son amour pour toi aux scientifiques tout verts qui le gardent prisonnier.

— Tu crois que c'est possible ?

— Je ne vois pas d'autre explication.

Fatataliste, elle pose la tête sur mon épaule et le silence

revient entre nous. J'embrasse doucement le haut de son crâne.

— Ne te pose pas de questions sur la personne que tu es, Jan. Cole est parti parce qu'il ne te méritait pas. Reste toi-même et essaie d'être heureuse, c'est tout ce qui compte.

— Mouais... Merci, Ross.

Je repousse sa tête dans un grognement, ce dont elle profite pour s'emparer de mes doigts et les entrelacer avec les siens. J'en ravale un sourire malgré moi.

J'ai appris à savourer ces moments de complicité. À ne plus m'arrêter sur la douleur qui traverse ma cage thoracique quand elle y pose la main. À sentir son odeur sucrée plutôt qu'à la subir. À la prendre dans mes bras sans me repasser trois fois la scène. Un jour, peut-être que j'arriverai aussi à ne plus ressentir de pincement au cœur.

— Il a repeint la chambre en vert « Peter Pan » !

Bras écartés et cheveux soulevés par la brise, Graham débarque en furie. Notre bulle se perce dans l'instant.

— « Peter Pan » ! Vous y croyez, vous ? Ça n'est même pas un nom de couleur !

On a apparemment un nouveau problème à régler.

2

LE MAÎTRE DE L'ORGANISATION

♫ *Sweet Talk – Saint Motel*

LEANDRO

— J'ai besoin de ton aide !

Le pied que je pose dans la chambre de Peter n'entre pas en contact avec la rugosité du plancher. Il s'enfonce plutôt dans un objet mou. Peut-être une chemise. Ou un boxer, ces bouts de tissu aux motifs affreux qui font office de tapis de sol.

Cet homme possède un goût pour les sous-vêtements qui frôle l'incident diplomatique. Je ne plaisante pas. Je pourrais monter un complot contre les imprimés de lamantins ou de bananes chanteuses. Je ne sais toujours pas ce que mon amitié lui trouve.

— Peter !

Il grogne, la tête enfoncée dans son oreiller.

— Peter, tu…

— Je t'entends.

Il se redresse, tâtonne la table de chevet avec l'habileté d'une taupe aveugle, et prend son téléphone. Sa joue est couverte de traces de drap.

— Pas besoin de regarder l'horloge, il est 4 h 14.

— On ne réveille pas les gens à 4 h 14, articule-t-il d'une voix enrouée.

— Graham dort à 4 h 14.

— Sans déconner…

— C'est pour ça que je suis là.

Il s'écroule comme une masse sur la couette en soupirant, inconscient qu'il vient de prononcer un mot interdit. En temps normal, je l'aurais repris. C'est un manquement à nos règles de bonne conduite. Mais comme je suis actuellement plié en deux sur son matelas, qu'il est 4 h 14 du matin et que j'ai l'air d'un psychopathe sur le point de l'étrangler, je lui épargne mes cris. Ma bonté me perdra.

— Qu'est-ce que tu veux ? finit-il par demander.

— Il faut que tu m'aides.

— À quoi faire ?

— Organiser une soirée d'anniversaire pour Graham.

Il rouvre vaguement une paupière bouffie.

— C'est pour ça que tu me réveilles ? C'est une blague ?

— C'est une urgence vraiment urgente, *parce*. Je ne te dérangerais pas si je n'avais pas vraiment, vraiment besoin de ton aide.

— Tu veux te faire pardonner pour la peinture Peter Pan, c'est ça ?

— Non, il ne m'en veut plus pour ça, c'est oublié.

Il a suffi de négocier un peu. La moitié des murs de la chambre sera peinte dans un vert *absolutamente* magnifique, quand le reste donnera l'impression que la cigarette d'un fumeur compulsif a transformé du blanc vif en vieux beige sale.

J'ai choisi sur quel mur irait quoi. Ceux de mon mari se trouvent derrière le placard à vêtements.

— Graham est né le 7 octobre, Leandro. Pourquoi tu t'inquiètes maintenant, son anniversaire est dans plus d'une semaine…

— *Sí, sí*. Mais je voudrais lui faire une vraie surprise, cette fois. Il faudrait que tout soit parfait, tu comprends ? Je ne veux pas qu'il découvre son cadeau avant le jour J.

L'an dernier, j'ai eu l'excellente idée de lui offrir une guitare Martin D-15M, la « Rolls-Royce » des acoustiques au niveau de la jouabilité – c'est l'expression qu'a utilisée le vendeur de la boutique Chuck Levins pour me la vendre. N'y connaissant rien dans le domaine de la musique, je lui ai fait confiance, et je me suis donc délesté de mille sept cents dollars.

À Barranquilla, cette coquette somme avoisine les six millions trois cent mille pesos colombiens ; s'ils apprenaient que j'ai dépensé autant pour un *cuatro* amélioré, mes parents me renieraient.

L'instrument était génial. Performant à souhait. Pas de soucis de ce côté-là. En revanche, j'ai découvert que le monde des guitaristes s'apparente à une grande famille où le plus inconnu des vendeurs peut parfaitement être un bon ami de notre homme et ce, sans qu'on l'ait jamais su.

Un ami buveur de bière, c'est important de le préciser.

Une saleté d'ami, même. Un *amigo* qui, emporté par la joie d'une pinte de trop, se retrouve à avouer au beau milieu d'une soirée qu'il a vendu sa meilleure guitare à un certain « Leandro-je-sais-pas-quoi », dont « l'accent doit venir d'un endroit où le soleil tape fort ! » pour un « anniversaire surprise » !

Je n'ai pas pardonné à cette personne. Jamais.

Graham a donc su pour Miss Martin mais il a gardé l'information pour lui pour ne pas gâcher la surprise.

Il s'est donc faussement réjoui au moment de déchirer mon papier cadeau, avant de me faire croire, en bon menteur, que j'excellais dans la préparation des fêtes. Il a de la chance que le dernier point soit vrai.

— Cette année, sa vie va changer. Je veux marquer le coup.

Face au côté dramatique de mon annonce, Peter prend le temps d'ouvrir le deuxième œil.

Mon cœur s'accélère. Le stress le grignote. L'adrénaline joue au tam-tam dans mes veines au point de me donner une bouffée de chaleur.

— Attends…

Peter commence à saisir l'ampleur de la situation. Désormais un peu fébrile, je dépose mon téléphone portable sur son lit. Et, tandis qu'il s'assied, je compose le numéro de ma messagerie.

— Leandro, est-ce que c'est ce que je crois ?

— *Escucha.*

Je pointe l'écran d'un doigt tremblotant, sentant des fils imaginaires étirer mes lèvres au rythme des secondes qui passent. Le message vocal démarre sous le regard attentif de Peter.

Bonsoir, monsieur Galeano. C'est Molly Ashmore, de l'agence. Je suis désolée de vous contacter à une heure si tardive, mais la nouvelle que j'ai à vous annoncer méritait un petit écart aux règles de bienséance. Votre dossier avec M. McConnel a intéressé une famille. C'est une jeune femme célibataire qui vit à Hyattsville. Après plusieurs échanges téléphoniques, elle se dit prête à convenir d'un rendez-vous. Si vous êtes partants, rappelez-moi dès que vous le pouvez. Je vous souhaite une excellente nuit.

— Putain de merde…

— Pas de gros mots, *parce* !

Un rire nerveux achève mon ordre. Abasourdi, Peter se passe une main dans les cheveux.

— C'est vraiment vrai ? Je veux dire, Molly est certaine que cette femme est quelqu'un de confiance ? Elle peut compter sur elle ?

— Si elle me contacte, c'est que tous les signaux sont ouverts.

— Au vert.

Sous le choc, il met un moment à composer avec l'information. Exactement comme moi, quelques heures auparavant.

Tout s'est mis à brûler de l'intérieur, de la même manière qu'un feu ravage des hectares de forêt à partir d'une minuscule étincelle. Ensuite ? *Bueno*... Ensuite, ma gorge s'est comprimée et j'ai cru m'étouffer. J'ai failli réveiller Graham en ravalant un sanglot de joie.

Peter lâche un « Enfin ! » bruyant, dans un mélange de bonheur et de soulagement. Je n'étais pas préparé à ce qu'il m'enserre dans ses bras.

— Du coup, tu m'excuses pour le réveil au milieu de la nuit ? demandé-je sans cesser de sourire.

— Jamais de la vie. Mais je t'aiderai pour la soirée, tu peux compter sur moi.

Il recule et me presse fermement les épaules tout en m'assurant que Graham se souviendra longtemps de cette année supplémentaire sur son calendrier des âges.

L'organisation a toujours été un point fort chez moi – sans vouloir me lancer des feuilles. Je peux compartimenter, trier, programmer, lister ou encore hiérarchiser des tâches à la manière d'un processeur d'ordinateur. C'est d'ailleurs de là que me vient « *El procesador* », le surnom que m'a donné Paula, ma sœur cadette. Elle me l'a officiellement attribué après que j'ai orchestré sa *quinceañera*. Sa fête des quinze ans. Les souvenirs de cette journée me rendront toujours fier.

Cette aptitude m'a aussi servi au moment de mon arrivée sur le sol américain ; seul, à dix-neuf ans, dans une ville que je ne connaissais que de nom et avec une bourse d'études pour seul pactole en poche, il a fallu que je redouble d'ingéniosité.

Aujourd'hui, l'enjeu a encore gagné un cran de difficulté. Il n'est plus question de trouver une robe pleine de dentelles, ou d'apprendre mes cours de sciences analytiques dans un neuf mètres carrés à l'odeur de canalisation bouchée. *No*. Il s'agit de dissimuler à l'espèce de highlander qui partage ma vie qu'on s'apprête peut-être à fonder une famille.

— Excusez-moi… à quoi ça sert, ça ?

L'air perdu du jeune garçon, derrière le comptoir, me reconnecte à la réalité. Il regarde sa boîte de médicaments comme si elle venait d'insulter sa famille sur trois générations.

— C'est de l'esoméprazole, un inhibiteur de la pompe à protons. Ce sont des mots barbares, je suis d'accord avec toi.

Son froncement de sourcils me fait poursuivre :

— Ton estomac produit beaucoup d'acide pour découper ce que tu manges en tout petits morceaux. Parfois, il arrive que cet acide remonte, qu'il te brûle et que ça te fasse mal. Ce médicament est un antiacide, il fait en sorte que tout ça se régule à l'intérieur.

— Ah… d'accord. Je vais aller mieux, alors ?

Sa mère me jette un regard amusé.

— Si tu suis les recommandations de ton médecin, ça ne devrait aller qu'en s'améliorant, assuré-je.

— Ah... d'accord. Merci, monsieur.

— Avec plaisir.

Le temps de terminer avec le client, et je ressors le calepin rangé sous la caisse enregistreuse. Stylo en main et concentration optimale, je me mets à lister les étapes nécessaires pour arriver à un anniversaire grahamesque réussi.

L'agence d'adoption a été prévenue. OK. J'ai assuré à l'assistante sociale que nous serions présents le 7 octobre chez Danielle Lynch, la jeune femme qui veut nous rencontrer, afin de faire les présentations. Double OK.

Graham sera averti le jour du rendez-vous. Et pour éviter que l'information ne fuite plus tôt, Peter et Janhvi – qui a été mise dans la boucle – l'emmèneront sur une fausse piste. Monter autant de stratagèmes est indispensable quand on a un mari comme lui.

Graham est un homme perspicace. Avec son sens de l'observation, il peut comprendre sans problème les mécanismes du monde qui l'entoure. Voir des choses que je ne perçois pas. Se douter que je suis à l'origine des problèmes du ballon d'eau chaude par simple déduction, par exemple. Pour ça, je suis certain qu'il a déjà senti que quelque chose se tramait dans son dos.

Pour le bien de ma surprise, il faudra donc que je tienne ses neurones de Sherlock Holmes éloignés de la vérité pendant quelques jours. Tout ira bien.

— Salut, Leandro.

Je redresse la tête, surpris d'entendre mon prénom dans la zone d'accueil de l'officine. Les collègues évitent en général toute forme de familiarité devant le public.

Embourbé dans mes pensées, il me faut un certain temps pour reconnaître le client. Enfin, « client »…

Le mot est gentil. En le voyant, c'est un autre terme qui me vient à l'esprit.

— Cole.

Je m'efforce de rester professionnel, mais le venin qui se répand dans mes veines ne rend pas la tâche facile.

Aux dernières nouvelles, Cole Roston est entré avec succès dans la catégorie des infâmes pustules masculines. Le furoncle du club des hommes civilisés. Le pompier sans tact. Je ne peux pas m'empêcher de voir Janhvi derrière ce visage aux traits ennuyeusement parfaits, et d'imaginer ce qu'elle a dû ressentir au moment de lire ce fameux texto. Beaucoup de peine et des envies de meurtre, sans doute.

Non, vraiment, voir Cole sur mon lieu de travail ne me met pas de bonne humeur.

— Je suppose que tu es étonné de me voir, mais…

— Vous avez une ordonnance ?

Déstabilisé, il lui faut une seconde pour se reprendre.

— Non, mais ce n'est pas pour…

— Aïe ! Ça va coincer.

— Leandro, tu…

— Sans ordonnance, je ne peux pas vous prescrire d'azithromycine, monsieur.

— Je n'ai…

— Vous devez impérativement prendre rendez-vous avec votre médecin. Et surtout, calmer vos activités : les chlamydiae sont des bactéries très transmissibles.

— De… Hein ?

— Vous avez prévenu vos partenaires ?

À ma droite, Deb, affairée à classer les boîtes d'homéopathie, masque un sourire gêné.

— D'accord. Je vois. Jan t'a dit, finit-il par comprendre.

— Janhvi, rectifié-je. C'est ma meilleure amie, tu croyais quoi ?

Il prend appui de ses deux coudes sur le comptoir, se rapprochant assez pour pouvoir baisser d'un ton tout en restant audible.

— Écoute, je sais que le texto était une idée stupide. J'essaie de la contacter depuis dix jours mais elle refuse de me répondre.

— Voilà la raison de ta visite...

Il patauge et vient donc mendier mon aide. C'est déplorable. Même pour un furoncle.

— Je voudrais qu'on ait une vraie discussion, elle et moi.

— À l'évidence, ce n'est pas son cas.

— Leandro, s'il te plaît...

Il attrape mon regard et ne le lâche plus. Cole est conscient de son charme, et quelque part, personne ne peut en vouloir à Janhvi d'être tombée dans le fossé. Une mâchoire taillée dans la pierre qui s'additionne à un sourire de séducteur, ça a largement de quoi affaiblir un adversaire.

Ceci dit, et c'est sûrement un détail qu'elle n'avait pas remarqué pendant leur histoire : malgré son allure de héros de *telenovelas*, Cole n'a aucun relief. Pas de profondeur. Ni d'intelligence marquée. Il a plutôt l'air du *chico* qui regarde *Bob Esponja* tous les matins avec un bol de céréales colorées entre les mains.

Il n'y a pas de quoi se pavaner.

— Laisse-la tranquille, Cole.

— Je comprends que tu ne veuilles pas me rendre service, c'est normal... mais j'ai réalisé que j'avais fait une erreur. J'étais bourré, je lui ai envoyé ce message après une nuit à faire la tournée des bars...

— *¡Yo no le doy ni chimba !*

— Je ne parle vraiment pas bien espagnol, Leandro, je te l'ai déjà dit...

Je lance mon regard vers la porte dans l'espoir d'y trouver un vieux monsieur à l'article de la mort – et donc un moyen d'échapper à ce calvaire. Malheureusement, la pharmacie est silencieuse aux heures creuses de l'après-midi.

— Elle m'a montré ton message, Cole : il n'y a aucune faute de frappe. Tu n'étais pas ivre. Arrête de me mentir.

— Ce n'est pas moi qui l'ai écrit, admet-il. J'ai demandé à un ami de le faire, justement pour ne pas avoir l'air d'un imbécile.

— C'est l'idée la plus débile qu'un imbécile puisse avoir.

— Tu ne veux pas essayer de la convaincre ? On s'est toujours bien entendus, tous les deux.

— Tu crois ?

Il n'y a pas que les subtilités de l'espagnol qui lui échappent, manifestement.

J'étais le seul à parler avec lui quand il passait ses soirées à la maison, c'est vrai. Mais je ne le faisais pas par intérêt pour sa personnalité.

Il était le petit ami de Jan. Or, les petits amis de mes amis sont des humains avant tout, et ils doivent donc être traités avec respect. C'est comme ça que j'ai été éduqué.

Dans ma famille, on accueille tout le monde sans faire de distinction. Les relations ne se sélectionnent pas, elles se tissent, c'est tout. J'ai deux sœurs, un frère et un nombre phénoménal de cousins et de cousines : si on n'appliquait pas le principe de tolérance, la moitié des Galeano seraient fichés par Interpol.

À l'inverse, Peter a toujours eu Cole en horreur et Graham se moque bien de sa vie personnelle. Quand Janhvi n'était pas dans la même pièce que lui, son petit ami ne pouvait se raccrocher qu'à moi.

Cole confond ma politesse avec de la naïveté.

— Je pense surtout que tu es venu ici parce que je suis ton choix par défaut : Peter t'a dans le collimateur depuis toujours, et Graham a plus de muscles que moi. Il ne te restait que le gay solide comme un chewing-gum pour porter tes réclamations.

Je croise les bras sur ma blouse, et gonfle le torse pour paraître moins fragile que j'en ai l'air.

— Surprise : je suis du côté de l'Indienne. Si Janhvi me disait « Tue-le », j'irais chercher la tronçonneuse. Je me fiche de savoir que tu regrettes de l'avoir quittée, que tu l'aimes encore ou je-ne-sais-pas-quoi. Mon amie ne veut plus te voir ? Elle ne te verra plus. Maintenant, sors d'ici ou j'appelle le vigile.

Si je soutiens son regard, c'est pour Jan. Les ruptures la rendent vulnérable. À cause de sa sensibilité, elle prend chaque fois le chemin du deuil, passant par toutes les étapes de reconstruction avant de réussir à retrouver son beau sourire, celui pour lequel on sauverait le monde.

Je l'ai souvent réconfortée grâce des codes H, ou avec des discussions qui s'éternisent jusqu'au bout de la nuit. J'ai dépensé une dose considérable d'énergie pour soigner ses blessures, alors je refuse qu'on écrabouille à nouveau son cœur pour une simple « erreur de bourré ». On ne touche pas aux gens que j'aime, *punto final.*

Cole hésite, avant de se raviser. La porte vitrée se referme sur sa silhouette voûtée.

— Mais, Leandro, on n'a pas de vigile ici…

J'observe Deb, dont le front est plissé de perplexité. Les boîtes d'homéopathie n'ayant pas bougé du carton, j'en déduis qu'elle a écouté la conversation.

— Je n'ai pas de tronçonneuse non plus.

GRAHAM

Les musées, ça n'a jamais été mon truc. Rien que le mot me ramène à des images de bibliothèques pleines de livres poussiéreux et de statues gardées dans de grandes pièces aseptisées. Je ne sais pas comment fait Janhvi pour rester ici plus de dix heures par jour, ça me file la chair de poule.

— *Carcharocles megalodon.*

Elle pointe son menton vers l'immense requin suspendu dans les airs, celui que j'observe, distrait.

— Ou « Mégalodon », si tu préfères, précise-t-elle. Celui-ci est une femelle. Elle mangeait des baleines à fanons il y a plus de 3,6 millions d'années. Fascinant, non ?

L'animal est accroché à l'extrémité de gros câbles, qui sont eux-mêmes fixés au plafond de verre. Sa grande gueule aux dents acérées se trouve juste en face de la cafétéria où on s'est installés, à quelques mètres de son département. Je pourrais me faire avaler par ce monstre sans aucun problème s'il était encore en vie.

J'imagine qu'elle m'a proposé de venir boire un café sur son lieu de travail parce que je lui manque. Ou alors, elle me tient à distance de Leandro pour qu'il puisse organiser mon anniversaire « surprise » tranquillement. Je penche pour la seconde option.

Pied posé sur la cuisse opposée, je joue avec les muscles de ma mâchoire, concentré sur son visage.

D'habitude, les émotions de Jan se déchiffrent aussi facilement qu'une partition. Or, ici, elle ne manifeste aucun stress. Tout juste de l'appréhension, ce que je peux mettre sur le compte de l'exposition qu'elle prépare d'arrache-pied. Ses cheveux se rejoignent en un chignon haut, la coiffure des jours « je suis en retard ». Et ses vêtements sont propres.

Elle a juste l'air… comme d'habitude. Le « d'habitude » où tout va bien.

En fait, le seul détail qui attire mon attention, c'est le temps qu'elle passe sur son téléphone : il a augmenté depuis quelques jours.

— Quoi ? me demande-t-elle soudain.

— Quoi « quoi » ?

— Tu me fixes comme si j'avais quelque chose sur la tête, Graham.

— Une cachotterie, peut-être ?

— C'est-à-dire ?

— Un secret. Une info mystérieuse. Un renseignement caché.

— Je sais ce qu'est un secret, je te remercie. Mais je n'en ai pas…

— Vraiment ?

Son regard devient moins sûr. Je peux prédire sans la moindre hésitation qu'elle va me pondre un mensonge bancal dans les prochaines secondes.

— Tu crois que je pense encore à Cole, c'est ça ? Je ne l'ai pas recontacté, si c'est ce que tu tiens à savoir.

Ça, par exemple, ça ne respire pas l'honnêteté.

— C'est tout ?

— Parce que tu veux plus de détails sur ce pan insignifiant de ma vie ? Allons-y : je ne retomberai pas dans mes travers. Il m'a envoyé une dizaine de SMS depuis notre rupture, et je n'ai donné suite à aucun d'entre eux. Je suis déterminée à offrir mon temps uniquement aux personnes qui le méritent, et cet infâme petit copépode n'en fait plus partie.

— Tu sais que je sais que tu essaies de détourner la conversation, n'est-ce pas ?

— À quel propos ?

— Jan…

Elle plisse le front avec une innocence tellement au point que je commence à douter de mon intuition.

— File-moi ton téléphone, dis-je alors.

Main tendue, j'exige qu'elle m'apporte des preuves.

Je refuse de croire que des manigances n'ont pas lieu en ce moment dans mon dos. Je connais Leandro. Chez les Galeano, n'importe quel événement est un prétexte pour se réunir. Un mariage ? Faisons une fête. Un diplôme ? Faisons une fête. Une nouvelle machine à café ? Faisons une grande fête ! Sur la liste des obligations familiales, il y a forcément une ligne consacrée aux anniversaires surprises.

Janhvi finit par déposer le téléphone dans ma paume, non sans protester.

— C'est illégal, ce que tu fais. On ne fouille pas dans les affaires des gens.

— Tu viens de m'y autoriser.

— Parce que je suis contrainte et forcée ! Tu me diras ce que tu penses des messages de Cole ? Tant qu'à t'immiscer dans ma sphère privée, autant y aller jusqu'au bout.

En faisant défiler sa boîte de messagerie, je découvre un nombre phénoménal de textos écrits par son ex. Si elle n'en a supprimé aucun, elle ne m'a pas menti non plus : elle n'a pas envoyé de réponse.

— OK. Je t'accorde le bénéfice du doute. Il se passe quoi avec lui, exactement ?

— Il aimerait qu'on se revoie pour « parler », me dit-elle, cynique.

— Tu plaisantes ?

— J'aurais préféré. Il me quitte comme une malpropre, puis il culpabilise de m'avoir quittée comme une malpropre. Alors, pour se racheter une conscience, il me harcèle dans l'espoir de me présenter ses excuses en face. Je ne comprends pas sa manière de fonctionner.

— Casse-tête de mâle hétérosexuel. Schéma typique.

Elle esquisse un petit sourire.

— Je t'envie, Graham. Toi, tu t'es marié avec ton amour de jeunesse. Pas de tromperie ou de texto de rupture, ni de réaction disproportionnée. Tu as dit oui à l'homme de ta vie, et vous avez entamé une procédure d'adoption.

— Il y a deux ans et demi, oui…

Elle oublie les détails qui fâchent.

— Ça finira par marcher, quel que soit le temps que ça prendra.

— C'est ce que je répète aussi à Leandro.

Mais je ne suis pas franchement serein.

Mes yeux voyagent à travers la cafétéria bondée, incapables de se fixer sur le regard compatissant de Jan. À quel moment lui avouer que l'espoir s'effrite ?

Désirer une famille est une chose, la fonder en est une autre.

Le parcours de l'adoption, ça équivaut à peu près à la traversée chaotique d'une forêt hostile. Un endroit vraiment très sombre et très humide, truffé de pièges et de désillusions. Quand on a déposé notre dossier à l'agence, il était clair qu'on en baverait. On le savait. Leandro a débarqué aux États-Unis avec le bagage d'un Sud-Américain issu d'une famille nombreuse. Un cliché ambulant, même si personne ne résiste aux notes de son accent coriace. Moi, je suis né à Wick, une petite ville portuaire située au nord de l'Écosse, avant de déménager à Washington DC à l'âge de neuf ans.

Le mélange des cultures ? Ça fait joli sur le papier. Un peu moins quand il est porté par un couple gay.

Aspirer à devenir pères, pour nous, c'est surtout convaincre des assistants sociaux. C'est s'entendre répéter que les projets d'adoption homoparentale présentent un taux de réussite quasi inexistant. C'est la peur d'être soi-même. C'est devoir montrer que la stigmatisation sociale n'influencera pas le bien-être de l'enfant. C'est la culpabilité. C'est devoir prouver nos capacités parentales, non pas parce que nous sommes de mauvais parents, mais parce que nous sommes gays.

Quoi qu'il arrive, l'homosexualité sera toujours synonyme d'une complication pour certains. Parce que la norme a instauré autre chose. Et qu'en dehors de la norme, les esprits préfèrent se fermer plutôt qu'essayer de comprendre.

En deux ans et demi d'attente, notre dossier a retenu l'attention d'une seule famille. Juste une. C'était un couple de Hagerstown, avec de gros soucis financiers à cause de frais de santé mirobolants. Impossible de garder l'enfant à naître.

Avec Leandro, on avait préparé la rencontre comme une compétition sportive ; le cœur y était, la motivation aussi. On est restés francs en expliquant notre situation : lui, pharmacien, moi, musicien professionnel. La vie en colocation avec nos meilleurs amis, les ponts coupés avec mes parents…

L'entretien n'aurait pas pu mieux se passer. Pourtant, Molly Ashmore, notre assistante sociale, nous a contactés quelques jours plus tard pour annoncer que les parents biologiques ne voulaient pas donner suite. Nous « correspondions à leurs attentes », mais ils ne souhaitaient pas « priver leur enfant d'une mère ».

Depuis, c'est le néant.

Je crois en Leandro. Il est incroyable, intelligent et déterminé. Je crois en notre union, elle est solide. Mais je perds peu à peu espoir dans les autres. Ce monde me rappelle que « différence » et « erreur » sont des mots auxquels il applique parfois la même définition.

— Eh.

Jan me prend la main.

— Vous avez passé presque toutes les étapes, Graham. Ne perds pas confiance si près du but.

— J'y crois toujours, assuré-je.

— Non. Je vois bien à ta tête que tu doutes. Leandro et toi êtes des gens bien, quelqu'un finira par s'en rendre compte.

— Quand, Jan ? Ça fait deux ans et demi qu'on est sur liste d'attente.

— Et ça fait deux ans et demi que Leandro change la décoration de la chambre pour accueillir votre futur enfant dans les meilleures conditions, oui. Sois comme lui, continue de persévérer...

La vibration du portable, encore verrouillé dans ma main, coupe son discours. J'ai le temps d'apercevoir un « Ma » sur l'écran avant qu'elle ne récupère l'appareil en fronçant les sourcils.

— Ma mère, s'étonne-t-elle.

Le message reçu, qu'elle lit rapidement, semble la déranger.

— Un problème ?

— Non, non. Elle m'invite à dîner la semaine prochaine.

— Ça n'a pas l'air de te réjouir.

— Si, mais ça tombe le 7.

Elle réalise son erreur lorsque mon sourire s'élargit.

— Je le savais... J'étais sûr que vous aviez prévu une soirée pour moi !

— Quoi ? Non, pas du tout !

— Arrête, Jan, tu es grillée ! dis-je dans un rire.

— Absolument pas ! J'ai une réunion avec Adele le 7, et elle risque de s'éterniser. Je...

Sur le point de craquer, elle perd ses moyens. Puis, comme si la grâce l'avait touchée, son regard s'illumine soudain ; elle s'empare à nouveau de son téléphone et tape sur l'écran. Le point final de son message est apposé dans un sourire satisfait.

— Voilà ! J'ai accepté le dîner. Tant pis pour Adele.

J'acquiesce doucement, impressionné par sa mauvaise foi.

— Bravo, miss. Maintenant, tu n'auras plus qu'à justifier ton absence auprès de Leandro, ou dire à ta mère que tu ne viendras finalement pas chez elle.

Pour connaître le caractère de Simran Thapar, je peux assurer qu'elle préférera mille fois subir la colère de mon mari. Il y a des combats perdus d'avance qu'il faut savoir éviter.

LEANDRO

— *¡Cuidado !* Ne touche pas à ça !

Peter s'immobilise. Sous mon regard dur, il repose ensuite l'*arepa* sur la pile de galettes de maïs encore chaudes.

— Tu es blessé aux mains, remarque-t-il.

— C'est l'huile de friture, *sí*. Ça gicle partout.

La friteuse, sollicitée depuis une heure, crépite de l'autre côté du plan de travail. Les éclaboussures ont sali le marbre, brûlé ma peau, entamé ma patience et envoyé ma dignité tout droit dans un sac-poubelle.

Je n'arrête pas de râler depuis que je suis installé derrière les plaques de cuisson. Une vraie usine à plaintes.

De nouveaux picotements se font ressentir sur mes bras toutes les trois minutes ; c'est le temps qu'il faut pour plonger une nouvelle *arepa* de malheur dans le bain bouillonnant de graisse.

— Tu veux que je regarde ?

— Tu es véto, Peter. Je ne suis pas un animal.

— J'ai fait des études médicales.

— Moi aussi, arrête de te vanter.

En appui contre le rebord de l'évier, il jette un regard à la pièce en désordre. Assiettes, vaisselle, bocaux ouverts, farine éparpillée, plats carbonisés… Si le désastre ne le fait pas hurler, c'est sûrement parce qu'il savait au fond de lui que le marathon « préparation de la soirée » se terminerait de cette manière.

La cuisine et moi, nous ne sommes pas amis. On m'a appris à manger, et je le fais vraiment bien. Mais dès qu'une spatule se retrouve entre mes mains, les lampes de mon cerveau s'éteignent. Panne de courant. Le four se transforme en une machine ennemie avec trop de boutons pour être utilisable, et les recettes deviennent de longues listes de mots incompréhensibles. Je veux dire, il n'y a rien de logique à incorporer du sel dans du sucre pour un dessert. Personne ne mange de dessert salé. À moins de déjeuner chez le chef d'un restaurant cinq étoiles. Et nous ne sommes pas chez un chef cinq étoiles.

— Sur une échelle de un à dix, tu évalues ton stress à combien ? entends-je, pendant que je mélange l'*hogao* dans un petit bol en faïence.

— Environ quatorze.

— Mes félicitations, ta lucidité est intacte. Cela dit, on a payé ce plan de travail une fortune, Leandro… tu veux bien te détendre ? Je n'ai pas envie de dépenser tout mon salaire dans des réparations.

— Il est 17 h 57, *parce*.

— Et ?

— Graham va descendre d'un pied à l'autre !

— D'une minute à l'autre.

— Je n'ai pas eu le temps de mettre de l'essence dans la voiture, en plus. Et il pleut. Et ma chemise porte-bonheur est au sale, ce qui compromet la suite de la soirée, on est d'accord !

— Tu n'as pas besoin d'elle pour briller, ne t'en fais pas.

— La cuisine ressemble à un marécage de déchets nucléaires... et les préparations, tu as vu ? Elles ne sont pas terminées ! Pour être détendu, j'aurais dû prendre de la drogue, mais je suis presque sûr que ça ne se fait pas avant un rendez-vous pour une adoption...

— Le monde adulte, ça craint.

Il ravale un sourire moqueur, puis retrousse les manches de son pull afin de m'aider. Des carrés de fromage sont découpés dans une ambiance tendue. Même les parfums d'épices fraîches ne calment pas ma panique.

J'ai passé la semaine à courir aux quatorze coins de la ville. Deb a accepté de fermer la pharmacie à ma place, ce qui, en plus d'être gentil de sa part, m'a permis de régler la plupart des détails dans les temps. Un seul problème a persisté. Un tout petit.

Graham.

En plus d'avoir passé les derniers jours à épier mes faits et gestes, il a quitté la maison plus tôt que prévu, ce matin. Résultat ? Je n'ai pas pu lui faire ma grande annonce au saut du lit. Pas de sourire dans la lumière du soleil matinal, pas d'odeur de café chaud qui chatouille les narines, pas de futur père heureux. *Nada*. Il est rentré d'un concert privé dans le quartier de Shaw tout à l'heure, et a été de suite récupéré par Janhvi ; elle le retient à l'étage comme elle peut depuis.

— Vous avez rendez-vous à quelle heure ? me demande Peter.

— 20 h 30. L'assistante sociale nous attend directement là-bas.

— Alors, pourquoi tu t'inquiètes ? Hyattsville n'est qu'à une quinzaine de kilomètres d'ici, vous aurez largement le temps d'y être.

— Il faut que Graham puisse se préparer.

— Tu lui prévois deux heures pour se laver ? Je le savais poilu, mais à ce point…

J'esquisse un petit sourire, le premier de la journée. Il dégouline d'incertitudes et de panique.

— J'ai envie que tout se passe bien, *parce*.

— Je sais, oui. Et tout se passera à la perfection, je te le promets, me répond-il avec un clin d'œil.

Nous allons et venons de la cuisine au salon avec des montagnes de plats et de verres dans les bras. Si les bouteilles d'alcool ne seront ouvertes qu'après le rendez-vous, j'ai pensé qu'un préapéritif aiderait Graham à décompresser avant l'heure. Et moi aussi, par la même occasion.

Il est 19 h 15 passées quand de l'agitation se fait entendre.

Jan descend les marches avec un bout de robe mauve dans une main, et une paire de mocassins en daim dans l'autre. Cette faute de goût fait remonter mon cœur dans la bouche mais je me concentre sur le plus urgent.

— Tu es censé occuper Graham ! lancé-je, horrifié par son apparition.

— Détends-toi, je l'ai assommé avec un exposé sur les modifications phénologiques et biogéographiques des océans engendrées par le réchauffement climatique. Il m'a dit qu'il fermait les yeux pour mieux m'écouter. J'ai juste besoin d'un conseil rapide : tu préfères celle-ci ou la jaune ?

Elle tourne sur elle-même, me faisant alors comprendre qu'elle a mis sa mission en pause à des fins d'ordre vestimentaire. J'en soupire.

— Si c'est pour rester ici, la jaune. Si c'est pour te

rendre au dîner de la trahison que tu as accepté chez tes parents ce soir, aucune des deux.

Le bas de sa robe retombe en même temps que son sourire.

— Tu m'en veux encore…

— *¡Claro que sí !* C'est la journée de Graham, *mi llave*. Mais tu n'as qu'à considérer qu'aujourd'hui est ton jour de chance parce que mon planning manque de place pour une dispute. La seule case qu'il me reste, et elle est toute petite, c'est celle du regard de tueur.

Je la dévisage froidement avant de retourner en cuisine.

— Je suis sincèrement désolée, Leandro. Je serai de retour le plus tôt possible, dit-elle en marchant sur mes traces.

— Les dîners chez les Thapar dépassent toujours l'heure réglementaire. Tu ne peux pas m'avoir sur ça, nos familles se ressemblent trop.

— Pas cette fois. Je partirai avant le dessert.

— Simran mangera tes viscères si tu oses manquer son *halwa*.

— T'éviscérera. Sauf si je lui explique la raison ! m'assure-t-elle. Je serai présente à votre retour, tu peux compter sur moi.

Je pénètre le premier dans la cuisine enfumée, où Peter est occupé. Son regard ne reste qu'un instant sur mon visage ; il préfère se perdre dans les courbes de Janhvi.

Le mauve est leur couleur préférée. À lui comme à elle. Mais mon petit orteil me dit que la raison de son air émerveillé se trouve ailleurs.

— Elle veut savoir quelle robe lui va le mieux.

Près de son oreille, j'ajoute :

— Tu as interdiction de répondre « toutes ».

Il serre la mâchoire, mais ne rétorque pas.

Je ne m'attarde pas sur les étincelles qui éclatent dans ses prunelles quand il l'observe à nouveau, celles qui le trahissent toujours. Encore une fois, mon planning manque d'emplacements libres. Et cette histoire-ci mériterait des colonnes entières.

— Tu ne mets jamais de robe pour te rendre à un dîner en famille, réagit-il finalement, en même temps qu'il ouvre un paquet de gâteaux au sésame.

— J'ai reçu la consigne de m'apprêter.

Il fronce les sourcils.

— Je trouve ça bizarre, moi aussi, acquiesce-t-elle. Peut-être que mes parents veulent faire une annonce.

— Ce serait le bon jour, interviens-je.

— Ou peut-être que ton petit frère veut vous présenter quelqu'un, suggère Peter.

— Deepankar ne voit personne, non.

— Ça, tu ne peux pas le savoir.

— Ça ne justifierait pas ma tenue dans tous les cas…

— Je peux descendre ? !

La voix caverneuse de Graham met un terme immédiat à nos réflexions. J'envoie un regard de mafioso à Janhvi, qui articule alors un « désolée » du bout des lèvres.

— Je vais m'en charger.

— Trop tard, dis-je en la retenant par le bras. On n'a plus le temps.

— Pourquoi tu prends ton timbre de voix dramatique ?

— J'ai un côté *drama king*. Occupe-toi de le retenir en bas des marches. Peter, essuie-toi la bouche, il y a des miettes de l'*arepa* que tu viens de manger dessus.

Le cœur excité, je file attraper le paquet cadeau dissimulé sous l'évier. Petit, il tient sans problème dans le creux d'une main, mais j'espère qu'il produira un effet plus impressionnant qu'une guitare.

Un sourire me vient en apercevant Graham, en appui contre la rambarde de l'escalier. Il est aussi grognon qu'à son habitude, mais je remarque le soin qu'il a apporté à son apparence : barbe taillée, cheveux coiffés et chemise à carreaux enfilée, celle qui lui donne l'air d'un bûcheron tout droit sorti de la cabane au fond du jardin. Cet homme a décidément tout compris.

— J'espère que vous avez prévu de l'alcool : j'ai écouté Jan me parler de son exposition pendant plus d'une heure. Je mérite un remontant.

Janhvi lève les yeux au ciel.

— Tu devrais me remercier de t'instruire, espèce de vieux râleur narcoleptique.

Le stress m'empêche de rire. Mes émotions sont brouillées, elles forment un mélange nauséeux dans mon estomac.

— Viens au salon au lieu de te plaindre, dis-je, tendu.

La décoration approximative de la table basse me rend encore plus nerveux : il manque au moins un tiers des préparations. Elles sont probablement en train de prendre feu sur la gazinière.

Graham pousse un sifflement approbateur en découvrant les efforts déployés pour sa soirée surprise. J'imagine qu'il a répété au moins trois fois ce moment.

— Une fête surprise le soir de mon anniversaire ? Je ne m'en serais jamais douté !

Il se tourne vers moi avec le sourcil en circonflexe, comme s'il ne savait pas que je sais qu'il savait déjà. Je prends l'air faussement modeste d'un bon organisateur, comme si tout n'avait pas été fichu à l'avance.

— Mais merci, ajoute-t-il. Que je sois au courant ou non, l'attention me fait plaisir.

Sur le point de dégobiller une soupe d'organes, je lui tends le cadeau. Sa bonne humeur disparaît alors derrière un masque embarrassé. Recevoir est plus difficile que de donner pour un McConnel.

Le papier est rapidement froissé entre ses mains épaisses et la découverte d'un mug blanc le laisse pantois.

— Il est sympa. C'est… sympa. J'aime bien le… la couleur.

— Regarde à l'intérieur.

Il s'exécute devant trois paires d'yeux attentifs. Le « *Best Dad Ever* » est calligraphié en lettres noires dans le fond du mug ; rien qu'à y penser, mon cœur se remet à courir dans ma poitrine.

— Leandro, je… ne suis pas sûr de comprendre. Est-ce que tu…

— Je ne suis pas enceinte, non.

Il étire les lèvres.

— Par contre, il va falloir que tu essaies d'avoir l'air plus joyeux *papasito*, parce qu'on a rendez-vous dans une heure avec Danielle Lynch. Et elle, elle attend bien un enfant.

Le silence s'abat sur la pièce. Les connexions de Graham semblent se faire au ralenti, comme s'il devait d'abord accueillir le mot avant de le comprendre.

— Danielle Lynch… quoi ?

— Molly a appelé la semaine dernière, dis-je, la gorge serrée par l'émotion. Notre dossier a plu à une jeune femme. Elle s'appelle Danielle Lynch. Elle voudrait nous rencontrer chez elle, à Hyattsville.

— Mais…

Il secoue la tête, déboussolé.
— Qu'est-ce que ça veut dire ?
— Ça veut dire, Graham, qu'on va peut-être pouvoir offrir une famille à un enfant.
— Une... vraiment ?
— Mais oui !
Alors, il se met à sourire. Et tout le reste de son corps se réveille pour de bon.
Il me serre si fort que mes os menacent de craquer entre ses bras. Ses gestes d'affection sont toujours aussi bourrus que ceux d'un ours. Une épreuve pour ma solidité de biscotte.
— Tu aurais dû me le dire plus tôt, chuchote-t-il dans le creux de mon cou.
— Pour que tu stresses ? *Por favor...* J'avais déjà assez à faire avec le mien.
Il jette la tête derrière lui pour interpeller les autres.
— Et vous, vous êtes au courant depuis le début, j'imagine ?
— Tu seras toujours le dernier mis dans la boucle, sourit Peter.
— On exige un compte rendu complet et détaillé de cette soirée, ajoute Jan.
— Tu l'auras si tu rentres à temps, *sí.* Et peut-être que je te mettrai en guerre avec mes sœurs pour savoir qui de vous trois sera marraine !
— En compétition, corrige Graham. La guerre, c'est un peu violent.
Jan plisse les yeux, incapable de savoir si je suis sérieux ou non.
— Attends... ça n'était pas déjà acté, ça ? Je suis ta meilleure amie !

— Pour Peter, la décision est prise, *sí*.

— Et moi ? Peter a le droit de devenir parrain en claquant des doigts, mais moi, je dois me battre contre des membres de ta famille ?

— *Exactamente* !

— Mais Peter est nul avec les enfants !

— Ton sens du compliment s'améliore de jour en jour, déplore ce dernier.

— Et ne vous emballez pas non plus, intervient Graham. Il faut d'abord que le rendez-vous se passe bien. Chaque chose en son temps.

Le souvenir du couple de Hagerstown le hante encore ; si tirer un trait sur ce moment désagréable a plutôt bien fonctionné pour moi, Graham est confronté encore aujourd'hui à cet échec. Il le ressasse. Il a du mal à passer à autre chose. Ça peut se comprendre.

Pour éviter que l'ambiance ne glisse dans la déprime, je m'empresse d'amorcer l'apéritif.

Arepas, sauce *hogao*, légumes crus et gâteaux défilent dans des bouches impatientes. Et moi, j'ai peur… Non. Je suis effrayé. Tétanisé. Complètement paralysé à l'idée que rien ne se passe comme prévu. Nous allons devoir rassurer Danielle Lynch tout en lui montrant qui nous sommes… En est-on capables ?

Malgré tout, je me sens un peu plus complet, ce soir. J'ai grandi au milieu d'une famille nombreuse. Je suis dopé aux repas interminables. Aux cris d'enfants. Aux chambres en désordre et aux soirées jeux qui se terminent par des disputes mémorables à cause du mauvais perdant qui vient de jeter sa dernière carte. *La familia* est dans mon ADN. Je suis fait pour ça, et je sais au plus profond de moi que je me sentirai entier le jour où la mienne sera fondée.

Ces trente mois passés à attendre les appels de l'assistante sociale ont été longs et pénibles, mais j'ai le sentiment de toucher enfin au but. Cette sensation de légèreté me fait un bien fou.

— Je vais ouvrir.

Jan, qui vient d'entendre la sonnette, engloutit le reste de sa galette en même temps qu'elle file vers l'entrée. Un juron m'arrive aux oreilles quelques secondes plus tard.

— Je vais finir par mettre un pot commun dans la cuisine ! crié-je à travers le mur.

Pas de réponse. Je n'entends plus les sons qui proviennent de l'entrée ; ni le grincement de la porte qui aurait bien besoin de quelques gouttes d'huile, ni le bruit des pas de Janhvi.

— Jan, tout va bien ?

Je la rejoins, curieux.

Puis je me fige. Net.

— *Jueputa...*

Mon cœur remonte le long de mon œsophage pour se déverser dans ma bouche.

Deux personnes se tiennent sur le perron. Deux âmes pour un seul cauchemar.

Graham me les a montrées quelques fois en photo ; il a conservé un album dans l'un des cartons de déménagement, souvenir obscur d'une époque qu'il préfère enfouir sous un tas de vêtements sales. Quand nous avons préparé le *Parents Book* pour l'agence d'adoption, l'assistante sociale a suggéré que nous incluions des photos de notre enfance.

Le soleil de la Colombie accompagnait les miens. La

pluie de Wick les siens. Sur ses images, sa chevelure de rouille ressortait toujours comme une explosion de couleurs au milieu d'un paysage grisé par le froid… sauf en présence de ses parents.

Andrew et Lesley McConnel ont des braises sur leur tête. Un roux qui pétarade, qui crépite malgré des mèches blanches déposées par le temps. À côté, celui de Graham paraîtrait presque pâlichon.

— Bonsoir, entends-je de la bouche de la femme.

Je déglutis, pétrifié. Janhvi garde le silence, sous le choc.

Aux dernières nouvelles, ils sont retournés vivre en Écosse il y a treize ans. Comment connaissent-ils notre adresse ? *No lo sé.* Que font-ils ici ? *No lo sé…*

En revanche, je peux affirmer que Peter ne tiendra pas sa promesse ; non, tout ne se passera pas « à la perfection ». Pour l'excellente raison que mes beaux-parents ne savent pas qui je suis.

3

UNE AFFAIRE DE FAMILLES

♫ *Hell or Highwater – Addie Hamilton*

JANHVI

Voir Lesley et Andrew McConnel sur le pas de la porte me renvoie brutalement dans le passé. Le karma a un humour sadique.

À l'époque, ils vivaient dans une demeure cossue aux abords du golf de Brambleton, à quelques pâtés de maisons de celle de mes parents. J'ai passé une partie de mon adolescence à descendre leur rue avec le skateboard de Graham, dans l'espoir de devenir championne de glisse – manque de bol, j'ai terminé dans un musée. Lesley McConnel a soigné plusieurs fois les égratignures de mes genoux ; elle avait toujours ce sourire poli et rassurant fiché sur les lèvres, un peu comme les mères exemplaires des publicités sexistes diffusées dans les années 1950. Andrew, le père, était absent.

L'ambiance qui flotte dans l'entrée m'oppresse. Ils ne devraient pas être ici.

La dernière fois que je les ai vus, ils entreposaient des cartons dans une camionnette à destination de l'aéroport. J'allais sur mes seize ans, Graham venait de fêter ses dix-huit ans.

— J'espère que nous ne dérangeons pas, se hasarde Lesley.

Très franchement, je ne sais pas comment lui répondre. J'ai la poignée de la porte encore dans la main, et le choc a paralysé mes cordes vocales.

— Pas du tout ! rebondit Leandro, anormalement agité. Je suppose que vous êtes les parents de Graham ?

Il désigne leurs cheveux du regard, ce qui amuse Lesley. Andrew se contente d'observer Leandro avec suspicion.

— Et vous êtes ?

— Un ami, lui dit-il. Je suis un ami de Graham. De Janhvi aussi. Et de Peter. Il me semble que vous connaissez Peter, non ?

— Il est ici aussi ?

— Nous sommes tous ici, confirmé-je.

Des dizaines de questions se bousculent dans mon esprit, à commencer par la façon dont ils ont découvert notre adresse. Internet ? Une filature ? Leur présence n'annonce rien de bon.

Graham est un roc, psychologiquement parlant, mais même les plus grands guerriers possèdent des fêlures. La sienne s'appelle famille.

De peur que cet imprévu ne le déstabilise à l'approche de son rendez-vous avec Danielle Lynch, j'hésite sérieusement à claquer la porte au nez de ses parents. Pas vus, pas de souffrance inutile. Mais c'était compter sans cette cochonnerie de karma.

— Qui c'est ?

Leandro et moi échangeons un regard paniqué. Graham débarque quelques secondes plus tard avec une *arepa* roulée dans la paume, et Peter à sa suite. Leurs sourires s'effacent instantanément.

— Bonsoir, Graham.

Il pâlit. Vraiment. Son teint devient aussi farineux

que celui d'une vieille dame abusant de poudre de riz matifiante.

Si je suis choquée et en détresse, je n'imagine pas ce qu'il doit ressentir. Toutefois, sa première réaction n'est pas l'insulte ; il lui préfère la politesse d'un froncement de sourcils.

— Qu'est-ce que vous faites là ?

— Nous avons fait le trajet depuis Wick. Pour ton anniversaire, lui annonce sa mère.

— Je te demande pardon ?

Peter pose une main ferme sur son épaule. J'aperçois les jointures blanchissantes de ses doigts, résultat de la pression qu'il exerce sur l'articulation de son ami pour l'empêcher de s'emporter.

— Vous êtes ici pour célébrer mon *anniversaire* ? répète-t-il, incrédule.

Il laisse échapper un rire cassant.

— C'est la meilleure, ça !

Leandro arbore un sourire crispé au possible.

— Graham, tu ne veux pas faire entrer tes parents ?

— Non. Absolument pas, non ! Ils n'ont rien à faire ici.

Il se tourne alors vers eux.

— Merci de vous être déplacés. J'espère que votre vol retour se déroulera sans encombre.

Un vent glacial traverse la pièce quand il leur indique de repartir, mais les McConnel refusent de bouger. Leurs longues gabardines souillées par des restes d'averse gouttent sur notre perron. L'air se charge d'embarras.

— Ta réaction est légitime, lui dit Andrew. Je comprends.

— Je ne crois pas, non.

— Tu éprouves de la rancœur envers nous, peut-être même un peu de colère. Ce sont des émotions justifiées.

— Je n'ai pas le temps d'écouter tes…

— Nous nous sommes déplacés pour te présenter nos excuses, Graham. Nous sommes ici pour assumer nos erreurs, pour espérer apaiser nos cœurs et le tien.

— Après treize ans d'absence ? Vous avez été éclairés par la lumière divine ? C'est une plaisanterie…

— Graham, tu peux venir, deux minutes ? Excusez-nous.

Peter et Leandro l'emmènent à l'écart, conscients qu'il perdra son sang-froid si personne ne le raisonne à temps. Merci pour moi.

Désormais seule et mal à l'aise, je continue de laisser l'air frais s'engouffrer à l'intérieur de la maison. Ma main refuse de quitter la poignée mordorée de la porte d'entrée. La décision de les laisser entrer ou non ne m'appartient pas. Conclusion, je joue au groom version statue de cire pendant que le couple patiente sous l'humidité de l'extérieur.

Quand les garçons reviennent, je suis à deux doigts de couiner. La tête d'enterrement de Graham me dit que leur discussion n'a pas abouti à une décision plaisante.

— Nous venions de commencer l'apéritif, lance Leandro. Ça vous dit de vous joindre à nous ?

La tête d'enterrement prend soudain sens.

Leandro les invite d'un bras tendu vers la pièce adjacente, ce qui, cette fois, est volontiers accepté. Peter reste à mes côtés le temps qu'ils disparaissent.

— Leandro a convaincu Graham de les écouter, m'explique-t-il à demi-voix.

— Et le rendez-vous avec Danielle ?

— On se débrouillera pour les faire partir avant.

Ils n'ont pas de plan. Un comportement typique.

« Foncer dans le mur et réfléchir après » constitue le principe fondamental de leur existence.

— Et comment Leandro a réussi à le persuader ? Ça fait treize ans qu'ils sont sortis de sa vie !

— Il a dit à Graham que s'il voulait devenir un bon père, il devait d'abord régler ses problèmes personnels. Tu noteras que ses tactiques de manipulation s'améliorent.

J'accompagne difficilement son sourire. La légèreté m'a quittée.

— Ça va aller, Jan, ne t'inquiète pas. Rends-toi au dîner de tes parents. On s'occupe de tout.

D'autres phrases toutes faites me persuadent de m'en aller, à contrecœur.

Déposant un baiser sur mon front, Peter me donne ensuite sac, veste et clés de voiture. Bien que Graham n'ait pas besoin de moi, j'aurais aimé afficher mon soutien. J'ai peur de le retrouver dans un état inconsolable à la fin de la soirée.

— Jan.

Je me fige, surprise d'entendre mon surnom au milieu de la rue.

— Par ici.

La silhouette dressée près de mon capot, rapidement identifiable, provoque une sensation déroutante dans mon ventre. Comme une brûlure liquide. Aiguë. J'ai l'impression d'avoir avalé une cuillère d'orties.

— Je te dérange ?

C'est la question du jour...

Tremblante, je reprends néanmoins mes esprits. Je déverrouille la portière et le contourne, alors que de vieilles odeurs familières pénètrent dans mes narines. Du musc et des épices, le parfum de son après-rasage.

— Tu ne réponds pas à mes messages, je me demandais…

— Non, Cole. Tu as perdu le droit de me parler il y a trois semaines.

Je tire sur la poignée, désormais furieuse. Mes émotions recommencent à faire des leurs. Mon cœur s'élance dans une débâcle de palpitations douloureuses.

Revoir ce traître n'était définitivement pas au programme de cette soirée déjà chaotique.

— Janhvi, je voudrais qu'on mette les choses à plat, tous les deux. Je t'ai quittée de façon abominable, je suis tellement…

— Excuses non acceptées.

Je dois résister. Je peux le faire. Cole est un goujat doté d'une capacité intellectuelle de lombric dégénéré. Il a des poils aux orteils, ne sait pas épeler mon prénom, rote après avoir mangé des œufs durs et ne connaît pas la signification du mot « respect ».

— Est-ce qu'on pourrait juste…

— Non.

— Laisse-moi au moins…

— Non.

— Tu veux bien…

Je me tourne vers lui, frissonnant de rage.

— Tu m'as quittée, Cole. Tu as décidé, par un beau soir de beuverie, de mettre un terme à notre relation, tu t'en souviens ? Que tu le regrettes est ton problème, plus le mien. Maintenant, j'apprécierais que tu arrêtes de me harceler, parce que je vais finir par perdre mon sang-froid.

— Je te connais : tu te braques parce que tu es blessée.

— Cette réaction survient chez 99 % des humains, ne la mets pas sur le compte d'un prétendu lien entre nous !

— Et tu deviens cynique quand on te met au pied du mur.

— Qu'est-ce que tu ne comprends pas dans « Arrête de me harceler » ?

La brise souffle un vent frais sur son visage sculpté dans le marbre. Une fois, Graham a comparé sa tête à une olive posée sur un pylône électrique, référence à la largeur impressionnante de son cou. Je n'avais pas trouvé ça amusant, à l'inverse de Peter et Leandro qui ont fini avec le hoquet à force de rire. Aujourd'hui, je dois admettre qu'ils n'avaient pas tort.

— Qu'est-ce que tu attends de moi, exactement ? reprends-je. Que je te pardonne ? Qu'on se remette ensemble ? Quel est ton but ?

Il prend une longue inspiration, soulagé de bénéficier de quelques secondes supplémentaires.

— Je m'en veux, Janhvi. Tu es quelqu'un de bien, tu ne méritais pas d'être traitée comme ça.

— Et ?

— Je ne veux pas que tu souffres à cause de moi. Je... autorise-moi à clore notre histoire proprement. J'aimerais qu'on prenne le temps de s'écouter, tu vois ce que je veux dire ?

— Pas trop, non.

Je croise les bras contre ma poitrine.

— Je t'apprécie toujours. Ça ne changera jamais, ça. Je ne conçois pas que tu sortes définitivement de ma vie. Je me suis dit que si on parvenait à laisser ce malentendu derrière nous, alors on pourrait peut-être... devenir amis ?

Un « malentendu ». Waouh. OK.

Il ne m'aime plus, les faits sont maintenant avérés. Et en prime, il cherche à se racheter une conduite auprès de son karma pour éviter le retour de bâton. Je ne sais plus où je l'ai trouvé celui-là, mais il en tient une bonne.

Atterrée, je tire la portière pour m'installer sur le siège et je démarre.

Le prochain homme à entrer dans ma vie, je lui fais signer un contrat stipulant que la moindre égratignure sur mon cœur aboutira à une pendaison immédiate par les testicules.

En appuyant sur la sonnette de la maison familiale, j'ai encore les pensées embuées. Entre le retour des parents de Graham et les tentatives de Cole pour renouer le contact, je ne sais plus comment faire redescendre la pression. C'est à croire que l'univers a décidé de condenser tous les problèmes sur une seule soirée afin de s'en débarrasser plus vite.

— Hey, *sis* ! Comment va ?

L'apparition de Deepankar derrière la porte m'aide cependant à relativiser la notion de « problème ».

Tandis qu'il s'écarte pour me laisser entrer, j'observe, circonspecte, le bob *tie & dye* planté sur la tête de mon petit frère. Son sweat en polaire jaune recouvre un short trop grand, dont le logo de la marque est répété à l'infini sur le tissu brillant. Mon étude se prolonge sur une paire de claquettes en faux cuir, de vieilles chaussettes de sport, et un attirail de quincaillerie accroché autour du cou.

— Tu essaies de te faire déshériter ?

Les breloques de sa chaîne cliquettent dans une

symphonie de métal bas de gamme lorsqu'il referme la porte. Fossilisé, il aurait toute sa place au hall des momies égyptiennes, entre des pharaons rabougris et des statuettes abîmées.

— Mes goûts vestimentaires se retrouvent sur des encarts publicitaires. Ma différence est gravée dans la pierre, mon exubérance se voit sans aucune œillère.

— D'accord...

Je plisse les yeux.

— ... Là, tu essaies de faire des rimes.

Il me décoche un clin d'œil pour confirmer, ce qui m'offre un instant de ringardise rafraîchissant.

Jusqu'ici, j'ignorais que les petits frères pouvaient rivaliser avec les oncles ivres sur la liste des membres les plus gênants d'une famille.

— Ma sait que tu es devenu has been, ou je dois m'attendre à la sauver d'une syncope ? demandé-je.

— Has been. L'aspirine qui se met dans les verrines. Moi, je prends pas de cocaïne, je préfère la caféine. Je suis un...

— C'est bon, Deep, merci.

— Appelle-moi Big Deep, *sis*. Je suis dans le système, je roule des pelles à toutes les mères maquerelles.

Il sourit jusqu'aux oreilles.

— Elle était cool celle-là, nan ?

— « Big Deep » ?

— C'est mon nouveau blaze, ouais.

J'ôte ma veste en me demandant quel objet de la maison a cogné son crâne. Il le faut assez lourd pour avoir remplacé mon frère par le Justin Bieber indien des quartiers chics de Brambleton.

Peut-être une statue. Ou un coin de table. Celle de

la salle à manger pourrait éventuellement figurer sur la liste des suspects.

— Et non, maman est pas au courant, précise-t-il. Faut que je me change, les invités sont déjà là. C'était juste pour que tu captes le délire. T'en penses quoi ?

— Quels invités ?

— T'aimes bien le style ou pas ?

— Il y a des gens ici ?

Il soupire, ce qui me pousse à satisfaire son besoin de flatteries.

— Non, c'est très moche. Tu as l'air d'avoir perdu le sens de la vie. Qui est là, Deep ?

— Moi, c'est Big Deep.

— Tu veux bien répondre à mes questions, *Big Deep* ?

Il prend le temps de reluquer ma robe de haut en bas. Ses épais sourcils disparaissent sous le rebord de son bob.

— Tu t'es pas demandé pourquoi Ma t'a dit de venir habillée comme un sapin ?

— Parce qu'on dîne en famille ce soir.

— Parce qu'elle a invité les voisins.

Il croise les bras contre son pull de poussin transgénique.

— Michael et Lawrence Town, m'apprend-il. Ils ont emménagé dans le quartier en début d'année. Bapu les aime bien.

— Ils mangent souvent à la maison ? dis-je, surprise que cette info ne m'ait pas été transmise.

— Une fois par mois, à peu près. Et quand la fête des voisins se passe chez nous. Ils ont un fils, George. Apparemment, il est en ville pour quelque temps.

— George Town ? Comme *Georgetown*, le quartier ?

— Ou la capitale des îles Caïmans, à toi de voir ce

que tu préfères. Il est un peu plus vieux que toi, genre deux ou trois ans.

Ma jugulaire commence à pulser. Douloureusement. J'ai peur d'écouter la suite, ce que Deepankar remarque.

— Il porte un costard qui doit coûter les meubles de notre rez-de-chaussée, des chaussures ultralustrées, et il fait grave penser au gars qui joue dans *The Witcher.* Tu n'aurais jamais dû prévenir Ma que c'est fini avec Cole : elle veut te caser.

Il remonte les marches quatre à quatre, ravi de son petit effet. Moi, je me décompose.

Non.

J'ai déjà assez de soucis avec l'ex-harceleur, il n'est pas question d'en rajouter une couche avec l'intrusion de Simran « Cupidon » Thapar dans le parcours chaotique de mes histoires sentimentales !

— C'est pas vrai... Elle n'a pas osé ? !

— Il semblerait que si.

Je fais volte-face. Un homme vêtu d'un costume gris cendré, aux chaussures brillantes et à la chevelure nettement plus claire que celle de Henry Cavill me lance un petit sourire.

— Vous devez être Janhvi ? George, votre prétendu prétendant qui n'avait pas non plus prévu de se retrouver dans ce guet-apens. Je ne sais pas s'il est de bon ton de vous dire que je suis heureux de vous rencontrer ?

PETER

La Lexus de Jan disparaît à toute allure dans l'allée cernée d'arbustes. Elle laisse derrière elle l'un des pires spécimens que porte cette planète. Et je sais ce que j'avance ; j'ai un bon aperçu de la cruauté du règne animal avec mon défilé de perroquets fourbes, de chats sadiques et de hamsters cruels.

Cole.

Cole, qui fixe le bout de la rue, inerte.

Cole, qui espère peut-être qu'elle fasse demi-tour ?

Cole, qui prend ses désirs pour des réalités.

— Barre-toi.

Il se tourne vers moi pour rencontrer mon regard froid sur le pas de la porte. Je suis incapable de rester cordial quand il s'agit de lui. C'est plus fort que moi.

Cette rage résiduelle m'a suivi pendant ses sept mois de relation avec Jan. Sept mois de torture. Dès qu'il entrait chez nous, je me répétais la peine encourue pour un homicide volontaire dans le district de Columbia afin de ne pas l'étrangler. Parfois, ça ne suffisait pas et il fallait que je m'isole.

— On doit avoir une discussion, elle et moi, me dit-il en rentrant les mains dans les poches de son blouson.

— Elle est partie. Rentre chez toi.

— Elle m'a demandé de l'attendre.

— Ça m'étonnerait.

Là, je bluffe. Impossible de savoir ce qu'ils se sont dit, le vent n'apportait que les odeurs de bitume humide, et pas les sons.

Il me rejoint avec sa nonchalance habituelle, celle qui lui donne l'air d'un gorille à la recherche de termites pour le déjeuner. Les cailloux blancs crissent sous les semelles de ses gros rangers. Trop d'assurance tue l'assurance.

Je n'ai pas fréquenté beaucoup de pompiers dans ma vie, mais depuis la découverte de celui-ci, plus aucun n'a droit au statut de superhéros. Mes idéaux de gamin ont été revus à la baisse.

— Je sais que tu ne me portes pas dans ton cœur, Peter. On ne va pas refaire l'histoire mais ce serait bien que tu ne t'immisces pas dans les affaires de Jan. Tu n'es ni son frère ni son petit ami.

Breaking news : Cole ne m'a jamais apprécié, lui non plus.

— Tu as quitté cette femme par texto, en pleine nuit, il y a trois semaines, lui rappelé-je. Tu n'es plus personne à ses yeux. Par ailleurs, 25 % de la maison que tu vois derrière moi m'appartient. Je t'interdis d'y entrer.

— OK. Je l'attendrai dans les 75 % restants.

Ma paume s'écrase sur le torse en titane qui tente de pénétrer à l'intérieur.

— Tu veux réellement jouer à ça ? me demande-t-il en souriant.

— Tu n'as rien à faire ici. Janhvi n'a aucun compte à te rendre.

— Moi, j'en ai. Je lui ai promis cette conversation,

et je patienterai. Comme elle le souhaite et où ça lui chante. Compris ?

— Compris.

Et dans le plus grand des calmes, je lui claque la porte au nez.

Calé au fond du canapé, face à un apéritif tiède que personne ne touche et entouré de gens qui s'insupportent tous plus les uns que les autres, je fais profil bas.

Les McConnel ne sont pas des gens méchants. Disons qu'ils ont des principes parentaux différents. Leur façon de vivre est caractérisée par des repas pris à des heures très fixes, l'entretien d'un potager très vintage et une certaine étroitesse d'esprit. On ne peut pas leur en vouloir. Enfin, pas trop. Ils appliquent les leçons apprises, sans imaginer que le professeur a pu se tromper dans l'énoncé.

— Et donc, vous venez de Wick. Graham nous a dit que cette ville était incroyable.

Leandro ment depuis tout à l'heure. Il tente de sauver les apparences.

Des souvenirs d'enfance que son mari nous a rapporté, il reste à peine un peu d'iode et de grisaille. L'Écosse, Graham l'a quittée à neuf ans. Il y a laissé une maison en brique près d'une chocolaterie et son insouciance. Ses parents ont cru pendant longtemps que la liberté des États-Unis avait conduit à transformer leur fils. Que sans cette arrivée au pays où tout est possible, il aurait suivi « le droit chemin ». C'est une des fausses leçons données par le mauvais professeur : on pense que l'homosexualité s'attrape. À l'égal d'une maladie.

— C'est un coin charmant, acquiesce Lesley. Pour autant qu'on apprécie la nature.

— En Colombie, elle est un peu partout. Vous connaissez le Caño Cristales ? On l'appelle « la rivière aux cinq couleurs ». Les algues la rendent rose à l'automne, c'est vraiment superbe !

Andrew masque un petit rictus.

— Je ne connais pas bien ce pays, mais pourquoi ne pas le visiter un jour ?

— Je serai heureux d'être votre guide. Une partie de ma famille vit toujours à Barranquilla.

— Cette ville n'est pas réputée pour sa tranquillité, intervient Andrew.

Leandro esquisse un sourire de façade. L'habitude.

— Ne vous inquiétez pas, je ne suis pas trafiquant, et les membres de ma famille ne font partie d'aucun cartel de drogue. Enfin, j'espère.

— Voilà qui est rassurant !

Lentement mais sûrement, les liens se tissent entre chaque convive. Lesley se montre plutôt courtoise, pour l'aperçu que j'en ai. Leandro arrive même à la dérider grâce à ses expressions maladroites et ses blagues farfelues. Pour le père McConnel, c'est une autre affaire.

Andrew refuse de baisser la garde. Il observe Leandro et Graham comme s'il tentait d'établir une connexion acceptable entre eux, une autre que celle qui saute aux yeux. Ce serait bien plus facile s'ils étaient juste colocataires ; les excuses dont il parlait tout à l'heure, et qu'il n'a toujours pas prononcées, viendraient plus naturellement.

Graham s'échappe au bout d'une demi-heure de mutisme. Je le suis à la cuisine en sentant à quel point l'épreuve l'épuise. S'il était du genre à extérioriser ses émotions, il aurait déjà enfoncé son poing dans un meuble.

Les bras en appui sur le comptoir et la tête basse, il n'arrête pas de soupirer.

— Il faut qu'ils s'en aillent.

— Je sais.

— Ça ne sert à rien, Peter, ils n'ont pas changé.

— Tu ne veux pas essayer d'écouter ce qu'ils ont à dire ? Peut-être que leurs excuses vaudront le coup.

— Tu as vu la tête de mon père ? Dès que Leandro a le malheur d'ouvrir la bouche, il devient dédaigneux. Il sait qu'il est gay. Il sait qu'on est ensemble.

J'ai abouti à la même conclusion.

— Tente avec ta mère, alors. Elle est plus ouverte que lui.

— L'éducation de ma grand-mère la force à être polie avec tout le monde. Mais c'est une vraie Bree Van de Kamp, contre-t-il.

— Ça m'étonnerait qu'elle cache un flingue sous les doublures de sa robe plissée.

— Parfois, les balles se résument à des mots. C'est elle qui a voulu déménager sans moi, pas mon père. Et s'ils ont eu la décence de ne pas partir le jour de mes dix-huit ans, c'est parce que mon père trouvait la symbolique un peu brutale. Pas elle.

Mon regard compatissant ne l'aide pas vraiment à se détendre. Il est contracté des épaules jusqu'au torse. Leandro débarque dans cette ambiance lugubre, au bord de l'asphyxie.

— Je sais que je suis le plus sociable d'entre nous, mais ça n'est pas une raison pour m'abandonner au milieu du champ de courses ! s'indigne-t-il.

— De bataille…

Il rejoint Graham en passant une main nerveuse dans ses boucles de cheveux.

— Je veux qu'ils s'en aillent, répète Graham, implacable.

— C'est surtout nous qui allons devoir partir, rétorque Leandro. Il nous reste moins d'une demi-heure pour rejoindre Danielle. Molly m'a déjà envoyé quatre SMS pour être sûre qu'on serait là-bas à temps.

Il me jette un regard désemparé.

— Je n'ai *absolutamente* aucune envie d'être en retard à ce rendez-vous.

— Il vaudrait mieux éviter ça, je suis d'accord, acquiescé-je.

— *Bien*. Dans ce cas, tu pourrais occuper les invités, le temps qu'on fasse un petit détour par Hyattsville ?

Je marque un temps d'arrêt.

— Excuse-moi ?

— Je suis sûr que tu vas très bien t'en sortir.

Je secoue la tête, hébété.

— Tu es en train de me demander de couvrir votre fuite ? Sérieusement ? Vous allez en avoir pour combien de temps ? Au moins une heure ! dis-je en m'efforçant de ne pas hausser le ton.

— Peut-être plus, si Danielle nous apprécie, intervient Graham.

Sa voix est teintée de détermination. Je n'en crois pas mes oreilles.

— Parce que tu soutiens l'idée absurde de ton mari ? m'insurgé-je, toujours à voix basse.

— Leandro a raison : on ne peut pas manquer cette entrevue. Et je refuse catégoriquement que mes parents soient à l'origine d'un autre échec.

— Comment veux-tu que je leur explique votre absence ? Vous allez disparaître trop longtemps !

— Des courses ? suggère Leandro.

— On n'avait pas prévu d'avoir deux bouches en plus à nourrir, confirme Graham.

— Des… pitié.

Ça n'a pas de sens.

— *Hágame un catorce, parce…*

— Je ne sais pas ce que ça veut dire, grommelé-je.

— Fais-moi une faveur.

— Évidemment…

Je me passe une main sur le menton, consterné. Faire la conversation, seul, dans le mensonge, à des personnes que je n'ai pas vues depuis treize ans, ça me tente autant que de passer la journée au bloc à curer des abcès purulents de glandes anales.

Mais parce qu'on est amis, je me retrouve à battre en retraite.

— Dans les bons comme dans les mauvais moments…

Nous nous mettons alors d'accord sur les détails ; ils ne feront pas durer l'entretien plus que nécessaire, et je n'évoquerai pas leur union.

— Je ne veux pas qu'ils aient la confirmation, insiste Graham. Soit ils m'en parlent d'eux-mêmes, soit ils restent dans le doute.

— Sois tranquille, tout est son contrôle.

Rien ne l'est.

Au moment de quitter la cuisine, je suis persuadé qu'un piège est en train de se refermer sur moi. Quelque chose de mauvais, de très mauvais se profile. Graham et Leandro enfilent leurs blousons pendant que je dresse une fausse liste de courses, le ventre noué par l'angoisse.

— Ne soyez pas trop longs, dis-je en ouvrant la porte.

— On fera dans le mieux, *parce*.

— Au mieux. Et montrez à Danielle que vous êtes géniaux.

On échange tous les trois un sourire tendu – vraiment pas joli à voir. Mon état émotionnel empire lorsque je les regarde s'éloigner à bord de leur break impeccable.

Ça sent mauvais, très mauvais…

— Si mes calculs sont bons, il n'y a plus que toi à l'intérieur.

Ma jauge de bonne humeur, déjà pas bien haute, s'effondre brutalement. Cole claque la portière de sa citadine garée à quelques mètres, amusé de me voir aussi désemparé.

Génial. Il est apparemment membre fondateur du club « Je suis un putain de pot de glu ».

— Tu es buté, noté-je.

— Tenace, je dirais.

Je m'apprête à refermer la porte mais suis interrompu par le claquement d'une paire de talons sur le parquet du hall d'entrée. Lesley. Elle fronce les sourcils en me voyant.

— Je cherche les toilettes, s'explique-t-elle.

Je lui indique le couloir de droite.

— Merci. Il y a un problème ? demande-t-elle en désignant la porte.

— Leandro et Graham ont dû s'absenter, une urgence. Ils font au plus vite.

— Une urgence ? Ce n'est rien de grave, j'espère…

— Non, non.

Impossible de me rappeler la fausse liste de courses.

Sa façon de me dévisager, à la limite d'une éviscération visuelle, me vide le cerveau.

Graham n'a pas tort quand il la compare à Bree Van de Kamp. Elle est... parfaitement inquiétante. Trop propre sur elle. Son regard perçant me rappelle étrangement celui de Penelope juste avant que ses griffes ne s'enfoncent dans ma chair.

— Que se passe-t-il, Peter ?

Paupières plissées et mains jointes, elle me rejoint à la porte. La méfiance s'installe.

— Graham est en colère, c'est ça ? Il s'est enfui pour éviter d'avoir à nous écouter ? J'ai vu la haine dans son regard tout au long de l'apéritif.

— Non, Lesley. Il va revenir. Mais nous n'avions pas prévu de vous recevoir aujourd'hui, notre frigidaire est quasiment vide.

— C'est un mensonge ? Tu mentais déjà beaucoup quand tu étais plus jeune, et ça n'a jamais été ton fort.

Je me crispe. Elle fait référence à une vieille histoire dont je n'ai pas spécialement envie de ranimer les souvenirs.

— Où est parti Graham ? insiste-t-elle.

— Il ne sera pas long.

— Ça ne me dit pas où mon fils se trouve. C'est ce Leandro qui l'a convaincu de s'en aller ? Ils ont développé un autre genre de... relation, n'est-ce pas ?

— Un souci ?

Tout sourire, Cole apparaît pour la énième fois dans mon champ de vision. Ses rangers dégoûtantes écrasent notre tapis comme s'il était le sien.

— Tu ne m'avais pas dit qu'on avait des invités ce soir, Pete ! Bonsoir, madame.

Pete ?

— Cole, se présente-t-il. Je suis un coloc temporaire.

Un *quoi ?*

— Ravie de vous rencontrer, Cole. Vous êtes pompier ? demande Lesley, soudain fascinée par le gabarit du nouvel arrivant.

— Ça se voit tant que ça ?

— Votre casquette ne prête pas vraiment à confusion…

— Je plaide coupable ! dit-il en riant. Et vous, vous devez être de la famille de Graham. Les traits ne mentent pas.

Elle tapote le bas de son brushing, amusée. Personnellement, je suis resté bloqué sur le « Pete, coloc temporaire ».

— Cole, tu veux bien… ?

J'indique la cuisine d'un mouvement de tête, mais il ne saisit pas le sous-entendu. Ou il ne veut pas le comprendre, ce qui se rapproche certainement plus de la vérité.

— Si j'avais su que vous viendriez, madame McConnel, je me serais fait beau, lance-t-il à la place, avec le sourire.

— Nous sommes arrivés à l'improviste, ne vous en faites pas. Même Graham n'était pas au courant.

— Cole, est-ce que tu…

— C'est donc pour ça qu'il est parti faire des courses avec Leandro ! Je comprends mieux. Je les ai croisés en bas de la rue, ils étaient en route pour le boucher.

Et comme si la situation était tout à fait normale, il se lance dans un mensonge de haute voltige, expliquant à Lesley qu'il habite chez nous depuis que son « appartement a brûlé ». J'en suis abasourdi.

— Le comble pour un pompier, vous me direz ! C'est Leandro qui m'a proposé une chambre en attendant la fin des travaux de rénovation.

— C'est généreux de sa part, concède Lesley.

— Leandro est quelqu'un de bien, oui.

— Vous vous connaissez depuis longtemps ?

— Oh ! on est ensemble depuis quelques mois, oui.

Pardon ?

Au final, elle n'était pas au comptoir du Red Derby mais ici, ma dimension parallèle. À quoi joue-t-il ?

Complètement perdu, j'en oublie d'intervenir. Mon regard passe de l'un à l'autre comme s'il assistait à un match de tennis.

— Oh. Je ne savais pas que… Enfin, je pensais que…

— … votre fils sortait avec mon petit ami ? complète-t-il. Je vous ai entendue sur le pas de la porte. Ce n'est rien. C'est même plutôt un compliment : Graham est beau garçon. En tout bien tout honneur, on s'entend. Mais Leandro m'a choisi. Sûrement pour le côté pompier.

Soudain plus détendue, Lesley retrouve ses esprits et son envie pressante. Après avoir précisé qu'elle espérait bien poursuivre la conversation avec Cole, elle prend enfin le couloir de droite.

J'attends qu'elle ait disparu pour exploser.

— C'est quoi ton problème ? !

Contrairement à moi, Cole rayonne. Sa tête d'olive gesticule avec satisfaction sur son foutu pylône de cou.

— Je viens de te sauver la mise. À toi. Et à Graham, au passage.

— Tu te fous de moi ? Personne ne t'a demandé d'intervenir, ce ne sont pas tes affaires !

— Tu avais l'air en difficulté, j'ai voulu aider. Tu pourrais me dire merci : grâce à moi, cette femme ne saura jamais que tes amis sont en couple. Coup de maître, non ?

Je le regarde retirer et poser ses rangers à côté du tapis de l'entrée, ivre de colère.

Il ne fait pas ça pour Graham. Encore moins pour moi. La seule raison de vivre de cet homme en ce moment, c'est Janhvi ; en se faisant passer pour le sauveur, j'imagine qu'il espère regagner des points dans son estime. Je ne supporte vraiment, vraiment pas ce type.

— Le souci, c'est que je suis obligé de rester ici, maintenant. Au moins jusqu'au départ de ces gens. Ce serait dommage qu'ils apprennent la vérité, hein ?

Trente à soixante ans de prison avec admissibilité à une libération conditionnelle fixée par le juge à partir de la trentième année.

Je répète : trente à soixante ans de prison avec admissibilité à une libération conditionnelle fixée par le juge à partir de la trentième année.

JANHVI

J'ai honte. Vraiment honte. Mais pas honte comme l'individu distrait qui se prendrait la porte vitrée d'un magasin en pleine tête – petit joueur. Non. Ce que je ressens va bien au-delà du simple embarras… Actuellement, on se situe aux environs de la Voie lactée de la honte. Près de la constellation de l'Humiliation. À quelques mètres du Triangle austral de l'indignation.

Et le pire ? Je ne peux rien dire.

Au cœur de la salle à manger réarrangée depuis ma dernière visite, j'assiste, impuissante, à la comédie de ma mère. Simran Thapar n'est jamais plus sûre d'elle que lorsqu'elle s'immisce dans la vie de ses enfants.

— Et comment se passe ton exposition, Jan ? Janhvi travaille au musée national d'histoire naturelle, annonce-t-elle avec une fierté affichée.

— Aussi bien qu'on puisse l'imaginer.

J'avale une bouchée de *paneer* épicé, excuse me permettant de ne rien ajouter. J'ai autant envie de discuter que de relire mes vieux cours de taxonomie en verlan.

— Elle se charge de mettre en place des expositions dans la partie marine du Smithsonian, c'est l'une des plus visitées au monde. De quel thème s'agira-t-il, cette fois-ci ?

— Je n'ai pas le droit de révéler des informations tant que l'exposition n'est pas rendue publique, rappelé-je.

Mais elle connaît parfaitement le sujet puisque je lui en ai parlé à de nombreuses reprises au téléphone. Sans gêne, elle se met donc à expliquer aux Town combien je suis attachée à l'océan, à la faune et la flore qu'il abrite, et comment je compte mettre en lumière sa destruction au travers d'un voyage initiatique pour le visiteur. Mon agacement croît de manière exponentielle ; mes doses de *paneer* et de *dal makhani* ingurgitées aussi.

— Janhvi a toujours été fascinée par ce domaine. Nous sommes partis en vacances sur la côte californienne quand elle était petite. Là-bas elle a découvert un centre de réhabilitation pour animaux marins : pendant dix jours, elle n'a fait qu'aider les phoques mal en point, et a insisté pour rendre service. Vous auriez dû voir ça, c'était…

— Si tu la laisses faire, elle finira par raconter comment tu arrachais tes couches, murmure Deepankar.

Avachi sur la chaise à ma gauche, un écouteur calé dans l'oreille, il m'adresse un sourcil moqueur.

— The Witcher saura qu'on t'appelait « fesses à l'air » dans le milieu des nourrissons.

— Tais-toi, Deep.

Il n'était même pas né à cette époque.

— Je dis ça pour toi hein, c'est pas moi qui me fais afficher depuis tout à l'heure…

— Elle va arrêter, me convaincs-je.

— Ouais. Quand ta dignité aura été enterrée si profond

que même les macchabées sauront pas la retrouver… Eh ! elle en jette, celle-là ! Faut que je la note.

Je suis reléguée au second plan tandis qu'il dégaine son portable sous la table. En face, George nous observe avec une pointe de malice, comme si la situation l'amusait. Puis il reporte son attention sur la propagande bien rodée de ma mère et son sourire devient caustique.

Le dîner se poursuit au rythme de mes louanges. Les attablés se retrouvent à devoir écouter mes aventures avec l'obligation de hocher patiemment de la tête ; Janhvi qui exige d'une animalerie qu'elle libère tous les poissons exotiques de ses aquariums à huit ans. Hochements de têtes. Janhvi qui remporte le trophée d'excellence dans sa classe de biologie à douze ans. Sifflements admiratifs. Janhvi qui envoie une lettre au président des États-Unis afin de lui rappeler l'urgence écologique. Exclamations impressionnées.

La grève de la faim pour les orques résidentes du Sud, les livres d'océanographie comme lecture de chevet, la casquette « Sans océan, mort sans précédent »… Je suis encensée au point de me demander pourquoi mon prix Nobel n'est pas posé sur la cheminée du salon, à côté d'une armada de médailles à la gloire de mes talents. Ma mère exagère absolument toutes mes qualités et efface consciencieusement mes défauts, afin de dresser le portrait d'une jeune femme idéale. Enfin, qui correspondrait à *son* idéal. Mon père, en guise de soutien moral, ajoute des touches d'humour potache auxquelles les Town se forcent à rire.

En tant qu'adulte accomplie, on peut considérer que j'ai régressé. J'ai l'impression d'être vendu sur le marché par une famille de charlatans.

— Et sinon, George, que faites-vous dans la vie ?

L'intéressé repose son verre et adresse un sourire avenant à ma mère.

— Je suis avocat pénaliste dans un cabinet en périphérie de Baltimore. Mais j'imagine que mes parents vous ont déjà fait part de mes exploits au barreau.

— Nous en avons eu quelques échos, admet mon père. Fascinant, ce métier. Une vocation ?

— Une désillusion. J'aurais voulu me spécialiser dans le narcotrafic mais à mon grand dam, j'ai fini du bon côté de la loi.

Le silence s'abat autour de la table.

— Le pénal s'occupe de quel genre d'affaires ? reprend ma mère, soudain moins à l'aise.

— Meurtre, vol, agression, escroquerie… Je défends des auteurs présumés de crimes et de délits.

— C'est intéressant. Et vos clients sont tous…

— Des malfrats ? Il semblerait que j'aie la tête de l'emploi.

M. Town se racle la gorge. Ne sachant plus vraiment où se mettre, il avale une longue gorgée du vin apporté de sa propre cave. Sa femme, elle, cligne frénétiquement des paupières. Un grain de poussière paraît salir l'image parfaite de son fils, celle qu'elle espérait voir briller ce soir.

— Mais je suis doué, ne vous inquiétez pas, assure George. Les cadeaux de mes clients, ceux dont les procès ont été remportés, sont tous alignés au-dessus de ma cheminée.

— Quelle taille fait votre cheminée ?

Il me jette un regard lumineux.

— Elle est d'une largeur suffisante, je dirais.

— Et vos exploits sont nombreux ?

— Ils n'égalent pas les vôtres, c'est une certitude.

Je me retiens de sourire ; il semblerait que les conspirations parentales le lassent autant que moi. Sauf qu'à la place du silence, il opte pour le cynisme.

Deepankar est le seul à ne pas participer au massacre organisé. Dans sa bulle, il poursuit la rédaction de paroles aux rimes approximatives pendant que George et moi subissons un interrogatoire en règle.

Je fais part de mon dépit à ma mère, plus tard, quand les plats sont déposés à la cuisine.

— Ça n'est qu'un simple dîner, Janhvi, il ne t'engage à rien.

En vue du dessert, elle déploie un service d'assiettes lustrées au chiffon.

— Ça n'est pas un rencard arrangé ?

— Qui t'a mis cette idée en tête ?

Je lève les yeux au ciel.

— Pas à moi, Ma... Tu passes ta vie à essayer de t'immiscer dans celle des autres ! Je n'ai aucune envie de sortir à nouveau avec un homme.

Le plan de travail dégorge de paquets ouverts, de restes de ghee et de lait sortis des placards ; sachant qu'elle préfère largement distiller ses cours de microbiologie à l'université de Shenandoah plutôt que de porter la casquette d'une femme aux fourneaux, j'en déduis qu'elle tente d'impressionner les Town.

— George ne m'intéresse pas, tu en es consciente, n'est-ce pas ?

— Très bien, oui.

Je plisse les yeux, sceptique. *Trop simple.*

— Il n'y a aucun souci puisque cette rencontre n'a pas pour but d'aboutir à un mariage, s'explique-t-elle.

— C'est une manœuvre destinée à me manipuler dans le but que cette rencontre aboutisse à un mariage ?

— Non. Mais je trouve que tu te montres bien fermée d'esprit. George mériterait qu'on s'attarde sur lui : c'est un avocat.

— Et je suis commissaire d'exposition, oui. C'est un métier, pas un ticket d'entrée au club des « bons partis ».

— Tu avoueras qu'il est charmant.

Je serre les poings contre mes hanches, son insistance jouant avec mes nerfs.

— Je n'ai pas besoin d'un homme dans ma vie pour être épanouie, Ma.

— Ce n'est pas ce que j'insinue. Tu peux très bien être heureuse seule.

— Mais c'est mieux à deux, c'est ça ? Et puis, si l'homme a un certain statut, alors le bonus est encore meilleur ?

— Qui dirait le contraire ?

— Ma !

Mon timbre de voix, passablement exaspéré, lui fait enfin lâcher son *halwa* des yeux. Elle claque le saladier sur le comptoir puis me dédie son attention. Ses traits deviennent plus durs.

— Cole était un imbécile, Janhvi.

— Sur ce point-là, on est d'accord, oui.

— Tous les hommes avec qui tu es sortie le sont.

— Tu ne les as pas tous rencontrés.

— Je préfère ne pas imaginer le comportement de ceux que tu n'as pas osé nous présenter.

Elle n'a pas tort, mais je ne lui ferai pas le plaisir de l'admettre.

— Quand bien même, rétorqué-je. Je ne veux pas que

tu essaies de me caser avec un homme qui te plaît, à toi. Le jour où j'aurai à nouveau envie d'être en couple, je me chargerai moi-même d'effectuer les recherches.

— Je sais ce dont tu as besoin. Je suis ta mère, Janhvi. Je suis capable de faire la part des choses, de déceler chez un homme ce qui te conviendra et ce qui te rebutera. En l'occurrence, George…

— Stop avec George.

— Eh bien ! Prends ton mal en patience, parce que je n'ai pas terminé.

Lui tenir tête apporte rarement des bénéfices. Je l'ai appris à mes dépens au cours d'une adolescence jalonnée de crises et de bretelles remontées. Mais, si le temps m'a assagie, l'indépendance de ma vie amoureuse mérite que les affrontements se poursuivent.

Qu'elle ait recours à l'intimidation ne me fera pas plier.

— George est un homme doté d'un cerveau efficace, d'un physique agréable, et d'une situation confortable. Ses parents tenaient à ce qu'ils te rencontrent, parce que tu es une femme dotée d'un cerveau efficace, d'un physique agréable, et d'une situation confortable. Vous êtes égaux. Et, sauf erreur de ma part, ça constitue un bon point de départ.

— Pas pour moi.

— Que veux-tu de plus ? s'impatiente-t-elle.

— L'envie. L'envie de le rencontrer, l'envie de le découvrir, l'envie de dîner avec lui. Là, c'est de la contrainte !

— Je te donne juste un petit coup de pouce !

La prochaine fois que Peter me jugera « têtue » parce que je refuse de changer la chaîne TV, je lui organise un déjeuner avec ma mère.

— On campe chacune sur nos positions, ça ne sert à rien d'aller plus loin.

— Ne commence pas à te vexer, tu as passé l'âge, dit-elle, le saladier à nouveau dans les mains.

— Je vais faire mieux que ça : je rentre chez moi.

— Certainement pas, non. Nous avons des invités.

— Ce sont les tiens. Souhaite-leur une bonne soirée de ma part.

En tournant les talons, je sais pertinemment que je déclare la guerre. Il se peut qu'elle refuse de m'adresser la parole pour les dix prochaines années, voire qu'elle parvienne à me marier en secret à un illustre inconnu sans que j'en sois informée. Tant pis. Je n'ai plus le cœur à faire plaisir aux autres, il est temps que mon bonheur prime. Et ce soir, ce qui me rendrait vraiment heureuse, ce serait de retrouver Peter et les garçons.

— Mon *halwa* !

J'enfile ma veste puis m'échappe en catimini de cette maison de malheur.

Dehors, la nuit a des parfums de liberté. Je file sur le macadam détrempé, à la fois soulagée d'agir selon mes envies, et un peu coupable de laisser ma famille en plan. Un rire retentit derrière moi.

— Sérieusement ?

Une main rangée dans la poche de son pantalon de costume, l'autre affublée d'une cigarette entamée, George flâne sur le trottoir.

— Je vous plaisais si peu que ça ? dit-il en approchant.

Il tire sur sa cigarette et souffle un nuage de fumée avec un sourire – beaucoup plus franc que ceux à table. Je remarque par ailleurs que sa coiffure, ébouriffée par le vent, ajoute un point bonus à son charisme.

— Que faites-vous dehors ?

— Je fuis, admet-il. Loin de moi l'idée de vous vexer, mais les rencards orchestrés sans mon consentement, ce n'est pas mon truc.

J'acquiesce, compatissante.

— Je suis désolée, je n'étais pas non plus au courant.

— Je l'ai constaté, oui.

Une nouvelle bouffée de nicotine quitte sa bouche dans un long ruban blanchâtre. Je suis un peu déroutée par la contradiction qui émane de lui : si son costume dégage l'élégance d'un gentleman, son comportement trahit plutôt la malice d'un joueur. Je pourrais parier qu'il insulte sa cafetière tous les matins, que ses chemises sont triées par nuance de blanc, et qu'une de ses nombreuses ex est psychopathe.

— C'est la première fois que…

— Ma famille essaie désespérément de me trouver une femme ? complète-t-il. À force, j'ai perdu le compte.

Le coin de sa bouche se redresse légèrement.

— Vous avez un souci avec les hommes, Janhvi ?

— Je n'arrive pas à les garder. Quel est le vôtre avec les femmes ?

— Je fais tout pour m'en débarrasser.

À un autre moment de ma vie, j'aurais peut-être aimé faire sa connaissance. Mais la machine ultrasensible branchée dans ma poitrine exige un peu de ménagement, ces derniers temps.

Je ne suis pas prête à retomber dans les filets d'une relation. Et je me porte encore moins volontaire pour une opération séduction.

Sosie de Henry Cavill ou non, Janhvi Thapar revendique officiellement son célibat.

— Je m'excuse, il faut que je...

Je désigne ma voiture de la pointe de mes clés.

— Allez-y, je ne vous retiens pas.

— Bonne soirée, George.

— C'était un plaisir.

Baissant le menton, il me souhaite une bonne route puis s'éloigne. Mes yeux s'égarent quelques secondes.

Avis à la prochaine : le côté face n'a rien à envier au côté pile.

PETER

— C'est une vocation pour beaucoup de monde, mais je mentirais si je disais que j'ai toujours eu envie de faire ça. En fait, petit, je voulais travailler dans une joaillerie. Ma mère se plaignait de ne pas avoir les moyens de s'acheter des bijoux. Devenir joaillier, c'était l'occasion de lui offrir des bagues.

— Et comment êtes-vous passé des diamants aux incendies ?

— Concours de circonstances. J'ai fait du volontariat dans une caserne, l'été de mes quinze ans. Une révélation. Je me suis rendu compte que les pompiers ne sauvaient pas seulement les gens des flammes, ils agissent à tous les niveaux : personnes âgées, enfants, animaux... ils sont tout-terrain. J'ai aimé l'idée d'aider son prochain, quel qu'il soit. Alors, j'ai fini le lycée et j'ai passé le test de recrutement à la caserne de Monroe Street, à l'est de la ville. J'ai été gâté à mon embauche.

Cole désigne la casquette bleu marine, flanquée du logo « Fire Rescue », posée à côté de lui. Il l'a retirée avant de s'affaler sur le canapé, sûrement pour permettre à sa tête de continuer d'enfler sans entraves.

— C'est une belle qualité de cœur, concède Andrew.

— Oh ! vous savez, ce n'est pas grand-chose. On est tous un peu des héros du quotidien.

— Peut-être, oui. Mais vous, vous risquez votre vie pour celle des autres. Peu de gens ont un tel altruisme.

Les flatteries flottent au-dessus de nos têtes. L'air est chargé d'hypocrisie. Depuis que Cole se prend pour le dieu des secouristes à l'enfance qui fait pleurer dans les chaumières, les McConnel ont changé de ton. Fini le malaise, les regards en coin et les rictus déplaisants. Cole est admiré par ce couple impossible à satisfaire. Je n'y comprends plus rien.

Entre Graham et Cole, il n'y a pourtant pas photo.

Pas loin du collapsus, j'ai fini par ouvrir une bouteille de vin. Graham a reçu un caisson en guise de remerciement après un concert donné dans un vignoble d'Olney, il y a quelques années, et depuis, l'alcool prend la poussière dans le garage, à côté du billard. Longue histoire, ce billard… Leandro s'est déplacé trois vertèbres et a risqué son amitié avec Janhvi pour parquer cette énorme table en acajou chez nous. Et ça, je suis désolé, mais ça mériterait *vraiment* un peu de respect et d'admiration.

La conversation dévie sur les entraînements de Cole, tandis que je vérifie ma montre comme un drogué en attente de sa livraison. Les garçons devraient normalement y être.

Je n'arrête pas de penser à leur rendez-vous. Est-ce que Molly réussira à détendre l'atmosphère ? Danielle saura-t-elle les apprécier comme ils sont ? Combien de temps vont-ils mettre à revenir ? L'inquiétude me fait boire deux fois plus vite.

— Et comment avez-vous rencontré Leandro ? s'enquiert Lesley, un cube de fromage au bord des lèvres.

— À la pharmacie. Il est pharmacien. Le coup de foudre a été immédiat.

Andrew avale une longue gorgée de vin, les yeux rivés sur Cole. Son regard scrutateur me fait penser à celui de son fils – j'espère qu'il n'est pas aussi perspicace.

— Vous êtes ensemble depuis longtemps ? demande-t-il.

— Quelques mois, je dirais ? Je n'ai pas la mémoire des chiffres. Pete, tu te rappelles la date officielle ?

— Très vaguement.

— Il faisait chaud, non ? C'était peut-être l'été ou alors le printemps. Ah ! mais oui, le printemps ! Je me souviens, maintenant !

Et comme un menteur pro, Cole brode une nouvelle histoire à partir de foutus bourgeons de fleurs qui poussent sous une saloperie de soleil de plomb, dans le parc où Leandro et lui ont « pique-niqué pour la première fois ensemble ». J'en ai les veines qui palpitent.

L'horloge numérique sous la télévision affiche 21 h 10 quand j'atteins le point de non-retour.

Je prétexte la préparation d'encas colombiens pour embarquer Cole à l'écart. La cuisine nous accueille dans un bric-à-brac de plats sales.

— Il faut que tu arrêtes de mentir. Maintenant.

Toujours aussi nonchalant, il effectue une promenade de santé autour de l'îlot central, le regard attiré par les bols de sauce et de crackers éparpillés un peu partout.

— Ça risque d'être difficile. C'est Leandro qui a cuisiné tout ça ?

— Tu déformes beaucoup trop les faits. Tu t'enfonces dans des histoires complètement délirantes, on n'arrivera jamais à revenir à la réalité. Tu pousses Graham dans un puits sans fond, là.

— Tu préfères que je dise que je suis l'ex de Jan ?

Il trempe son doigt dans un mélange de crème aigre à l'ail, pour le porter à sa bouche. Son air suffisant me sort par les yeux.

— Je préfère que tu te rapproches au maximum de la vérité pour que mon ami n'ait pas à rattraper tes conneries à son retour, dis-je.

— Sympa… Je te rappelle que rien ne me force à rester ici. Tu pourrais te montrer un minimum reconnaissant.

— Mais je t'en prie, Roston, rentre chez toi.

J'ai beau tendre le bras vers l'entrée, il ne bouge pas.

— Tu as besoin de moi, Pete.

— J'ai besoin d'occuper les parents de Graham, rectifié-je. Tu n'es pas indispensable. Et arrête de m'appeler Pete, ça me donne envie de te faire sortir d'ici sur un brancard.

— OK. Donc, tu veux vraiment me virer.

— On y arrive !

— Ça te dérange tant que ça qu'on respire le même air ?

Sa rhétorique le fait sourire.

— Évidemment que oui, ça te rend fou… Et ça, mon vieux, c'est parce que tu vois en moi un adversaire impossible à battre. Je ne peux pas te reprocher ton manque de confiance, j'avais le même défaut quand j'étais gosse.

Une nouvelle trace de doigt s'ajoute à la surface de la crème à l'ail. Il prend le temps de déguster sa bouchée en exagérant son plaisir.

— Je vais rester ici. Il faut toujours que je parle à Jan… j'imagine que tu n'as pas oublié ce détail. Comme tout ce qui concerne cette femme, en fait.

La petite tape sur mon épaule au moment de quitter la cuisine est de trop. De retour au salon, je suis incapable de participer aux échanges. Ma colère forme une mare dans laquelle je baigne jusqu'aux genoux.

Lesley remarque mon humeur de chien ; peut-être que ma descente d'alcool, qui grimpe en flèche, lui sert aussi d'indice. Andrew finit par me lancer à son tour des regards suspicieux.

— Tu n'as pas l'air dans ton assiette, Peter.

— La journée a été longue, éludé-je, cette excuse étant la préférée de Jan quand elle est maussade.

— Ne serait-ce pas plutôt de l'anxiété ? Ton genou tremble.

— Je suis nerveux de base. C'est un trait de famille.

— Quelque chose te met mal à l'aise ?

— Tout va bien, Andrew.

— Vraiment ? Parce que nous attendons notre fils depuis plus d'une heure et demie, à présent. Faire des courses à Washington DC demande toujours autant de temps ?

— Il y a beaucoup d'embouteillages, surtout en fin de semaine, intervient Cole.

Andrew le dévisage avec une froideur aussi nouvelle que surprenante.

— Ne confondez pas politesse et naïveté, jeune homme. Je sais encore reconnaître un mensonge quand j'en vois un. Expliquez-moi ce qui se passe. Et soyez honnêtes.

Une jambe croisée sur l'autre et l'œil acéré, il se met à pianoter sur son pantalon de coton.

Un doberman. Cet homme ressemble à un doberman qui n'aurait pas fait ses crocs sur les fesses d'un cambrioleur depuis beaucoup trop longtemps. Je crois qu'on lui donne faim.

— Écoutez, Andrew, nous…

— Il vous déteste.

Cole, interrompu, me jette un regard trouble.

— Graham vous déteste, précisé-je, le cœur malmené par des palpitations. Malgré les treize années qui viennent de passer, il se rappelle encore le jour où vous l'avez abandonné. « Famille », pour lui, c'était devenu un mot à bannir.

L'abasourdissement tombe sur les épaules du couple. J'inspire et poursuis :

— Après votre départ pour Wick, il a vécu pendant plusieurs mois chez Janhvi. Il n'était vraiment pas au mieux de sa forme. On a passé des années à essayer de soigner la blessure que vous lui avez infligée, volontairement ou non. Je ne critique pas vos choix, vous faites ce que vous voulez. Mais il faut que vous compreniez que vos retrouvailles ne pouvaient pas bien se passer. Graham a eu besoin de prendre l'air, ce soir.

Lesley se frotte les mains dans un geste nerveux. Elle paraît nettement plus confuse que son mari.

— Nous avons commis une erreur, admet celui-ci.

— C'est ce que vous lui avez dit tout à l'heure, oui. Mais pourquoi ne pas avoir essayé de lui téléphoner, tout bêtement ? Lui envoyer un mail ou une lettre ? Je pense que votre retour était un peu trop brutal pour lui.

— Nous voulions lui exprimer nos regrets en face.

Pour la première fois, le masque d'Andrew se fendille – le doberman s'adoucit. Il passe une main sur son visage et déboutonne sa veste avant de s'asseoir de façon moins protocolaire sur le canapé. Il a l'air d'avoir chaud.

— Notre fils n'est pas comme les autres… Il fait des choses qu'en tant que père, j'ai parfois… du mal à saisir.

— Il est homosexuel.

J'intègre le mot à la conversation, puisqu'il semble avoir des difficultés à sortir de sa bouche.

— Oui. Il l'est. Graham éprouve une attirance pour les personnes du même sexe que le sien, acquiesce-t-il. Nous savons à quel point l'époque se transforme, et combien les discours changent. Mais comprends qu'à ses dix-huit ans, les choses étaient différentes.

La jeunesse de Graham ne date pas non plus du siècle dernier, mais je garde la remarque pour moi. Les pensées n'évoluent pas toutes à la même cadence. Chacun suit son propre tempo.

— Nous étions désemparés, ajoute Lesley. Ça peut paraître idiot, mais personne ne nous a appris à composer avec ce genre de nouvelle. Comment se comporter…

— Vous avez fui.

— C'est vrai, concède Andrew. Et notre erreur est là : au lieu de nous entêter à ne pas comprendre, nous aurions peut-être dû écouter Graham, entendre son point de vue, et avoir une discussion.

Là encore, j'aurais pas mal de choses à dire, à commencer par le fait qu'ils étaient au courant depuis déjà deux ans au moment où ils ont pris l'avion et laissé leur fils derrière eux. Deux années très longues pour Graham, qui n'avait rien fait d'autre que d'éprouver des sentiments pour un copain de lycée.

Je ne suis pas Graham. Je ne peux pas me permettre de parler en son nom, mais l'envie me démange.

— Nous aimerions dire à Graham que sa manière de vivre est… Que… que nous acceptons. Que nous nous excusons et que nous acceptons, oui. Pourrais-tu le convaincre de revenir ici, s'il te plaît ?

J'observe Lesley un moment avant de répondre :

— Je vais essayer.

Prétextant cette fois l'appel à passer, je retrouve la cuisine et son débordement de vaisselle sale. Sauf qu'il n'est pas question de prévenir les garçons. Ils ont besoin de rester dans leur bulle le temps de conclure leur rencontre avec Danielle.

Cole me rejoint pendant que je fais les cent pas.

— Tu mens comme un pied, Peter.

— Je me passerai de ton expertise.

— Je suis sérieux. Ton regard se vide d'émotions quand tu cherches à inventer une histoire. Le bon menteur est réactif, il rebondit dans l'instant. Ça doit pulser. Tac ! Tac ! Tac ! Tu es trop mou pour être convaincant.

— Tu commences à me pomper l'air…

— Malheureusement pour toi, je dois attendre J…

— Arrête avec Jan !

Une bouffée de chaleur me remonte dans le cou.

— Si Janhvi veut vraiment avoir une discussion avec toi, elle trouvera le moyen de te contacter. Maintenant, tu sors d'ici.

Il doit partir.

— Elle t'en voudra de me virer de chez elle…

— Je n'en ai rien à cirer. Dehors.

— Tu te rebelles, là ? C'est à ça que tu ressembles quand tu arrives à bout ?

— Cole, je ne plaisante pas.

Qu'il ait une carrure deux fois plus large que la mienne ne me fera pas renoncer. La soirée me demande trop d'énergie pour que je doive en plus m'occuper d'une espèce de tique buveuse de sang humain.

— Ce n'est pas comme ça que tu arriveras à l'avoir, tu sais.

Il saisit une *arepa* restée à l'air libre durant la soirée. Mais au lieu de la manger, ce qui lui aurait valu une intoxication alimentaire bienvenue, il la roule entre ses doigts et me désigne avec.

— Janhvi, précise-t-il. Ce n'est pas en te comportant comme un pseudo-mâle que tu réussiras à l'avoir.

— Tu as trop bu ?

— Je ne suis pas en train de délirer, non. Tu t'es toujours pris pour l'alpha de la meute, c'est un truc que j'ai vite capté chez toi. Cette façon que tu as de rester en retrait pour mieux laisser les autres briller. Il n'y a que les vrais chefs qui font ça.

— De quoi tu parles ?

— De toi, vieux. Du fait que tu as l'habitude d'être assis à la place du vainqueur, et que rien ne te fait plus peur que de la perdre. Et quand le loup a peur, il mord. Ce soir, par exemple, tu n'as pas supporté que les parents de Graham me montrent de l'importance. J'ai été une menace… et de manière plus générale, tu me considères comme un danger parce que tu sais que je peux te passer devant n'importe quand.

Il replie l'*arepa* et la trempe dans le bol de sauce. La prolifération de germes passe de la céramique à sa bouche pendant que je le dévisage, incapable de répondre à sa tirade. Parce qu'elle contient une part de vérité. Et ça me rend furieux.

— Moi, j'ai eu Janhvi, dit-il en relarguant une odeur d'ail. Moi, je ne prends pas juste le trône. Je te vole le royaume.

— Super, Joffrey Baratheon. Tu veux bien dégager maintenant, ou il faut qu'on en vienne aux mains ?

— Tu vois ? Tu perds ton sang-froid. Apprends à

te détendre, accepte ton sort. Me demander de partir n'empêchera pas la discussion qu'on doit avoir, elle et moi.

— Ce n'est pas pour ça que je veux que tu t'en ailles.

— Dans le fond, si. Ça ferait un ennemi en moins. Mais fais-toi une raison : si ce n'est pas moi, ce sera un autre. Et encore un autre. Et puis un suivant. La liste ne s'arrêtera jamais, Pete, parce que Janhvi te voit juste comme un ami. Tu ne sortiras jamais de la *friend zone.*

— Je pose ça où ?

Lesley apparaît à l'entrée de la cuisine, une pile de plats vides entre les mains.

— Ne vous dérangez pas pour ça, je vais m'en occuper, dis-je en forçant mon amabilité.

Un malaise s'installe dans la pièce. Cole attend une réaction de ma part. Il me cherche, comme il l'a toujours fait pendant sa relation avec Jan.

Je me souviens de la façon dont il passait son bras autour d'elle sans jamais manquer de me lancer un regard, histoire de constater les dégâts que ce geste produisait chez moi. De son sourire satisfait quand je me cognais contre le coin d'un meuble, après qu'il l'avait embrassée. De ses remarques intempestives sur mon amitié avec elle, sur ma manière de la regarder, de lui parler, de la toucher…

Je n'ai jamais levé la main sur lui. Aujourd'hui, je pourrais presque le regretter.

— Mon Dieu !

Le cri de Lesley me ramène à la réalité. Elle observe le frigo, soudain immobile.

— Est-ce que c'est… ?

Elle ne finit pas sa question. Son doigt pointe la photo

maintenue par un aimant sur la porte, celle qui a été prise au mariage de Graham et Leandro, il y a trois ans.

Je me fige.

Le champagne, nos accolades, la décoration… Lesley devient blême en voyant les couronnes « Mister & Mister » sur la tête des deux hommes.

— C'est une soirée de… de mariage ? balbutie-t-elle. Peter, est-ce que… bon sang, est-ce que mon fils est… Il est marié à… à cet… homme ?

De toute évidence, si je lui disais qu'il est aussi en pleine procédure d'adoption, elle ferait une attaque.

— Vous acceptez, lui rappelé-je, en reprenant ses mots.

Vu son air horrifié, j'en déduis que son esprit n'est pas encore arrivé à ce stade d'ouverture.

— Andrew ! hurle-t-elle, au bord de la rupture d'anévrisme.

Au même moment, les gonds de la porte d'entrée grincent. Une personne supplémentaire s'ajoute alors au fiasco.

Janhvi.

À la seconde où elle pose le pied dans la cuisine, Andrew, debout face au frigo, lâche une insulte qui la fait sursauter. Lesley laisse échapper un sanglot. Cole, en bon psychopathe, arbore un grand sourire.

Jan baisse alors les bras, l'anse de son sac coulant comme une glace fondue jusqu'au parquet nervuré.

— Quelle soirée de mer… le.

4

LA MÉCANIQUE DES DÉCISIONS

♫ *Heartbeats – José González*

LEANDRO

— Ça va ?

Graham acquiesce avec la raideur d'un robot tandis que je tire le frein à main. Le stress tapisse l'habitacle.

À l'extérieur, les lampadaires font tomber des taches orange sur les façades en brique des maisons qui encadrent la rue. Elles sont toutes semblables. Le même grillage, le même portique, la même boîte aux lettres et la même porte d'entrée se répètent à l'infini.

— Molly nous attend à l'intérieur, dis-je. Tu te sens prêt ?

— Ça ne pourrait pas être pire.

— *Vale !* Alors, allons-y.

Une inspiration prise, deux portières claquées, et nous voilà à sonner au numéro 3608.

J'aimerais que les pensées parasites arrêtent de me torturer. Elles tournent inlassablement dans ma tête, et me font imaginer des scénarios apocalyptiques, remplis d'images à donner la chair de poulet ; les parents de Graham qui découvrent qui je suis ; les parents de Graham qui hurlent après avoir découvert qui je suis ; les parents de Graham qui, furieux, attrapent une lampe pour la jeter sur la tête de Peter ; Peter qui est envoyé en urgence à l'hôpital à cause d'une nouvelle fracture du nez…

Ne pas savoir ce qui se passe actuellement dans notre salon trouble ma sérénité… enfin, ce qu'il en reste. Ce rendez-vous l'avait déjà sacrément amochée.

— Vous êtes là ! Trois minutes de plus et vous arriviez officiellement en retard !

Molly, les joues roses, apparaît dans l'encadrement. Elle apporte avec elle un courant d'air aux odeurs de coquelicot frais.

Comme lors de nos rencontres précédentes, elle tient un dossier cartonné contre sa veste jaune. Sa pince à cheveux préférée, un pavot des champs – sans surprise –, est quant à elle clipsée contre sa tempe, depuis laquelle les battements de son cœur pulsent à toute allure.

Entre la colère et le soulagement, son air lui fait ressembler à une chouette levée du mauvais pied.

— Que faisiez-vous ? demande-t-elle tout en inspectant nos tenues.

— On a eu un temps d'arrêt, dis-je.

— Un contretemps. C'est un peu long à expliquer, mieux vaut sauter ce passage, indique Graham.

— Danielle est en train de regarder la télévision avec sa tante. Entrez, vite.

Nous déposons nos affaires sur un portant écrasé par des manteaux multicolores, à côté d'un meuble qui déborde de chaussures dépareillées. Molly nous donne quelques renseignements, le temps qu'on épluche nos couches de vêtements.

— Soyez vous-mêmes. N'essayez pas de l'impressionner, de l'amuser ou de vous comporter différemment.

L'important est de lui montrer vos personnalités, l'essence de vos caractères.

— Vous avez parlé de sa « tante » ? note Graham.

— Oui. Wanda Lynch. Danielle est revenue vivre chez elle il y a quelques semaines, après avoir quitté sa colocation.

— Elle a quel âge ?

— Elle a eu vingt ans le mois dernier.

Graham et moi échangeons un regard. Nous l'imaginions plus âgée.

Dans la voiture, beaucoup d'hypothèses ont été émises et, par manque de temps et de détails sur la famille Lynch, nous avons dessiné un portrait de la future mère à l'aveuglette : une jeune trentenaire, célibataire, passionnée de médecine – un avantage pour moi – et ouverte d'esprit.

Vingt ans à peine... Mon pantalon en velours bordeaux et sa cravate assortie doivent dater de l'ère préhistorique pour cette génération-là.

— Molly, est-ce qu'on est passés de mode ? Soyez franche.

— Vous êtes très élégant, Leandro.

— Il y aura encore un vocabulaire à avoir ou vous pensez que je pourrai utiliser mes mots habituels ?

— « Encore » ?

Graham intervient :

— Une de nos amies a un petit frère. Il est au lycée. Il arrive que certaines de ses expressions nous perdent un peu.

— Danielle n'est plus une adolescente, vous n'avez aucune raison de paniquer, assure-t-elle avec un sourire compatissant. Tout va bien se passer.

La dernière fois qu'on m'a dit ça, un couple de highlanders rigides comme des poteaux de clôture a débarqué à la maison.

Molly nous conseille d'inspirer par le nez et d'expirer par la bouche, directives que j'applique à la lettre. Graham est si angoissé qu'il n'y parvient pas ; je ne l'ai jamais vu dans un état pareil.

Sa peau prend l'apparence d'une pâte translucide à force de blanchir. Encore un peu et nous serons expulsés d'ici avec des gousses d'ail et des pieux en bois.

— N'oubliez pas que votre dossier lui a plu, reprend Molly. Elle considère que vous avez les qualités requises pour offrir une belle vie à un enfant. Et moi aussi, sinon, je ne serais pas ici. Faites-vous confiance.

C'est au moment où son sourire gondole que je comprends combien elle appréhende la suite, elle aussi.

La télévision crache le générique d'un concours de chant à travers le mur. Nous pénétrons dans le séjour, étourdis par le stress. Mes yeux s'attardent sur les deux silhouettes enfoncées dans des fauteuils. Vues d'ici, elles ont l'air inoffensives.

Deux femmes. Détendues. Deux âges différents mais des traits en commun, depuis l'arc prononcé des sourcils jusqu'au menton creusé par un sillon.

J'attrape instinctivement les doigts de Graham et me répète les directives ; inspirer par le nez, expirer par la bouche. Le nez, la bouche, *la nariz, la boca*...

— Je peux pas blairer ce coach !

La plus éloignée de nous, les jambes repliées sous son T-shirt ample, jette sa main rageuse vers l'écran.

— C'est du favoritisme, ça ! Sa voix ressemble à un

croisement entre Luna Lovegood, Gandalf et un dragon shooté à l'hélium !

— C'est censé être négatif ? J'aime bien Gandalf, répond la plus âgée.

— Tu n'as pas l'oreille musicale, Wanda. Il ne peut pas prendre cette chanteuse dans son équipe à moins d'avoir été payé un paquet de thunes par la production. Tu vois ? C'est toujours pareil. Je déteste cette émission, elle est pourrie jusqu'à... Oh.

Son regard surpris croise les nôtres. Vu l'immobilisme soudain de son corps, je pense que le volume des enceintes nous avait rendus invisibles.

— Merde. Vous êtes les adoptants, c'est ça ?

Nous confirmons d'un mouvement de tête. De la gêne s'affiche alors sur son visage aux pommettes rondes.

— Danielle. Enfin, moi c'est Danielle, dit-elle en baissant le son. Je suis... désolée. Ce programme télé me met les nerfs.

Elle se lève d'un bond, tire sur le bas de son T-shirt sale, tente d'éliminer une tache verte en la grattant avec l'ongle, puis nous rejoint, les pieds nus et *absolutamente* pas impressionnée par le fait qu'on porte nos plus beaux vêtements.

— Je suis plus polie en temps normal.

— En même temps, cette reprise de No Doubt ne valait pas la version originale, rétorque Graham d'un air connaisseur.

— Ah ! bah voilà ! On est d'accord !

Elle jette un regard réjoui à sa tante.

— Tu vois, Wanda ? Je ne suis pas la seule à avoir saigné des oreilles !

Cette dernière se poste, silencieuse, aux côtés de

Molly. Contrairement à sa nièce, aussi joyeuse qu'un air de *cumbia*, elle paraît plus réservée. Un peu moins exubérante. Quand elle entame une inspection de mon allure, j'aurais presque envie de m'excuser d'aimer le velours.

— Graham McConnel ? dit-elle en passant à mon voisin.

— Lui-même, acquiesce-t-il.

— Vous êtes le musicien ? Je me suis permis de lire votre dossier.

— Wanda se permet à peu près tout ce qui ferait d'elle un personnage de dessin animé antipathique, ne prenez pas ça contre vous, intervient Danielle. Vous voyez la belle-mère dans *Cendrillon* ? La reine de *Blanche-Neige* ? Yzma, la conseillère frappée dans *Kuzco* ? Je vous présente la version condensée, faite de chair et d'os.

Wanda la regarde avec ennui.

— Dites-vous bien que je l'ai accueillie chez moi il y a trois semaines... Imaginez mon état dans cinq mois...

— Tu m'aimes, Wanda, ne dis pas le contraire.

— C'est bien le problème. Un jour, je trouverai le moyen de déconnecter mon cœur de mon cerveau, ça m'évitera bien des pépins de santé !

« Bien » est un mot que Wanda utilise souvent. J'en dénombre pas moins de cinq au cours des minutes qui suivent ; « Installez-vous, vous serez bien mieux assis », « Danielle, tu veux bien prendre les chips dans le placard ? », « Vous avez fait bonne route ? Les embouteillages sont bien nombreux à cette heure », « Alors comme ça, vous jouez de la guitare, c'est un bien bel instrument ! », « Pardonnez le langage de ma nièce, il est bien trop fleuri pour son âge ».

Danielle, elle, possède le charme magnétique des gens spontanés. Elle déborde de vie. Son sourire est communicatif… et il s'insère souvent entre deux gros mots.

Je me fais rapidement à ses jurons, à son caractère affirmé et à sa franchise. C'est un mélange qui me rappelle ma mère. Bientôt, elle nous révèle pourquoi les chanteurs derrière l'écran l'agacent autant :

— J'économise pour étudier à Berklee, l'école de musique de Boston. Mais c'est tellement cher que j'hésite à vendre un de mes reins au marché noir. Wanda refuse, ce que je ne comprends vraiment pas.

— Vous voulez faire quoi exactement ? demande Graham, dont l'air amusé se veut aussi intéressé.

— Compositrice de musiques de films. Il paraît qu'on peut se construire un réseau de dingue là-bas, ça me serait utile. Je voudrais être aussi demandée qu'un John Williams, du genre à faire la BO de tous les blockbusters, et à devoir déménager à LA pour le travail. Mon but, c'est de finir avec un accent bourgeois et la grosse tête.

Elle gobe une poignée de chips et lance :

— Vous n'avez jamais pensé à auditionner pour une école d'art ? Le dossier dit que vous êtes un guitariste autodidacte.

— Je ne suis pas fan des systèmes encadrés. Le solfège, les cours… disons que ça n'est pas ce qui me passionne le plus.

— Comment vous faites pour gagner de l'argent du coup ? Sans diplôme, je veux dire.

— Je propose mes services sur un site spécialisé. On m'embauche pour un concert privé, un anniversaire, une pendaison de crémaillère, ces choses-là… Il arrive que le bouche à oreille m'offre aussi de belles opportunités.

— Et ça vous plaît ?

— Je vis de ma musique, donc ça me convient, oui.

— Aucune envie de devenir le Shawn Mendes des temps modernes ?

Il rit doucement.

— Vous voulez savoir si la célébrité me tente ? suppose-t-il, ce qu'elle confirme. Non. Je connais pas mal de monde que les paillettes font rêver, mais je n'ai pas le caractère qui va avec.

— Graham est plutôt introverti, résumé-je.

— Ça se voit. J'aime bien votre façon d'être, ça vous donne l'air d'une personne à la fois écorchée et mystérieuse... mais vous n'êtes pas trop écorché, j'espère... Non, parce que les dépressions d'artiste, ça finit soit en chef-d'œuvre soit en suicide.

Wanda lève les yeux au ciel.

— Ma parole... Sois moins directe !

— Quoi ? C'est la vérité, non ? Les œuvres prennent même de la valeur après la mort de leur créateur. C'est complètement con, d'ailleurs.

— Je ne suis pas dépressif, la rassure Graham. Enfin, autant que je sache.

— Super nouvelle !

Dans le désordre, nous apprenons de sa bouche bavarde – régulièrement alimentée en chips – qu'elle s'occupe des services du soir dans un Grill & Bar d'America Boulevard depuis deux ans, que James Horner est son compositeur masculin préféré, qu'elle ne supporte pas la sauce soja sucrée et que son ex-petit ami était un abruti.

À aucun moment elle n'évoque la raison de notre venue. Et ni Graham ni moi ne réussissons à amener le sujet ; la pudeur nous bloque. Recevoir l'aide de l'assistante sociale aurait pu nous être utile, mais Molly est figée dans un silence observateur depuis le début de l'entretien.

— ... Je vivais dans une coloc, avec mon mec et trois autres amis, avant qu'on se sépare, poursuit Danielle. Ce point commun avec vous, ça m'a fait tiquer. Vous vivez vraiment avec vos deux meilleurs amis ? Je trouve ça fou !

— Janhvi et Peter, *sí*, confirmé-je. Ça s'est fait naturellement, on se connaît depuis un moment.

Elle claque des doigts, des miettes s'écroulant sur la moquette à ses pieds.

— Janhvi ! Je me rappelle ce prénom, je le trouve super joli. C'est la première personne de votre groupe que vous avez rencontrée, c'est ça ?

— On étudiait dans la même fac, *sí*. Elle avait vingt et un ans, moi vingt-trois. J'étais en quatrième année de mon cursus en pharmacologie. Peter étudiait à l'université Cornell à l'époque, à Ithaca. Il rentrait deux à trois fois par mois environ.

— Peter le véto, je le remets. Mais comment vous vous êtes rencontrés, tous les deux ? dit-elle en nous désignant, Graham et moi.

— Je venais chercher Janhvi après ses cours, lui répond Graham. J'ai croisé Leandro sur un parking.

— Ça ressemble à une scène de film...

— Ça aurait pu s'il ne m'avait pas « presque » écrasé, dis-je.

L'œil brillant, Graham replonge dans un souvenir aussi précis qu'une lame de rasoir.

Université de Georgetown. Sept ans plus tôt. L'hiver avait débarqué sans prévenir, et il entamait sa saison par une tempête de glace : c'était comme si une couverture de neige s'était étendue sur la ville entière. Elle camouflait les toitures et les rebords des fenêtres sous un dégradé de givre et de coton. C'était beau, *absolutamente* magnifique...

À la fac, les escaliers de mon bâtiment, que j'empruntais tous les jeudis, étaient devenus aussi glissants qu'un lac gelé. Autant dire qu'en bon Colombien, je n'étais pas équipé pour faire face à ce problème.

Mes chaussures étaient faites pour du bitume sec, du sable chaud à la limite. Certainement pas pour concourir au grand prix de patinage artistique. Résultat ? J'avais dévalé les marches sur le coccyx en tenant mes classeurs comme s'ils renfermaient le code secret pour la paix dans le monde, celui recherché par toutes les Miss Monde. Il n'était pas question qu'ils prennent l'eau, j'avais des études à terminer et un diplôme à obtenir.

Dans mon souvenir, la descente avait duré des heures. Graham évalue néanmoins mon calvaire à six petites secondes.

— Si tu avais été à ma place, tu aurais eu la main plus épaisse sur ton estimation, souligné-je.

— Plus lourde. Je roulais dans un vieux tacot qui crapotait tous les dix mètres, précise-t-il pour continuer l'histoire. Je ne maîtrisais pas bien la boîte manuelle, et le parking était recouvert de glace, ce jour-là.

La suite se devine sans difficulté : Graham n'est pas parvenu à ralentir à temps. J'ai dû rouler sur le dos pour éviter de terminer sous ses roues. Merci à mon incroyable souplesse.

— Bien sûr, j'ai été insulté de tous les noms, mais je ne le savais pas puisque Leandro ne s'énerve qu'en espagnol.

— Je retrouve mes racines quand la mort m'approche d'un peu trop près.

L'anecdote déride Wanda et Danielle, qui nous regardent avec bienveillance. Pensive, cette dernière pose une main sur son T-shirt, à l'endroit où se situe le nombril. Puis elle nous sourit.

L'acte, qui pourrait paraître anodin, m'émeut au plus profond de moi.

GRAHAM

À la seconde où Danielle pose la main sur son ventre, quelque chose se réveille en moi. Je réalise vraiment ce qu'il se passe. L'entretien prend soudain une autre ampleur, et je commence à avoir peur de parler, comme si chaque mot mal choisi pouvait désormais me porter préjudice.

Mes dents me font souffrir à force d'être serrées, et mon genou droit vibre à cause des secousses nerveuses. C'est la première fois que je perds autant mes moyens face à quelqu'un. Danielle a beau avoir un petit gabarit, elle m'impressionne.

— Je ne connais pas encore son sexe, décrète-t-elle sous l'attention générale. Il paraît que les nausées matinales annoncent une fille, et j'en ai des tonnes. D'un autre côté, j'ai des fringales salées, et ça, ça indiquerait plutôt un garçon. Je pense que j'attends un garille, ou une fiçon.

Leandro ne répond pas. Moi, je dois avoir l'air d'un crétin fini avec le sourire niais qui dégouline de mes lèvres.

— Je suis en train de vous faire flipper, là, non ?

— Non, c'est… Un peu, admets-je.

— Nickel. L'inverse aurait été bizarre.

C'est le moment que choisissent Wanda et Molly pour s'éclipser ; cette dernière accompagne la fumeuse pour une cigarette, à l'extérieur. Leurs mains s'agitent comme des marionnettes hyperactives sur le mur en béton de la terrasse.

— Elles font ça à chaque fois, commente Danielle. Ça me laisse du temps pour échanger avec les adoptants, et elles en profitent pour débriefer comme deux Desperate Housewives après un meurtre raté. On est censés parler sérieusement, tous les trois… Je me lance ou vous commencez ?

Un peu pris au dépourvu, je n'arrive pas à enclencher le dialogue. Et Leandro, généralement expansif, se révèle tout aussi mal à l'aise que moi.

— Curtis, mon ex, est au courant de ce qui se passe, entame alors Danielle. Je veux dire, c'est un peu normal puisqu'il a participé, mais je parle surtout de l'adoption. On en a discuté, il ne voulait pas reconnaître l'enfant. Je vous dis ça parce que certains couples avec qui j'ai eu un rendez-vous ont peur qu'il revienne un jour pour déclarer qu'il est le père. Du genre à foutre une merde innommable avec un juge et des avocats, vous voyez ?

— On voit, déglutit Leandro.

— J'étais amoureuse de lui au début. Au tout début. Il est fan de John Johnson, un *safety* des Rams[1] qui a étudié à notre lycée, à Northwestern.

— Vous vous connaissiez depuis le lycée ?

Elle acquiesce.

— On est sortis ensemble plusieurs fois, on s'est quittés plusieurs fois, on s'est disputés un milliard de fois, il m'a trompée, je me suis vengée, bla bla bla…

1. Équipe de football américain de Los Angeles. Un *safety* est un joueur défensif de football américain.

Dans le fond, je crois qu'on a toujours su qu'on n'était pas faits pour vivre ensemble. C'était une histoire d'ados, une amourette en pointillé, vous voyez le genre ? Pas le grand amour. Lui, il rêve de devenir sportif professionnel. Moi, je veux entrer à Berklee. Je suis tombée enceinte par accident, et... on a vite compris qu'on ne serait pas capable de donner à cet enfant les armes dont il a besoin pour avancer dans la vie.

Elle se racle la gorge.

— J'ai perdu ma mère à quatorze ans. C'est Wanda qui m'a élevée, du coup. À la dure. C'est peut-être pour ça que je suis aussi soupe au lait. Mon père, je ne l'ai jamais connu. Wanda l'appelle « trouduc' » quand elle a un coup dans le nez, j'en déduis qu'il n'a pas laissé de bons souvenirs sur son passage. Ça aussi, c'est un truc qu'on me demande souvent... des détails sur mon passif familial. Je sais que pour une adoption ouverte, c'est important de se rencarder.

Je me reconnais dans sa lassitude. Pour fournir un dossier complet à l'agence d'adoption, on a aussi dû remonter dans le temps. Et parfois, en faire ressortir des événements désagréables. L'expression « remuer le couteau dans la plaie » prend tout son sens dans ces cas-là.

— Mes parents n'ont pas accepté mon orientation sexuelle, dis-je, poussé par le vent d'honnêteté qui sévit autour du paquet de chips.

— Ils sont psychorigides ?

— Ils ont leurs convictions. Ils l'ont appris l'année de mes seize ans, et l'ambiance s'est dégradée jusqu'à mes dix-huit ans, date à laquelle ils sont repartis vivre en Écosse.

— À Wick, récite-t-elle. Ça n'a pas été trop dur à vivre ? De ne pas être accepté, je veux dire…

Je n'ai pas de réponse tranchée à cette question. Oui et non. Un peu, mais pas trop. J'avais Jan et Peter pour me changer les idées, et ils n'ont jamais failli à leur mission. Pas une seule fois. Leur amitié m'a permis d'échapper à la sale ambiance qui régnait à la maison.

J'étais une déception pour mes parents. Je le voyais dans leurs yeux. Ma mère était dépitée par mes notes – pourtant acceptables –, mes vêtements – pourtant basiques –, et ma façon de m'exprimer – pourtant normale. J'étais devenu un concentré de désillusions, l'échec d'une éducation calculée à la réussite près. Mon père était persuadé que je n'arriverais plus à rien dans la vie. Comme si j'avais choisi le chemin qui menait à un cul-de-sac.

Or, je n'ai pas choisi. On ne choisit pas. On est, c'est tout. C'est une nuance qu'ils ne sont pas parvenus à comprendre.

— On dit que les expériences forgent le caractère.

Danielle sourit.

— J'utilise aussi des phrases préconçues quand je ne veux pas qu'un inconnu s'immisce dans mes affaires personnelles.

— Non, ce n'est pas…

— Je ne suis pas vexée, Graham, ne vous en faites pas. J'ai aussi mes blessures, et elles ne sont pas encore refermées. Comme vous, j'en parlerai le jour où je serai certaine que plus personne ne pourra les rouvrir.

Et pour éviter à l'atmosphère de plonger dans le mélodrame, elle revient sans transition au sujet des compositeurs de bandes originales de films.

James Horner et *Titanic*, Howard Shore avec *Le Seigneur des anneaux*, Nino Rota pour *Le Parrain* ou encore Clint Mansell et son *Requiem for a Dream*... elle nous parle de ces incontournables du cinéma avec entrain.

— Comme d'habitude, on notera un amour particulier pour la représentation des femmes dans la profession, ironise-t-elle. C'est un cliché que je voudrais casser : pas question de voir mon talent étouffé sous prétexte que mes ovaires me rendent moins compétente !

Berklee et la future carrière mondiale de Danielle sont propulsées au centre de la conversation. Wanda, aux vêtements imprégnés de nicotine froide, n'y va pas de main morte en commentaires flatteurs, une fois de retour.

L'amour entre ces deux femmes se sent. Danielle a surmonté le décès de sa mère grâce à sa tante, c'est une certitude.

Tandis que la nuit s'installe, les anecdotes s'échangent dans le salon encombré. Et tout se fait naturellement. Le lien se tisse dans le respect. Dans l'écoute. Je finis par me défaire de la gêne qui m'habitait, allant jusqu'à participer à la création d'une playlist avec Danielle.

C'est au moment où Wanda commence à piquer du nez que Danielle décide de nous raccompagner à la porte.

— Je suis désolée, elle a une horloge biologique défaillante.

Molly se poste à ses côtés, dans l'attente de notre départ ; dès qu'on aura franchi la porte, elle déversera sûrement un torrent de questions sur la jeune femme pour recueillir ses premières impressions.

Bizarrement, ça ne me stresse pas. Enfin, pas plus

que ça. Au fond de moi, la confiance réussit à prendre le dessus.

— Bonne soirée, rentrez bien !

Dans la voiture, Leandro relâche la pression par un de ses cris remplis de mots espagnols. J'en souris.

— Il y a de l'adrénaline partout dans mon corps, *papasito*… Et toi ? Tu as de meilleures couleurs. Enfin, pour un homme vraiment très pâle de base.

Il glisse une main derrière ma nuque et m'embrasse, déchargeant le surplus d'émotions sur mes lèvres.

Je ne sais pas quand le verdict tombera. La dernière fois, il a fallu huit jours pour que les parents biologiques formulent leur refus. Nous verrons bien.

En attendant, il reste un ultime détail à régler. Et pas des moindres.

Le retour à Dupont Circle immobilise la voiture sous une pluie propre aux nuits d'automne. Mon cœur bat encore vite, l'euphorie résiduelle de la rencontre avec les Lynch refusant de me quitter.

Le rideau d'eau s'abat sur le macadam dans un bruit assourdissant. Manteaux sur la tête, on traverse la rue en courant pour se réfugier sous le porche, où Leandro peine à trouver ses clés.

— Tu vas encore te plaindre des stéréotypes, mais avoue qu'on a l'impression que tes parents ont apporté la météo avec eux, dit-il en fouillant ses poches.

— J'ai des souvenirs ensoleillés de Wick, contré-je.

— Tu parles du papier peint jaune de ta chambre ?

— Il était ocre. Et je t'interdis de réduire l'Écosse à sa pluvio…

La fin de ma phrase est soufflée par un courant d'air tiède. La porte d'entrée, ouverte d'un coup, libère la vue sur l'intérieur de la maison ; la fureur de Janhvi, figée en plein milieu du décor, me stupéfie.

J'ai à peine le temps de voir la veine enflée sur son front qu'elle réplique avec hargne à son interlocuteur :

— ... fini. C'est fini pour de bon ! Ne reviens plus jamais ici ! Ne me parle plus ! Ne m'envoie plus de messages ! Ne me regarde plus ! Je ne veux plus rien avoir à faire avec toi ! C'est clair, cette fois ?

Je reconnais la ligne athlétique d'un sportif dans la silhouette qui nous tourne le dos, celle sur qui Jan décharge sa colère. Sa casquette bleu foncé m'aide à l'identifier.

— Qu'est-ce que Cole fiche ici ? dis-je, étonné.

— Il est passé à la pharmacie la semaine dernière, m'apprend Leandro, captivé par la deuxième veine hypertrophiée qui pulse sur le visage de Jan.

Elle continue de crier sur son ex et chaque mot le fait reculer. Ses rangers écrasent bientôt le tapis extérieur.

— Mais, on pourrait peut-être...

— Non ! On ne peut rien du tout.

— Janhvi, je...

— Nous ne sommes plus ensemble ! Nous ne nous devons plus rien ! Et si jamais une future conquête te le demande : non, tu n'es pas en bons termes avec ton ex ! Va-t'en une bonne fois pour toutes, Cole. Adieu !

Il finit par abdiquer et se retourne, les épaules basses. Leandro et moi formons un bloc qui l'oblige à nous regarder droit dans les yeux.

Je n'ai pas beaucoup d'estime pour Cole Roston ; sur l'échelle de ses ennemis, je me situe juste en dessous de Peter, une place honorable. Je ne supporte pas qu'on touche au cœur de Jan. C'est une femme pour laquelle j'éprouve beaucoup d'affection, de gratitude pour ce qu'elle a fait dans le passé, et de respect pour ce qu'elle est aujourd'hui. La protéger des imbéciles est un rôle que je me dois de tenir. Et puis, en toute franchise, elle mérite mieux qu'un type capable de quitter sa copine par SMS.

Sentant qu'il ne vaut mieux pas tenter le dialogue avec nous, il nous contourne avec une mâchoire raidie par la frustration. Un choix raisonnable de sa part.

Sa silhouette se dissipe dans l'obscurité quelques mètres plus loin.

— J'adorerais vous expliquer, mais je n'ai toujours pas compris ce qui lui a pris de venir ici, nous annonce Jan.

Leandro entre dans la maison avec un haussement d'épaules.

— L'amour fait faire des choses bizarres, *mi llave.* C'est calme, ici.

À mon tour, je remarque l'épais silence. Jan a l'air ennuyée.

— Oui... À ce propos...

— Il y a eu un problème, complète Peter, qui débarque de la cuisine.

Son état ne semble pas meilleur que celui de son amie. Tous les deux arborent un mélange de dépit et de fatigue sur leurs visages contrariés. Surprenant ? Pas plus que ça. Mes parents ont le chic pour laisser ce genre de traces.

— Quel genre de problème ? demande Leandro. Où sont Lesley et Andrew ?

— C'est justement la conséquence du problème... Tes parents sont partis, Graham.

Un raclement de gorge pose le point final du constat. J'ai besoin d'une seconde pour assimiler l'information.

— Quoi ?

— Il y a une vingtaine de minutes environ, me précise-t-il. J'ai hésité à te prévenir, mais avec Jan, on s'est dit que ça pourrait compromettre le rendez-vous avec Danielle. Ils ne reprennent l'avion que demain, par contre. Si jamais…

— Attends… Ils ne devaient pas me présenter des excuses ou je ne sais pas quoi ? Elles sont passées où ?

À moins d'avoir eu une absence, je n'ai reçu aucun pardon de leur part.

— C'était prévu, oui. Et je pense qu'ils le voulaient. Enfin, ils s'en pensaient capables. Mais ta mère est entrée dans la cuisine, et elle a vu la photo sur le frigo.

— Notre mariage, réalise Leandro, livide.

— Andrew a aussi remarqué les cache-prises, la sécurité sur les placards et les marqueurs sur les portes-fenêtres. Il en a déduit qu'un enfant vivait ou serait amené à vivre ici.

— Lesley a fait le lien, termine Jan.

Les deux se confondent en excuses.

— Graham, je suis vraiment…

— Ce n'est rien, Peter.

Tous me dévisagent, les bras ballants, à l'affût d'une réaction de ma part.

— Ça va, leur dis-je.

Sauf que personne ne me croit.

— Tu veux en parler ? demande Jan avec précaution.

— Pour dire quoi ? Qu'ils restent fidèles à eux-mêmes ? S'ils m'avaient présenté des excuses, elles n'auraient pas été sincères. Quelque part, ils ont au moins été francs sur ce point.

J'inspire et enfouis les émotions négatives au fond de moi. Quand ma mère a reçu un appel du proviseur qui lui annonçait qu'il venait de me voir embrasser un de mes « amis », elle a sûrement cru que le monde s'effondrait sur sa tête. Il lui a fallu trois semaines pour m'adresser à nouveau un regard. Deux de plus pour ajouter la parole au geste, et la conversation n'a fait qu'empirer la situation. La suite, on la connaît.

Viser la paix attise parfois davantage la haine. Or, je ne veux pas retomber dans ce piège.

— Ne parlons pas de ça, OK ? Cette soirée doit se terminer sur une bonne note.

Leandro hoche de la tête, me comprenant plus vite que les autres.

— Je vais chercher le *guaro*. On a un rendez-vous à raconter et pour ne pas se pallier : tout s'est bien passé.

— « Spoiler », Leandro.

Les sourires refont doucement surface sur les lèvres chagrinées. Le mien est un peu forcé.

LEANDRO

Les trois semaines qui suivent s'étirent en longueur malgré le raccourcissement du jour. Je reste vissé au téléphone dans l'espoir de recevoir des nouvelles de Danielle, mais sa réponse définitive tarde à venir.

Début novembre, Graham et moi ne savons toujours pas où en est la procédure d'adoption. Oui ? Non ? Peut-être ? À force d'attendre, les pensées deviennent fatalistes. À quoi bon garder espoir ? Plus le temps passe et plus nos chances diminuent...

Résigné, je finis par laisser les questions et les peurs de côté pour me concentrer sur mon travail.

Les températures rigoureuses apportent avec elles leur lot de rhumes et de gorges enrouées. À la pharmacie, je m'occupe l'esprit ; je fournis les prescriptions, je soigne les bobos sans gravité, je réponds aux questions des plus angoissés et je récupère quelques germes, redistribués de façon aléatoire autour de moi.

— Je te hais.

Janhvi jette son mouchoir usagé dans une poubelle de rue, avant de poursuivre, reniflante, son chemin vers la librairie de Capitol Hill. Ses narines sont aussi rouges qu'une peau de piment mûr – si, en été, les moustiques transforment Peter en passoire, l'hiver, Jan attrape les microbes comme une bande de papier tue-mouches accroche les insectes.

Comme à son habitude, le quartier est bondé de touristes. Nous nous dépêchons de rejoindre la petite boutique installée dans une ancienne maison en rangée, groggy par le froid.

Cette librairie atypique aurait très bien pu devenir notre quartier général pendant nos études, vu le temps qu'on a passé là-bas. C'est Janhvi qui m'a fait découvrir les lieux ; elle m'y amenait entre deux journées de cours, quand les révisions nous le permettaient, pour mettre la main sur les livres qui faisaient nos *Read and Chill* hivernaux. Nos « soirées lecture ». Une tradition qu'elle a mise en place spécialement pour moi…

Janhvi a toujours été convaincue que je perfectionnerais mon anglais plus facilement et, surtout, plus rapidement en me plongeant dans des histoires imaginaires écrites dans sa langue. Un apprentissage immersif. Quelques années plus tard, je pense pouvoir affirmer que la technique a porté son panier de fruits.

— Salle de bains ?

— Comme d'habitude, *sí*.

Le propriétaire de la librairie a conservé le plan original de la maison : rien n'a bougé depuis son rachat. Il n'a fait qu'entreposer des centaines de livres dans des pièces déjà existantes. Et ici, les gens vont et viennent comme s'ils étaient chez eux.

Chaque espace définit un domaine précis ; la salle de bains propose des livres de langues étrangères. Un placard perdu dans le couloir du premier étage cache de gros manuels de business. Sur les marches de l'escalier, on peut profiter d'ouvrages de fiction. Entre deux bibliothèques saturées du sol au plafond, quelque part dans le chaos, se tient la « Tour Tolkien »... Ce bric-à-brac m'a toujours fasciné.

— Excusez-moi. Pardon. *Disculpe*...

Je me faufile au travers d'une foule dense, avançant difficilement. Une balade au milieu de la forêt amazonienne n'aurait pas été plus épuisante. Je dois écraser une quantité impressionnante de pieds et bousculer autant de curieux pour atteindre ma pièce fétiche.

Sauf que l'armoire de livres fantasy n'est pas accessible. Un homme la bloque.

Une main sur sa hanche, l'autre qui tient un portable contre son oreille, il prend une place folle dans l'espace embouteillé.

— Vous allez mettre *El jefe* en rage.

Il me jette un coup d'œil distrait.

— Pardon ?

— *El jefe* a posé un écriteau à l'entrée qui indique que nous sommes dans une librairie et pas dans une cabine téléphonique, dis-je. Les conversations sont interdites. Vous voulez bien vous mettre sur le côté, *por favor* ?

— « *El jefe* » ?

— Le libraire, *sí*.

— Vous l'appelez *El jefe* ?

— Je n'arrive pas à prononcer son prénom, réponds-je tandis qu'il se déplace enfin. Et ne vous fiez pas à son air innocent : les personnes âgées ont toujours l'air très sympathiques jusqu'au jour où vous enfreignez l'une de leurs règles. *El jefe* a plus de rides que de muscles, mais il n'hésitera pas à vous mettre une main aux fesses.

— Une main aux... Une fessée, vous voulez dire, non ?

— C'est pareil, *sí*.

J'ai droit à un large sourire tandis qu'il range son téléphone dans la poche de son pantalon de luxe.

— George ?

Jan, les sourcils arqués par la surprise, se fraye un chemin jusqu'à nous. Ses iris noirs plongent dans ceux de mon voisin, une sorte de Clark Kent version homme d'affaires sûr de lui.

George ? Je dois fouiller dans mes souvenirs pour que son prénom me rappelle quelque chose. George. George…

— Je vous croyais à Baltimore !

… comme George Town ? *Madre mia !*

C'est choqué que j'assiste à leurs retrouvailles. Choqué, et outré… Il semblerait que Janhvi ait oublié de mentionner le physique du « mari » que sa mère a fait livrer à Brambleton pour elle, le mois dernier.

Les fessiers bombés comme des brioches méritent leur moment de gloire. Chez moi, ce sont des sujets qu'on aborde.

— J'ai rendez-vous avec une cliente sur Pennsylvania Avenue, dans le bâtiment juste derrière. Je tue le temps en attendant, lui explique-t-il.

Il est avocat. Les informations me reviennent progressivement. Pour ma défense, j'étais dans un brouillard émotionnel terrible ce soir-là, les mésaventures de Jan n'étaient pas franchement mes préoccupations premières. Je ne me rappelle que de son air ulcéré, et du moment où elle a admis qu'elle ne reverrait jamais ce « gendre idéal ». D'où ma question : le karma s'amuse-t-il à nouveau avec elle ?

Non que je m'inquiète, mais quand même…

Les relations amoureuses de Janhvi Thapar ont de

quoi donner des suées frigorifiques. Il se pourrait qu'elle ait affaire à un autre psychopathe, une variante de Cole Roston, plus apprêtée, plus séduisante, mais aussi plus dangereuse. Les profils semblables à Joe, le héros de *You*, la série Netflix, sont plus nombreux qu'on ne le pense !

— Comment vont vos parents ?

— Très bien, assure-t-elle. Ils m'ont posé quelques questions sur vous... Vous serez content d'apprendre que je n'y ai pas donné suite.

— Les miens se demandent à quelle date ils seront invités pour dîner. Loin de moi l'envie de vous vexer, mais j'espère que la réponse tardera à venir.

Dios... leur échange d'amabilités me fait cligner des yeux. On dirait un match de tennis : balle dans un camp, puis dans l'autre. Sourire étincelant, regard intercepté. Main sur la hanche, compliments activés.

Leur petit jeu de séduction ne trompe personne. Et ça aussi, c'est un détail que Jan avait gardé secret.

Décontenancé par cette succession de mensonges par omission, je finis par me mettre en retrait pour étudier leur comportement. Le côté observateur de Graham m'aurait été bien utile... les minutes défilent et ils m'accordent autant d'importance qu'à la roue de secours trouée d'une vieille auto.

— Je risque d'effectuer de nombreux allers-retours entre le cabinet et DC ces prochaines semaines. Si jamais vous avez besoin de moi, n'hésitez pas.

Jan étire les lèvres.

— Je n'ai pas votre numéro, George. Je ne pourrai pas vous joindre.

Et en un claquement de dents, la combinaison de chiffres est enregistrée dans le portable de mon amie.

Le code H risque de reprendre du service, et plus vite qu'on ne l'espérait.

— Il faut que j'y aille, les affaires m'attendent. Je suis heureux de vous avoir revue, le hasard fait bien les choses. Ravi d'avoir fait votre connaissance…

— Leandro.

— Leandro, dit-il avec un sourire en coin. J'espère que vous tairez mes actes impardonnables auprès d'*El jefe*… j'ai toujours eu une peur bleue des mains aux fesses.

Il baisse le menton en guise d'au revoir, puis se mêle à la cohue qui secoue le plancher de la librairie. L'odeur de mâle alpha qui plane après son départ dérange mes narines.

— *Dios, dios, dios*…

Jan se retourne. Son air innocent redouble mon envie de rire.

— Il t'a fait un clin d'œil.

— Hein ?

— Clark Kent a dit « le hasard fait bien les choses », et il t'a fait un clin d'œil ! Depuis quand vous vous draguez ?

— Nous dra… Quoi ? Tu veux rire ?

Il suffit que j'imite la manière dont elle se touchait la nuque pour que son sourire file à l'indienne.

— Je ne le séduisais pas, Leandro. C'est juste l'homme du dîner organisé chez mes parents.

— « Je n'ai pas votre numéro, George. Je ne pourrai pas vous joindre »… Ce n'est pas de la séduction, ça ?

— Il n'y a pas d'ambiguïté !

— Pas du tout, non. Bien sûr que non. Et pour ton gouvernail, quand un humain porte aussi bien le costume, on l'appelle un fantasme, et non un homme.

— Pour ta gouverne. Et il n'est pas si exceptionnel que ça.

Je la regarde en sourcillant.

— D'accord, il a du charme, admet-elle. Mais je t'assure qu'il ne m'intéresse pas. C'est un homme à femmes.

— Bonjour le stéréotype...

— C'est lui qui me l'a avoué, je n'invente rien !

— Parce que vous vous livrez au jeu des confessions sur vos vies amoureuses en plus ? C'est pire que ce que je croyais...

— Non, c'est... Arrête d'orienter la discussion vers la conclusion que tu souhaites ! Je te dis que George ne me fait ni chaud ni froid ! dit-elle, exaspérée.

— Plus chaud que froid quand même...

— Leandro !

— Tu as rougi.

— Je suis enrhumée, mon nez est rouge par ta faute ! Maintenant, espèce de manipulateur du dimanche, je vais me tourner vers cette étagère et faire semblant de m'extasier sur un de ces livres pour clore définitivement cette conversation complètement absurde.

Mécontente, elle pivote vers la planche de bois à sa droite puis se prend de passion pour un livre corné, clôturant une discussion qui me donne raison à 200 %.

— Ça me prouve au moins que tu as bel et bien oublié Cole. Il t'a donné des nouvelles depuis le drame ?

— Aucune. J'ai bloqué son numéro. Il est sorti de ma vie.

— *Amén*. Tu vas faire pareil avec George ?

— C'est-à-dire ?

— Tomber amoureuse, lui donner ta confiance, la voir

se faire écrabouiller, être quittée, bloquer son numéro et le sortir de ta vie ?

Le livre se referme dans un claquement sec. Elle me l'écrase contre le torse avec du venin au fond des yeux. Je l'ai agacée pour de bon.

— Je vais au salon. Ne me suis pas.

— Tu sais que j'ai raison, Jan. Tu as la pathologie du mauvais choix : quand tu tombes amoureuse, ton cœur finit en miettes. C'est une loi du cosmos.

— Sauf que je ne veux pas d'une relation avec George, bon sang ! Pourquoi faut-il toujours que vous vous sentiez obligés de me caser dès que je discute plus de trente secondes avec quelqu'un ?

— J'avais le même souci avant d'être marié.

— Alors tu peux compatir.

— Pas du tout, non.

Elle lève les yeux au ciel.

— Leandro, tu...

— Je veux juste que tu prennes soin de toi, Jan. Ce n'est pas agréable à entendre, je peux le concevoir, mais j'essaie d'éviter à ton cœur trop sensible de souffrir. Après, si tu préfères que tout se termine en bain de sang, je ne te retiens pas. Chacun ses vices.

Les traits de son visage gagnent en douceur.

— Tes manœuvres de persuasion sont de plus en plus fourbes...

— Je suis un homme talentueux.

Finalement, elle reste avec moi et sort un nouveau mouchoir de sa poche pour se libérer les sinus. Je range alors le vieux livre abîmé sur l'étagère, et laisse mes pensées voyager vers Peter.

Le pauvre. Un nouvel adversaire a débarqué en ville.

GRAHAM

La buée recouvre les fenêtres. Les phares rouges et orange des voitures, qui accompagnent le son des klaxons, sont les seuls à percer le rideau de condensation. Ce mélange de pénombre, de lumières et de couleurs m'aide à me concentrer.

Ordinateur sur le lit, feuilles dispersées sur la couette et guitare sur le genou, je peaufine la création d'une playlist. Enfin, j'essaie. Des heures que je m'acharne. Je tiens à ce que le résultat corresponde aux attentes de ma prochaine cliente, une jeune femme en passe de se marier.

Avec l'approche des fêtes, les commandes sur le site Internet augmentent de façon exponentielle. Les fins d'année sont bénéfiques pour les galériens de la musique, on nous contacte plus souvent à cette période, pour apporter une touche musicale aux fêtes de Noël, au nouvel an ou aux événements d'une vie qui ont lieu sous la neige. On est un peu la « cerise sur la tarte », comme dirait Leandro.

— *Heartbeats*, José González ?

Peter, un sac à la main – celui qui contient ses affaires de rechange pour les gardes à la clinique –, me lance un regard interrogateur.

— C'est ça.

— Tu l'avais jouée pour Leandro à votre premier rendez-vous, dit-il en prenant appui sur le chambranle de la porte.

— Tu t'en souviens ?

— Comment oublier ? Dès qu'il l'entend, ton mec ne peut pas s'empêcher de nous raconter ce « moment *absolutamente* magique ». Je dois mieux connaître cette histoire que ma propre vie.

La carte du musicien a plutôt bien fonctionné sur lui, je ne dirai pas le contraire. Leandro a développé une fascination pour la guitare qu'il n'avait pas avant de me connaître. Encore aujourd'hui, son regard brille quand je joue un morceau.

— Tu es nostalgique ? suppose Peter.

— Non. Je prépare un enterrement de vie de jeune fille, la cliente est fan d'indie folk.

— Et tu comptes mettre ça dans la playlist ?

— Pourquoi ? Ça ne va pas ?

— Si… Si tu veux déclencher une scène de larmes suivie d'une dépression généralisée.

Il se pince les lèvres, incertain.

— C'est mélancolique, Graham.

Oui. Peut-être. S'il le dit.

J'ai du mal à séparer mes émotions personnelles des tâches professionnelles, surtout en ce moment. Mes sentiments déteignent sur la musique, et la musique recrache ce avec quoi elle est nourrie. Résultat, je donne à Peter une bonne raison d'éveiller ses soupçons.

— OK. J'ai pigé.

Il pose le sac dans le couloir et me rejoint pour pousser

les affaires du lit. Je le regarde s'allonger, un bras sous la tête et les chevilles croisées.

— Qu'est-ce qui te tracasse le plus ? Tes parents ou l'absence de nouvelles de Danielle ? demande-t-il en fixant son regard noisette au plafond.

— Tu n'es pas psy, à ce que je sache.

— Je suis ton ami, ça vaut double. Et mes séances sont gratuites alors autant en profiter.

— Je n'ai pas envie d'en parler, Peter. Ça va passer.

— On dit tous ça. Et personne ne va jamais mieux.

Celle-là, je jurerais qu'il se la destine.

— Je vois bien que tu n'es pas dans ton assiette depuis ton anniversaire, reprend-il. Je t'ai laissé râler dans ton coin puisque tu préfères gérer tes problèmes tout seul comme un grand garçon, mais là, ça commence à faire long.

— Dit-il.

Il redresse la nuque, interpellé par l'ironie sous-jacente.

— Tu as une remarque à me faire, Tormund Fléau-d'Ogres ?

— Elle risque de te déplaire, acquiescé-je.

— Je t'écoute quand même.

Un sourire corrosif naît sur mes lèvres quand je lance :

— George.

Aucun ajout. Aucun détail supplémentaire n'est nécessaire. Ce prénom suffit pour que son assurance s'effondre.

Compatissant, je m'allonge à côté de lui, la guitare sur le ventre. Le temps se distend dans le silence. Les ombres et les lumières défilent au plafond. Si je ne veux pas discuter de mes parents ni de l'adoption, Peter refuse de parler de sa vie sentimentale. Parfois, on ressemble à deux taiseux.

— Il est peut-être temps que tu passes à autre chose, dis-je au bout d'un moment.

Un vague « humpf » fait office de réponse.

Quand Leandro a dressé le portrait de George Town au retour de la librairie, Janhvi était furieuse. Elle a répété une bonne dizaine de fois qu'il ne se passerait rien entre l'avocat de Baltimore et elle. J'ignore encore si elle le pensait vraiment, mais ce n'est pas le sujet. Le fait est que Peter était présent, lui aussi. Il a tout entendu. Et j'ai vu son visage se décomposer.

Il canalise mieux sa douleur qu'il y a vingt ans, mais elle reste visible pour qui le connaît bien. Elle se faufile dans les plis de ses sourires. Elle éteint la lumière dans son regard. C'est un matériau qui effrite sa joie de vivre.

Il n'y a que Janhvi qui ne remarque pas cette dégradation lente et progressive, parce qu'il s'évertue à la lui cacher.

— Peter, ça fait vingt ans…

— Vingt-deux.

— Vingt-deux ans, répété-je, sidéré. Tu réalises ? Les humains ne sont pas faits pour mentir aussi longtemps. Ta soupape de sécurité va finir par exploser. Et ce qui se trouve en dessous aura mijoté tellement longtemps que le goût sera devenu aigre.

— Je ne suis pas aigri.

— Tu pues l'aigreur. Tu peux faire avaler à Jan tous les bobards de ton meilleur cru si tu veux, mais ils ne fonctionnent pas avec moi. On a passé trop de soirées ensemble. Et, au cas où la précision est nécessaire : tu tiens la vodka comme un prépubère imberbe. Te tirer des infos est presque trop simple.

Il émet un long soupir.

— C'était il y a longtemps, OK ? L'eau a coulé sous les ponts.

— C'est ta seule défense ? Parce qu'aux dernières nouvelles, Cole t'agaçait, lui aussi. Et Cole était encore sur le pont il y a très peu de temps. Trouve autre chose.

— Tu as conscience que je suis venu pour te remonter le moral, à la base ? On peut revenir à tes soucis ?

— Savoir que d'autres souffrent plus que moi m'aide à relativiser. Tu m'es utile, compagnon.

— Ça s'appelle du sadisme.

— Il paraît que ça s'empire avec l'âge.

Son air contrarié est éclairé par les taches clignotantes qui viennent de la circulation bouchée. Du rouge sur sa colère, de l'orange par-dessus sa peine. Le rythme le fait cligner des paupières, et finir par admettre l'évidence :

— Je n'arrive pas. Je n'y arrive pas, Graham… Je suis infoutu de tirer un trait sur elle.

— Je sais.

À chaque fois qu'il pose son regard sur elle, la planète connaît une secousse sismique. Je n'ai jamais vu quelqu'un porter autant d'admiration à une femme.

— J'essaie, Graham. Je te promets que je fais tout pour, mais elle est tellement incrustée en moi que mes efforts ne servent à rien.

— Je ne sais pas comment tu fais.

D'aussi loin que je me souvienne, Peter a toujours eu des sentiments pour Janhvi. Plus ou moins prononcés en fonction de la période. Plus ou moins douloureux. Plus ou moins dissimulés. Il aurait très bien pu les lui révéler, les occasions ne manquaient pas. Tenter sa chance. Le problème, c'est qu'en parallèle d'un amour indiscutable, il a construit une amitié fusionnelle avec elle. Et l'un a le pouvoir de détruire l'autre.

Dans ce contexte, il a préféré taire une partie de lui. Depuis vingt-deux longues années, l'étau se resserre autour de son cœur. Mais il l'accepte, puisque la punition lui permet de conserver une amitié intacte.

Leandro considère ce sacrifice comme une preuve d'amour. Moi, je trouve ça franchement masochiste.

— Si vraiment il n'y a plus rien à faire, tu devrais tenter les coups d'un soir, suggéré-je. Ça peut t'offrir de nouvelles perspectives.

— Je ne suis pas à l'aise avec la drague.

— Tu as juste à te servir de tes atouts. Tu soignes des chiots et des chatons, c'est un avantage non discutable.

— Ça fait de moi un type « mignon ». Je suis « mignon », dit-il en crachant presque le mot. Tu sais combien de « mignons » couchent le premier soir ? Zéro. Parce que les « mignons » ont des « principes » qui les empêchent de faire ce genre de choses.

— C'est toi qui t'imposes cette philosophie de vie ?

— Non. Je t'offre un condensé des discours entendus auprès de celles que j'ai tenté de séduire au cours des cinq dernières années. « Mignon » ressort de façon chronique.

Mon air perplexe le pousse à ajouter :

— J'ai dit que j'étais une quille en drague mais ça ne signifie pas que je n'ai pas déjà essayé.

— Tu as fait des soirées bar-drague sans moi ? C'est censé être une coutume entre amis !

— Tu es un guitariste qui ressemble à un highlander croisé avec un bûcheron, Graham. Te demander de m'accompagner, ça reviendrait à me tirer trois balles dans le pied.

— OK. Tu te rattrapes bien.

Mes doigts glissent sur les cordes tandis que le silence revient entre nous. Je ne sais pas comment l'aider sans le forcer à prendre une décision contre sa volonté. Il a besoin de Jan en tant qu'amie, la question ne se pose même pas. Que se passerait-il s'il la perdait ?

Si je jouais à l'entremetteur, que je balançais l'info dans l'espoir de faire avancer leur relation, il me tuerait d'abord et m'étranglerait ensuite. Et si, par chance, j'en réchappais, et que j'apprenais sur mon lit d'hôpital que j'ai ruiné la connexion mystique qui unit ces deux humains, je mourrais de culpabilité. Cette perspective me retire toute envie de fauter.

— Ton portable.

La sonnerie du téléphone résonne entre deux réflexions. Je tâtonne la table de chevet et la couette, pour retrouver l'objet sous ma cuisse.

Le nom affiché sur l'écran m'écrase le sternum avec la force d'un poing.

— Qu'est-ce qui se passe ? s'inquiète Peter, qui doit sans doute voir mon teint changer de couleur.

Je décroche en chuchotant le prénom de l'assistante sociale du bout des lèvres.

— Monsieur McConnel ? C'est Molly Ashmore, de l'agence d'adoption. Je ne vous dérange pas ?

— Bonsoir, Molly. Non, pas du tout.

Je fourre la guitare dans les mains de Peter. Mes muscles se tendent comme un arc tandis que je m'assieds piteusement sur le bord du matelas.

— Je me permets de vous appeler puisque j'ai reçu des nouvelles de Danielle Lynch. Elle s'excuse d'ailleurs pour l'attente, elle a eu besoin d'un temps de réflexion supplémentaire. Je pense que vous pouvez le comprendre.

— Oui, bien sûr.

Elle marque une pause de plusieurs secondes.

— Ce que j'ai à vous dire n'est pas simple, Graham. Il va sûrement vous falloir un petit moment pour digérer l'information et y réagir de la meilleure manière.

— D'accord…

— Très bien. Danielle et Wanda ont adoré leur rendez-vous avec Leandro et vous, ce sont leurs termes, je n'invente rien. Vous êtes des hommes charmants, bien éduqués, sensibles et respectueux. Danielle a beaucoup réfléchi à la situation, à la nécessité de créer une famille soudée et aimante autour de l'enfant. Vous n'êtes pas sans savoir qu'elle souhaite une adoption ouverte, et donc garder un contact avec le petit tout au long de sa vie, si le petit le veut, bien entendu.

— Oui, oui.

— Elle désire également lui offrir un environnement « parfait », toujours selon ses termes. En ça, elle entend une maison avec une belle et grande chambre, un entourage protecteur et tolérant, des ressources financières suffisantes pour…

— Vous êtes en train de broder, Molly ?

À nouveau cette pause qui porte à mal mes émotions. L'angoisse grandit à m'en donner une crampe d'estomac.

— Je résume les choix qu'elle a pris afin de mieux expliquer sa décision, se justifie-t-elle.

— Quelle est sa décision ?

— Vous ne préférez pas bénéficier d'une contextualisation dans un premier temps ?

— Je suis dans un état qui dépasse tout ce que vous pouvez imaginer. Abrégez mes souffrances, s'il vous plaît.

— D'accord. Oui. Bien.

Un vent de nervosité s'ajoute au reste, soufflant dans ma poitrine avec la puissance d'une tempête. Elle fait traîner l'annonce. Quelque chose ne va pas.

— Danielle a eu un entretien avec un autre couple, la semaine suivant la vôtre. Ils ont démontré à ses yeux de nombreuses qualités pour le bien-être de l'enfant.

— Qu'est-ce que ça signifie ?

— Je suis désolée, Graham. Danielle a porté son choix sur eux.

5

LA VÉRITÉ ABOIE TOUJOURS MOINS FORT

♫ Dream – Bishop Briggs

PETER

J'ai rencontré Janhvi à l'âge de sept ans. Un coup orchestré par le hasard, et que je ne regrette pour rien au monde.

L'école primaire de Brambleton se situait à une dizaine de minutes à pied de chez moi, et mes parents avaient l'habitude de ne pas être à l'heure pour la sortie des cours. Voire de ne pas être là du tout. Pas grave, je connaissais le chemin. Je pouvais rentrer seul. J'avais appris à tourner la tête dans la bonne direction au passage piéton, et à slalomer entre les déjections sur les trottoirs. Jan n'était pas aussi autonome.

Cet après-midi-là, sa mère, Simran, a eu un empêchement. Le cours magistral qu'elle dispensait à l'université s'était éternisé au point de dérégler son organisation ultra-millimétrée. Elle a donc appelé l'école, qui lui a assuré qu'un professeur surveillerait sa fille le temps qu'il faudrait. Sauf que Jan a croisé ma route au même moment. Et parce qu'elle n'avait à ce moment-là aucune notion de risque et de danger, elle a accepté que je la raccompagne.

C'est comme ça qu'avant de recevoir la punition du siècle, on a traversé trois quartiers, cinq passages piétons, dix trottoirs et une allée bordée de bégonias pour parvenir devant chez elle. C'est à peu près le temps qu'il m'a fallu pour tomber amoureux de cette fille : trois quartiers, cinq passages piétons, dix trottoirs et une allée bordée de bégonias.

J'étais fasciné. Elle sautillait quand elle marchait, comme si ses talons avaient des ressorts, ou que la vie était trop belle pour être vécue au sol. Elle souriait beaucoup aussi, et sans aucune raison. Jan a toujours dégagé ce « truc » qu'ont les gens heureux, l'étincelle additionnelle, le rayon lumineux qui réchauffe une pièce austère.

On est devenus amis très vite. En vingt-quatre heures, en fait. Délai d'enfant. J'ai failli lui avouer mes sentiments cette année-là, mais elle est sortie avec Danny le judoka, ce qui a remis mon courage à plus tard.

Puis il y a eu Stanley « Jus d'orange », ce gars qui avait toujours une brique de jus de fruits dans son sac à dos. Et Leonard, dit « le Tricheur », qui passait son temps à regarder au-dessus de mon bras pendant les contrôles. Glenn, incapable d'utiliser un stylo-plume sans s'en mettre partout. Et j'en passe.

J'ai toujours su qu'elle me voyait comme son frère ; je suis les bras dans lesquels elle se réfugie après une rupture, le remonte-moral humain. Quand on était ados, elle passait par la fenêtre de ma chambre avant d'aller en soirée. On dormait l'un contre l'autre dans ma voiture. J'ai été son cavalier à quasiment tous les bals de fin d'année – sauf l'année de Parker Sanders, ce crétin aux graines de chia. Notre amitié a été aussi fulgurante qu'un coup de foudre, et elle s'est approfondie chaque année un peu plus.

Désormais, elle est enracinée dans mes entrailles. Et

je ne peux plus la déloger au risque de voir mes tripes partir avec. Cadeau empoisonné.

Résultat des courses ? Je crois que Cole Roston a raison. Je suis voué à errer pour l'éternité dans la *friend zone.*

— Peter... Eh !

Le claquement de doigts devant mon visage me fait revenir au présent. Erin me tend un dossard blanc, sur lequel est scotché un papier qui porte le nom de notre clinique vétérinaire.

— Ils ont augmenté le prix d'entrée pour cette édition, je viens de leur laisser soixante dollars.

— C'est pour la bonne cause, lui rappelé-je.

— Soixante, c'est pour les assistants vétérinaires, Peter. Les vétos doivent allonger cent quatre-vingts dollars. Mais c'est pour la bonne cause, hein ?

Par chance, la météo est à peu près bonne aujourd'hui ; courir sur les avenues de gravier du National Mall sous une averse torrentielle ou une tempête de neige ? Non, merci. Je suis quelqu'un de bien, mais pas à ce point-là.

Erin s'assied en tailleur, à même le sol.

— Tu crois que ma participation à la course me donne droit à une augmentation ? demande-t-elle en tournant ses chevilles dans un sens puis dans l'autre.

— Je ne gère pas tes fiches de paie, Erin.

— Tu pourrais quand même essayer d'intervenir ? Juste un petit mot aux ressources humaines...

Je lève les yeux au ciel.

— Tu as bien conscience de ce qu'est une course caritative, rassure-moi ? Ça veut dire que tu donnes gratuitement de ton temps, c'est le principe. Les ressources humaines applaudiront peut-être ton altruisme mais ça m'étonnerait qu'ils allongent les billets.

— Mais je suis en train de me sacrifier, là ! Je ne suis vraiment pas sportive, tu le sais…

— C'est pour la bonne cause, répété-je.

— C'est ça, oui. Pour la bonne cause… Dis surtout qu'on est à deux pas du musée.

— Et ?

— Ne fais pas semblant de ne pas comprendre le sous-entendu.

Elle pointe la coupole du Smithsonian, à quelques mètres ; la pierre blanche perce entre les arbres déshabillés par l'hiver.

Janhvi travaille effectivement en bordure du parc, mais ce n'est que la conséquence d'un heureux hasard. Je n'ai pas d'actions chez la Compagnie des coïncidences géographiques, je n'y peux rien si la course et le Smithsonian se tiennent au même endroit. D'autres bâtiments réputés sont installés ici, à l'instar du Capitole, du musée de l'Air et de l'Espace ou encore du mémorial de la Seconde Guerre mondiale, et Erin ne m'en fait pas tout un plat.

— Ce n'est pas moi qui choisis l'emplacement de la course, je te rappelle.

— Mais ça t'arrange bien, non ? Comme chaque année, ta copine va débarquer avec sa bouche en cœur pour te souhaiter bonne chance. Et comme chaque année, tu vas la regarder avec des panneaux clignotants dans les yeux.

— C'est la première fois que tu viens ici, qu'est-ce que tu racontes ?

D'habitude, je cours au Mall avec un autre de mes collègues praticiens.

— Spencer rapporte tes déboires entre deux consultations chaque année, m'apprend-elle, ce qui m'incite à me méfier de ce collègue praticien en question. Au cabinet, tout le monde sait que tu as une janhvite aiguë pendant l'Annual Canitrail.

— Une janhvite... ?

— C'est moi qui ai trouvé le terme. Les consonances font penser à une gingivite, ce qui m'a semblé parfaitement approprié : ta manière d'entretenir un mythe autour de cette femme me cause autant de douleurs qu'une inflammation des gencives.

— Je vois que ta bonne humeur irradie aujourd'hui, ça fait plaisir...

Elle retombe aussitôt dans un silence absolu et poursuit sa série d'échauffements. Jan et elle n'ont jamais été d'excellentes amies, c'est de notoriété publique. Elles s'en tenaient à une amabilité tout juste cordiale lorsqu'Erin et moi étions ensemble. Un « bonjour » le matin, un « bonne nuit » quand elles y pensaient. Cela dit, Erin évitait les remarques acerbes et ne m'attribuait pas de maladies imaginaires. La donne a changé.

Décidé à éviter la rupture de ligaments, j'oublie mes réflexions et m'efforce aussi de tordre mes jambes dans des angles anormaux.

La course s'étend sur quatorze kilomètres, au cœur du parc encadré par les monuments les plus emblématiques du pays. Mais personne n'est là pour le décor. Ni pour le sport, d'ailleurs. Une fois par an – toujours en hiver –, la profession se réunit pour soulever des fonds à destination des refuges animaliers de la ville et des associations avec qui on travaille. C'est peut-être le seul moment de l'année où la densité de vétérinaires au mètre carré est si élevée. Bref, on joue aux gens bien en oxygénant nos cellules, une activité de bobo.

— Tout juste sorti de la cafétéria, pour vous servir !

Le menton coincé dans une écharpe en laine mauve, Jan, fraîchement débarquée, me tend un gobelet en carton. Le couvercle libère une fumée aux odeurs de graines torréfiées.

Je la remercie sans pouvoir m'empêcher de jeter un œil à Erin.

Ma collègue est dépitée.

— Oh… Salut, Erin.

— Janhvi, quel plaisir.

— Je ne savais pas que tu participais à la course cette année, s'étonne Jan. Tu veux peut-être que je t'apporte un café, ou autre chose ?

— J'espérais recevoir une augmentation, en fait, mais Peter est un collègue pitoyable doublé d'un énorme égoïste. Et non, merci. J'ai de l'eau.

Elle tend sa gourde en plastique comme preuve, pour se taire aussi vite.

— Elle est de mauvaise humeur, murmuré-je.

— Je n'avais pas remarqué… Comment se fait-il que tu ne coures pas avec Spencer ?

— Terence est en congé, Spencer a pris sa place à la clinique pour qu'elle puisse rester ouverte aujourd'hui. Erin s'est proposée.

— Et j'aurais mieux fait de m'abstenir !

Le sourire de Jan devient confus.

— J'espère que tu me reviendras en un seul morceau. On a un épisode de *Peaky Blinders* à regarder ce soir, me rappelle-t-elle.

— Tu n'es pas censée terminer tard ?

— Je me débrouillerai pour qu'Adele me lâche la grappe, tu as ma parole. Je ferai mieux d'y retourner d'ailleurs, elle me tanne avec la liste des invités pour l'avant-première de l'exposition. Bonne chance, champion.

Elle m'attrape et me serre dans ses bras, son anorak froissant un moment contre le mien. Erin nous dévisage en produisant un bruit étrange avec la bouche, comme un glapissement. Ou une torsion de glotte.

Quand Jan embrasse le bas de mon menton, c'est l'apothéose pour ma collègue qui s'enroule carrément une corde imaginaire autour du cou.

— Il n'y a pas si longtemps, tu me disais que ton aversion pour Janhvi appartenait au passé, dis-je, une fois tous les deux.

— C'est le cas, oui. Je suis presque polie et à deux doigts de la gentillesse. Tu as quelque chose à me reprocher ?

— Tu es sur les nerfs, Erin.

— Peut-être que c'est à cause de cette course à laquelle je n'ai pas envie de participer. Ou alors...

Se levant d'un bond, elle époussette son legging et frotte ses mains l'une contre l'autre. Elle se plante ensuite en face de moi avec une énergie presque agressive.

— Ou alors, c'est parce que tu te fais mener par le bout du nez. Et assister à ça, Peter Pendleton, ça me donne envie de cogner dans un tronc d'arbre.

— Tu cherches quoi, au juste ? Qu'on se prenne la tête ?

— Comme tu veux. Énerve-toi contre moi si ça te chante, je m'en contrefiche. De toute façon, tu n'as jamais supporté d'entendre la vérité. Ce n'est pas aujourd'hui qu'on aura droit à une prise de conscience.

Sans surprise, la course est catastrophique. J'ai l'impression que les ondes négatives d'Erin se propagent parmi les participants – qui déclarent forfait un à un –, s'étendent au ciel qui devient menaçant, et s'étalent même jusqu'au gravier, dont les irrégularités lui tordent la cheville. Deux fois de suite.

— Merde !

Elle attire les ennuis comme un aimant. Et sans vouloir passer pour un pessimiste à tendance excessive, elle me pourrit la journée.

— Si tu râlais moins, tu aurais plus de temps pour te concentrer sur la course, remarqué-je, tandis qu'elle se tient la cheville en soufflant de douleur.

— C'est le moment de me faire la morale, tu trouves ?

Les poings sur les hanches, je reprends mon souffle pendant qu'elle insulte les cailloux sur trois générations. On a avalé à peine un tiers du chemin. À ce rythme, le soleil touchera la ligne d'horizon avant qu'on ait aperçu celle de l'arrivée.

— Arrête de te plaindre et motive-toi. Je n'ai aucune envie de rester ici jusqu'à la nuit tombée.

— J'arrête, Peter ! J'en ai marre.

— C'est hors de question. Debout.

Je lui tends une main qu'elle ne prend pas.

— Erin, tu es parfaitement capable de continuer la course. Ta cheville n'est ni enflée ni cassée.

— Je n'en peux plus, j'ai le droit, non ? On a déjà apporté notre contribution aux refuges, notre BA est faite !

— Ce n'est pas une raison pour abandonner.

— Abandonner quoi ? On n'est pas aux JO, Peter ! Il n'y a pas de médaille à l'arrivée !

— Qu'est-ce que tu as, à la fin ? sifflé-je, perdant patience.

— Rien !

Déterminée à n'en faire qu'à sa tête, elle se lève et fonce vers les massifs d'arbres sur le bas-côté ; je la vois qui traverse l'allée en boitant sans s'inquiéter des insultes crachées par les participants épuisés.

— Erin !

Je la suis sur le gravier qui devient boue, puis terre gelée.

— Il va falloir que tu redescendes ! Je n'ai rien fait qui justifie ton humeur de chien ! Et si tu me parles encore de ma janhvite ou je ne sais pas...

« Redescendes » ? « Humeur de chien » ? J'ignore quelle partie de ma phrase la touche. Toujours est-il qu'elle se retourne d'un seul mouvement.

— Elle m'a quittée.

Elle serre les poings, les yeux brillants.

— Faith m'a quittée, avoue-t-elle. Je me sens pathétique, voilà ! Alors, tu m'excuseras, mais ta leçon philosophique sur la nécessité de ne pas abandonner, je m'en tamponne le coquillard !

Sur ce, elle arrache le dossard et quitte le parcours balisé pour de bon, me laissant seul au milieu d'une nuée de coureurs en colère.

L'année prochaine, c'est moi qui remplace Terence.

JANHVI

— … votre avant-première. Le nombre de professionnels se doit d'être assez élevé pour permettre une bonne couverture médiatique.

— D'accord.

— En ça, je vous fournirai une liste de journalistes de confiance, avec qui le département a déjà travaillé par le passé. Nous n'avons jamais rapporté d'incident avec eux.

— Je vous remercie, madame Bobberson.

Inarrêtable, ma cheffe continue de dresser une liste de préconisations longue comme le bras, tandis que nous filons à pas rapides au travers du musée, en direction de la zoothèque.

Aménagée au sein d'un bâtiment souterrain, cette immense enceinte est dédiée à la conservation des collections. Je souhaitais y accéder aujourd'hui pour sélectionner une partie des spécimens destinés à l'exposition ; je ne me doutais pas qu'Adele en profiterait pour revenir à la charge.

— Aussi, très important : choisissez des invités dignes de représenter les valeurs du musée, me conseille-t-elle. Si, par quelque hasard que ce soit, l'un d'eux est mis en avant dans les médias, il aura tout intérêt à nous faire une bonne publicité.

— De quelles valeurs parlez-vous ?

— Finesse d'esprit, élégance, raffinement, subtilité… Je ne vais pas vous faire un dessin. Vous et moi connaissons l'univers dans lequel nous gravitons. Médecins, théoriciens, politiciens : visez haut.

— Bien, madame Bobberson.

Je m'abstiens de sourire, elle y verrait du cynisme.

La zoothèque apparaît après un nombre incalculable d'escaliers pris et de portes poussées. Nos badges émettent un bip sonore en passant le système de sécurité. La plongée au cœur d'une des réserves les plus fournies au monde nous confine ensuite à un émerveillement silencieux.

Plusieurs dizaines de millions de spécimens fossiles, depuis la faune jusqu'à la flore, sont entreposées ici. Il faut imaginer un hangar plus gigantesque que le mot en lui-même. Divisé en dizaines de sections. Réparties en milliers d'étagères métalliques, que les néons fixés au plafond font briller dans une profusion de couloirs sans fin. Il se cache ici le passé de la planète, des espèces éteintes, conservées sous une plaque de verre, dans des flacons, entre deux feuilles de papier ou sur des échafaudages pour les pièces les plus volumineuses.

Impossible de rester insensible à ce spectacle. La zoothèque fait partie des lieux affectionnés par tout le personnel du musée.

— Je me rends si peu ici que j'oublie perpétuellement l'immensité de la superficie.

Même le regard d'Adele se tamise d'éclats admiratifs. Elle en laisse les invités de côté, préférant se mettre en quête du département de zoologie des vertébrés avec un intérêt grandissant.

Comme d'habitude, nos avis divergent pour la plupart des pièces proposées par l'une et l'autre : Adele insiste pour mettre l'accent sur des fossiles d'une rareté absolue, des échantillons qui fascinent les pointures de la science, quand je me bats pour orienter son avis vers du plus accessible.

— L'exposition est axée sur la destruction de la vie marine, dis-je, entourée d'un labyrinthe de tiroirs ouverts. C'est un sujet déjà connu du grand public, mais pas dans tous ses aspects. Je pense que le vulgariser permettrait d'intéresser un plus grand nomb…

— Je ne veux pas faire de sensationnel, me coupe-t-elle, les yeux accaparés par un *Dendrochirus* aux nageoires en forme de voile. Il faut des données précises et pointues. Comme son nom l'indique, le Smithsonian est un musée. Pas une cour de récré.

— Je comprends, oui. Mais un enfant se moquera d'apprendre que le stress thermique favorise le blanchissement des récifs coralliens par expulsion de la zooxanthelle, par exemple. L'information n'est pas claire. Il faudrait juste lui dire que les coraux meurent, et qu'en mourant, ils tuent de petits poissons, qui eux…

— Je sais comment fonctionne l'érosion de la biodiversité, je vous remercie.

Elle me fixe un instant, pensive. Son regard se perd ensuite dans les rayonnages où sont classées des milliers de radiographies animales.

— Votre idée ne me plaît pas, Janhvi. Notre but est d'instruire. Si le public ne le comprend pas, qu'il aille lire des pseudo-articles rédigés par des pseudo-compétents dans des magazines qui parlent de smoothie détox et de cellulite.

— Vous ne pouvez pas parler comme ça...

— Bien sûr que je le peux. Vous espérez que le public réagira ? Vous voulez que les gens réalisent combien les océans sont primordiaux pour la vie sur terre ? Vous voulez démontrer qu'en l'état actuel des choses, notre « belle planète » connaîtra un sort funeste ? Très bien, mais faites-le avec les termes et les notions appropriés.

Super. Adele est bel et bien déterminée à saboter mon exposition. À croire qu'elle prend plaisir à balayer tout le côté humain de sa profession.

Elle se fiche des visiteurs et s'intéresse encore moins à leurs attentes. Ils ne sont que des chiffres alignés dans un tableur Excel. C'est incroyable d'être parvenue à son échelon en étant aussi déconnectée de la réalité.

Finalement, épuisées, nous rangeons le désordre et rentrons chacune de notre côté.

J'effectue un détour volontaire par l'entrée principale du musée, histoire de me changer les idées. Peter devrait avoir terminé sa course depuis un moment, et j'aurais bien besoin d'une bonne bouffée d'air frais.

Sauf que mon plan se voit compromis quand je l'aperçois en compagnie d'Erin.

Ça, ça n'est clairement pas l'image que je me fais d'une « bonne bouffée d'air frais ».

Ils sont chacun emmitouflés dans leur manteau, elle adossée au tronc d'un chêne massif et lui agitant les mains ; leur discussion a l'air sérieuse. Je pourrais les interrompre, m'immiscer dans leur conversation, mais tout mon corps s'est comme rigidifié. Le froid se faufile sous mon pull et pénètre insidieusement dans ma poitrine.

Erin me crispe.

Erin m'a toujours un peu crispée.

Quand Peter et elle sortaient ensemble, elle passait beaucoup de temps à la maison. J'ai pu la croiser au saut du lit, dans la salle de bains, avec la tête dans le frigo en pleine nuit ou devant la télé au petit matin. Elle n'a jamais connu de problème d'intégration, son caractère jovial la rendait agréable aux yeux des autres. Mais sa présence était envahissante pour les miens.

Je ne me sentais pas à l'aise quand elle était dans les parages. Ses affaires, éparpillées aux quatre coins de la maison, donnaient l'impression étrange qu'un cinquième membre faisait partie du groupe… un intrus.

C'est bête, mais quand leur rupture a été confirmée, quelque chose s'est apaisé en moi.

Je n'en ai jamais parlé à personne puisque ce bien-être retrouvé a charrié avec lui un horrible sentiment de culpabilité. Je veux dire, on ne peut pas se réjouir du malheur d'autrui. J'aurais dû être peinée pour eux, surtout que Peter est mon ami. Je l'ai été. Un peu. Mais pas assez.

Depuis, je me suis promis de ne plus me laisser parasiter par ce genre de pensées. Si Peter devait tomber amoureux de quelqu'un d'autre, j'accueillerais cette personne à bras ouverts. C'est comme ça que fonctionnent les meilleures amies : elles montrent leur soutien, même quand des « quelque chose » brouillent leur estomac.

Forte de cette réflexion, je reprends la descente des marches du bâtiment. Mais le sourire solaire que Peter offre à Erin me fige à nouveau dans l'élan.

Que se racontent-ils ? Pourquoi se montre-t-il aussi doux avec elle ? Elle était odieuse ce matin, d'une humeur à faire fuir. Que lui est-il arrivé ? Les questions floues se mêlent à l'image sous mes yeux. Ils semblent… sur la même longueur d'onde. Une bulle d'intimité s'est formée autour d'eux, de celles qui se sentent plus qu'elles ne se voient, et qui sont invariablement rehaussées d'un panneau « Ne pas déranger ».

C'est avec le vague à l'âme que je me résous à oublier ma pause entre amis. Faisant demi-tour, je retrouve alors l'alcôve poussiéreuse de mon bureau et la montagne de travail qui l'accompagne.

Une note déposée au sommet d'une tour de livres attire mon attention. Elle liste plusieurs noms de journalistes ainsi que celui de leur agence. Adele a dû passer par ici. Je me lance de fait dans la valse des appels, usant de compliments pour convaincre des rédacteurs et des critiques de couvrir l'exposition. De nouvelles heures s'étiolent. Les réponses me permettent de mettre sur pied la fameuse liste d'invités pour l'avant-première. Leandro, Graham et ma famille sont conviés par texto. Peter reçoit également le carton numérique. J'ai le numéro d'Erin dans mon répertoire, mais l'entreprise s'avère plus difficile la concernant…

Allez, tu n'es pas si mesquine.

J'ai l'hésitation coriace. Une part de moi refuse de l'intégrer à ma vie, à mon travail, à ce sanctuaire qu'est le musée. L'autre part, plus humaine, déplore l'égoïsme caché derrière ce rejet.

C'est ridicule…

Je secoue la tête en me sermonnant à nouveau. Puis j'effectue un copier-coller du message pour le transférer à l'assistante vétérinaire ; si Peter l'apprécie en tant que collègue et amie, alors elle doit avoir des qualités. Je ne les ai tout simplement pas encore décelées.

La journée défile sans me laisser de répit. Entre deux tâches exécutées, mon cerveau me rappelle la scène entrevue tout à l'heure, comme si ces quelques secondes méritaient d'être ressassées. N'importe quoi. Je ne comprends pas pourquoi les images se cramponnent à ce point à ma tête. Ils ne faisaient que parler.

Comme une bipolaire, je regrette mon invitation, puis je me félicite d'agir selon les envies de Peter, avant de me trouver idiote puisque je ne connais pas ses envies en question. Je ne fais qu'interpréter et déduire. Sans la moindre objectivité.

Les pages de vieux manuels passent entre mes doigts nerveux. La liste de convives s'allonge. Les noms sont ajoutés, barrés, modifiés. Les coups de téléphone font résonner ma voix dans la pièce surchargée de documentation et d'émotions… Il est plus de 18 heures quand mon corps s'est vidé de ses dernières forces.

Les batailles psychologiques ont beau se passer là-haut, elles endommagent toute la machine.

Éreintée, je m'effondre sur la chaise inconfortable, écrivant d'un bras tendu quelques derniers noms d'invités sur le bloc-notes. C'est là que, inconsciemment, me vient l'idée d'inscrire celui d'un « haut placé ». Quelqu'un qui satisferait à coup sûr les exigences aristocratiques d'Adele.

Je me redresse, sourcils froncés. *Non, je ne peux pas faire ça.*

Si je lui proposais de prendre part à la soirée, j'offrirais du grain à moudre par wagons entiers à Leandro. Et à ma mère. Leurs « J'en étais sûr ! » « Je te l'avais dit ! »

ou « Tu vois que j'avais raison ! » me fatiguent avant même de les entendre.

Toutefois, sa présence calmerait la flopée de reproches proférés par ma patronne. Au moins pour un temps.

Peut-être que c'est pour cette raison que je me mets à chercher son numéro d'avocat dans mon répertoire.

Si, je vais faire ça.

PETER

Dévastée. Ou anéantie. Les deux mots se valent pour définir l'état dans lequel est plongée Erin.

— Ça date de quand ?

— La semaine dernière.

Elle s'adosse contre le tronc abîmé d'un vieux chêne, une jambe repliée sous le corps et la respiration sifflante. Son regard est si sombre que je n'y décèle plus rien, le bonheur a l'air de s'y être noyé pour de bon. Je ne m'étais pas rendu compte à quel point elle était attachée à Faith.

— Pourquoi tu n'as rien dit ? demandé-je, me souvenant des jours passés à la clinique sans noter de problème particulier.

— Tu voulais que je le crie sur tous les toits ? Eh, Peter ! Faith m'a trompée ! Je suis célibataire, tu as une castration à 8 heures !

— Elle t'a trompée ?

— C'est pire que ça, en fait…

Elle fait claquer sa langue contre son palais, écœurée.

— Partie une : elle a couché avec une autre femme. Je n'ai pas son prénom et je ne tiens pas à le connaître.

Mais comme elle s'en voulait « à mourir », elle n'a pas pu s'empêcher de me le dire.

— Tu aurais préféré ne rien savoir ?

— Ça m'aurait évité d'en arriver à la partie deux, oui : je lui ai pardonné, parce que je suis trop bête pour me préserver.

— Et vous n'êtes quand même plus ensemble ?

— C'est la fameuse partie trois, dit-elle dans un rire amer. Figure-toi que *madame* ne supportait pas de continuer à me voir tous les jours parce qu'elle se sentait trop coupable. Ses épaules devaient porter le « poids de la trahison », alors elle a préféré me quitter. Tu y crois, toi ? Elle m'a balancé un « *ciao* » dans la face alors que la faute vient d'elle !

Plusieurs fois, des passants se retournent, alertés par sa voix qui monte en puissance. Pour leur défense, ses yeux larmoyants et ses grands gestes ont tendance à attirer l'attention.

— Bref, je ne sais même pas pourquoi je te raconte ça…

— Parce que tu as saboté la course et que ça méritait une explication. Ou alors, tu m'apprécies.

Elle détourne la tête sans même sourire. C'en est presque vexant.

— Tu es un collègue et un ex, Peter…

— Et alors ?

— Je ne peux pas te parler de mes galères de couple !

— Tu vois une autre oreille attentive ici ?

— Non, mais ça n'est pas logique, dit-elle en faisant cogner son dos contre l'arbre. Tu n'es pas logique. Rien n'est logique. Tu es un spécimen trop étrange pour cette planète, Peter Pendleton.

— Je suis un type bien, que veux-tu ? Je participe à des courses dans le froid pour donner un toit à des chats errants, j'aide une ex insupportable à ne pas déprimer... tout ça entre deux journées de boulot où je sauve la vie de furets anxieux et de lapins boulimiques.

— On devrait te décerner une médaille.

— Ou une statue. À côté d'un centre commercial qui porte mon nom.

Cette fois, je parviens à la dérider un peu.

— Et crois-le ou non, la râleuse compulsive, j'en connais un rayon en ruptures catastrophiques. Et je ne parle pas seulement de celles qui se terminent avec un nez tuméfié. Tu peux me parler de Faith, si ça te fait du bien.

Les codes H m'ont appris à adopter le meilleur comportement possible face à ce genre de situation. J'ai été à bonne école, disons. Et, par expérience, je sais qu'il est important de rester à l'écoute de la personne blessée, de lui laisser le temps d'extérioriser.

Pour qu'elle se débarrasse de ses démons, je propose à Erin de se mettre au chaud, mais elle refuse.

— Pas envie d'entrer dans un endroit rempli de monde, grommelle-t-elle.

— Sûre ?

— Certaine.

Je n'insiste pas, et file récupérer nos manteaux pour revenir à ses côtés. Mon flair me dit qu'on risque de rester ici pour un moment.

Elle s'emmitoufle dans la parka en silence, le regard au loin pris par ses pensées.

— Ma vie craint à mort, Peter... Tu te rends compte qu'on me plaque pour la deuxième fois consécutive ?

— Tu parles de moi ?

— Qui d'autre ? Je suis passée à autre chose, ne t'inquiète pas, ajoute-t-elle précipitamment. Mais les faits sont là. Je vous ai fait quoi, pour que vous m'abandonniez en cours de route ? Non, parce qu'à force, je vais finir par me mettre dans la case des personnes problématiques. Homme ou femme, ça finit toujours de la même manière...

— C'est le hasard. Les deux situations ne sont pas comparables.

— C'est exactement pareil.

— Je ne t'ai pas trompée, Erin.

— Ah ?

Je lui jette un regard surpris.

— Je n'ai jamais fauté, non, assuré-je, troublé par son insinuation.

— Mais c'est tout comme.

— Bien sûr que non.

— Ah ?

— Arrête avec ce « Ah ? » ! Tu penses sincèrement que j'ai eu une aventure pendant qu'on était ensemble ? demandé-je, incrédule. Je ne suis pas ce genre d'homme, je croyais que tu le savais.

— Pas dans le sens que tu imagines.

— Parce qu'il y a plusieurs manières de faire ce genre de chose ?

— Tu as trompé toutes tes ex, Peter. Moi compris. De A à Z. De une à cent, enfin, si tu as été jusqu'à cent.

— Je ne te suis pas...

— Tu n'as peut-être pas commis d'erreur « physique », on ne t'a pas retrouvé dans le lit d'une autre avec le corps tout moite et le SIF à l'air. Mais trahir ici, ça revient au même, dit-elle en pointant mon front du doigt.

— Tu estimes que je t'ai trahie… en pensée ? Ça n'a aucun sens ! Je n'ai jamais pensé à une autre f…

D'accord. OK. Je vois où elle veut en venir.

Nous nous dévisageons le temps d'une bourrasque. Ses cheveux bouclés balafrent des joues rougies par le froid et l'émotion. Nous n'avions encore jamais parlé de Janhvi de cette façon. Avec franchise, je veux dire.

— Je n'ai jamais eu ton cœur en entier, Peter, parce que tu ne m'as pas laissé toute la place. Elle a toujours été là, entre nous. Comme une ombre qui te bloquait la vue, qui t'empêchait de me voir.

— C'est… Les choses sont compliquées.

— Tu trouves ? Cette femme t'obsède. Qu'est-ce qu'il y a de difficile à comprendre, là-dedans ?

— Je ne t'ai pas trompée. Ce n'est pas… de la tromperie. Je ne pense pas que ça en soit.

— Je m'en fiche maintenant. J'ai souffert quand tu as rompu avec moi, je ne vais pas te mentir. Je n'ai pas tout de suite compris ce qui avait capoté dans notre couple pour que tu y mettes fin, mais j'ai rencontré Faith dans la foulée et elle m'a aidée à réaliser que je n'y étais pas forcément pour quelque chose. Tout s'est bien goupillé, disons.

— J'avais des sentiments pour toi, Erin. Ils étaient sincères, je ne t'ai jamais menti sur ce point.

— Non, Peter. Tu ne peux pas dire ça à quelqu'un que tu n'as aimé qu'à moitié.

Le sourire qui apparaît sur ses lèvres déborde de mélancolie. Quant à sa colère, elle semble se dissiper, comme si crever l'abcès permettait à la douleur de s'écouler plus facilement.

— Pourquoi tu m'as quittée ? Sois honnête. Pourquoi, alors que tout allait bien dans notre couple, tu as subitement décidé de mettre un terme à notre histoire ?

Je serre la mâchoire, mais ne réponds pas.

— Je vais te le dire, moi : tu en aimais une autre. Alors tu as préféré t'en aller parce que tu savais que tu n'étais pas honnête avec moi. Quelque part, tu ne voulais pas me blesser. C'est aussi horrible qu'honorable… On peut dire que tu es un adorable petit enfoiré.

Elle soupire face à mon silence.

— Tu ne nies pas les faits ? Tu es d'accord avec ce que je viens de dire ?

Je la fixe assez longtemps pour qu'elle ait la réponse.

— OK. Finalement, je crois que tu as raison : on ferait mieux de trouver un coin au chaud. On a trop de choses à se raconter pour le faire sans sucre dans les veines.

Le Pavilion Café, à quelques pas du musée, nous permet de nous mettre au chaud. Nos cafés en main, assis près des immenses baies vitrées qui donnent vue sur le parc, nous discutons à cœur ouvert. Comme si le plus dur était passé. Comme si chacun pouvait révéler ses problèmes à l'autre sans risquer de le heurter. Et clairement, Erin et moi découvrons une sacrée similitude dans nos parcours : nous sommes des ratés de l'amour.

Elle me détaille son histoire avec Faith depuis leur rencontre jusqu'à la rupture, nombreuses disputes comprises. En échange, je révèle à peu près tout ce que je refusais d'admettre à propos de Janhvi : le souvenir des bégonias quand on était gamins, les leçons d'histoire que j'apprenais par cœur pour essayer de devenir plus doué que Parker Sanders, le vide que j'ai ressenti loin d'elle pendant mes études à Ithaca, les débuts chaotiques de la colocation à cause de la proximité permanente avec ses petits amis, mon côté sadomaso...

— C'est de la torture, constate-t-elle en touillant le liquide brûlant.

— Graham me dit souvent la même chose. Mais je ne le vois pas de cette façon.

— Tu m'étonnes ! Tu es embourbé dans ton histoire mais crois-moi, tu entres au palmarès des tordus qui aiment se faire du mal.

— Je suis aussi ami avec elle, Erin. Et j'ai besoin de ce lien-là.

— Tu cherches à obtenir l'amitié et les sentiments ? Tu es conscient que c'est impossible d'avoir les deux en même temps, n'est-ce pas ?

Graham et Leandro ne parviennent pas non plus à me comprendre sur ce point. Pour eux, les cases amitié et amour sont distinctes, compartimentées et étiquetées. L'attirance physique et les sentiments amicaux sont faits pour être incompatibles, même si je leur prouve qu'il est possible de tenir un paquet d'années sans commettre d'impair.

— Je prends ce qu'elle accepte de me donner.

— Et ça te suffit ?

— Oui.

Je suis sincère avec Janhvi. Je n'ai pas l'intention de la manipuler, mon amitié n'est pas un leurre.

Elle a toujours été et elle restera ma meilleure amie,

c'est un fait aussi irrécusable que le poulpe a trois cœurs ou que le pingouin possède des genoux. Mes sentiments se sont juste approfondis d'une manière un peu différente des siens.

— Tu ne souffres pas de la voir avec d'autres hommes ?

— Parfois, admets-je. Ce que je regrette surtout, c'est qu'elle les choisisse mal.

Son regard en coin se met à pétiller.

— Quoi ?

— On appelle ça de la jalousie, Peter.

— Je ne pense pas, non. Je n'envie pas leur place, je préfère la mienne.

— Parce qu'en tant qu'ami, tu es certain de ne pas rompre avec elle. Tu veux entendre ma théorie ?

J'avale une gorgée tiède de café avec le front plissé, curieux de découvrir son cheminement de pensée.

— Je pense que tu n'oses pas lui avouer tes sentiments parce que tu as peur de les perdre.

— « Les » ?

— Elle et votre histoire, oui. Vous vivez ensemble depuis vingt-deux ans, il y a tellement de souvenirs que tu verrais partir en fumée si elle refusait tes avances ! Parce qu'on ne va pas se mentir : des amis n'en sont plus après que l'un d'eux a lâché une bombe pareille. Conclusion ? Tu choisis la solution de facilité. Ça t'évite une tonne de risques, tout en te garantissant de la garder pour toujours. En contrepartie, tu acceptes de passer à côté de ta vie.

— Je ne suis pas malheureux, contré-je.

— Je t'en prie… tu t'es déjà amusé ?

— Tu devrais le savoir, non ?

— Vraiment amusé, je veux dire. Est-ce que tu as déjà

oublié Janhvi à 100 % ? Tu as déjà embrassé quelqu'un sans lui avoir jamais adressé la parole ? Commis des erreurs à classer dans le dossier des « hontes monumentales » ? Testé une aventure sans lendemain ? Couché dans les toilettes d'un bar ?

— Les trois quarts de tes propositions donnent des MST.

— Tu sais quoi ? On va tester.

— Les MST ?

Prise d'un regain d'énergie, elle fonce au comptoir pour revenir avec deux verres de chardonnay. Des avertissements lumineux se mettent à clignoter dans mon crâne.

— Oublie, Erin. Je ne boirai pas.

— La journée est catastrophique.

— Il est 11 heures du matin.

— Raison de plus. Allez, détends-toi !

J'attrape la tasse de café, sceptique.

— Le but est que je sois assez torché pour finir dans le lit d'une inconnue avant 15 heures ? Parce que la perspective me fait plus pleurer que rire, si tu tiens vraiment à tout savoir.

Et, accessoirement, je ne porte pas le meilleur boxer de mon armoire. D'après Leandro, le motif écureuil devrait être interdit à la vente pour les plus de dix ans. Ce rejet affiché de la communauté des rongeurs arboricoles me fait beaucoup de peine.

— Ce n'est pas avec un pauvre petit verre que tu ramperas au sol, Peter.

Voyant que je ne cède pas, elle passe à l'offensive :

— Écoute, j'ai été trompée. Et lâchement plaquée. Je suis sortie avec un homme qui en aimait une autre, et il m'a aussi plaquée. Je me suis fait mal à la cheville pendant une course dont les bénéfices n'iront pas dans ma poche. Je n'aurai pas d'augmentation. Je...

— OK ! OK, c'est bon.

Je décroche à regret mes doigts de la tasse pour m'emparer du verre maudit. Tout au fond de moi, je sais que l'idée n'est pas lumineuse. L'odeur des problèmes est déjà perceptible.

— Il n'y en aura qu'un seul, l'avertis-je.

Elle hoche la tête et m'incite à boire.

Pas lumineuse du tout...

Le vent sévit derrière les vitres embuées. Il balaie le parc, qui a pris des airs de fin du monde. Tandis que les nuages chargent le ciel, la table accueille, verre après verre, l'équivalent d'une armée d'erreurs aux noms exotiques. Je perds la notion de temps et d'espace.

Erreur pinot, erreur chardonnay, erreur malbec et erreur sangria me font tourner la tête.

Je me sens détendu. Ou coupable. Un peu maladroit ? Peut-être un mélange des trois. Dans tous les cas, je suis fier de ne pas déroger à mes principes habituels – ceux qui préconisent de ne pas approcher une inconnue à moins de trois mètres dans un lieu qui vend de l'alcool.

Erin ne partage pas mon avis.

Parce que je refuse de séduire une des femmes présentes dans le café – malgré ses encouragements, elle me taxe de prêtre obsédé par son vœu de chasteté imaginaire. Et parce que nous bossons tous les deux dans une clinique vétérinaire, on en vient à se demander si les animaux pratiquent aussi l'abstinence. De là, la conversation dévie sur leur vie sexuelle.

Les serpents et leurs deux pénis ; les dragons de Komodo femelles qui n'ont pas besoin de mâle pour se reproduire ; les veuves noires qui tuent et mangent leur partenaire après avoir fait leur affaire…

— Tu oublies l'espèce de mouche qui produit un spermatozoïde vingt fois plus grand qu'elle…

— *Drosophila bifurca* ?

— Oui, c'est ça ! J'avais lu une recherche dessus. Ramène ça à l'échelle d'un homme, ça doit faire quoi ? L'équivalent d'une baleine éjectée par le pénis ?

On est congédié du café en milieu d'après-midi. Peut-être plus tôt. Ou plus tard. Un serveur agacé par nos réflexions animalières me pousse vers la sortie alors qu'Erin s'extasie désormais sur les capacités incroyables des libellules. Je retrouve la fraîcheur et la pluie de l'extérieur en titubant.

— Il fait tellement froid !

Elle doit avoir bu moins de verres que moi parce que je dégage autant de chaleur qu'une bûche en pleine combustion.

— Viens.

Elle regarde mon bras écarté, méfiante, avant de conclure à une absence de danger et de s'installer contre moi.

— Ça ne te fait pas du bien ? demande-t-elle dans un hoquet, tandis qu'on descend lentement le National Mall.

— De ?

— De faire un truc qui va à l'encontre de tes habitudes.

— Ça me retourne l'estomac.

— Hmm… Ta tête aussi.

— Hein ?

Je baisse le menton pour pouvoir l'observer, mais le changement de perspective me donne aussitôt envie de rendre l'intégralité des boissons avalées sur le sol détrempé. Je regarde à nouveau en face tandis qu'elle explique :

— Tu es moins moche d'habitude. La pluie te fait des queues de rat sur le crâne, et ta peau est vraiment grise à faire peur. Niveau attirance, c'est une cata.

Elle recule soudain, comme parcourue par un courant électrique. Ses yeux se mettent à étudier chaque centimètre de mon visage avec une précision approximative.

— C'est dingue comme décembre ne te va pas au teint…

Son air dégoûté me fait sourire.

— Je te remercie !

— Je suis désolée… mais je te jure, tu ne ressembles pas à Peter Pendleton.

Elle avance d'un pas en scrutant mon front avec attention.

— Lui, par exemple, il est censé être un peu moins large.

— C'est peut-être lié au fait que tu ne supportes pas le chardonnay ?

— Tes yeux ne sont pas si étroits, poursuit-elle, indifférente à ma remarque. On dirait que tes paupières empêchent tes iris de regarder le monde !

— Je plisse les yeux pour me protéger du vent, Erin.

— Ton nez est tordu.

— Faith l'a cassé.

Elle pouffe, avant que son regard trouble n'effectue

une embardée sur le bas de mon visage. Je sens son attention sur ma bouche, et si j'attends une critique sur sa forme ou son épaisseur, elle ne vient pas.

— Tu ne trouves rien à redire cette f...

OK.

D'accord.

La sensation de flottement dans lequel l'alcool m'avait immergé disparaît dans la seconde. Comme si j'avais subitement retrouvé un foie tout neuf et des capacités de robot supersonique.

Par contre, mes neurones sont au plus mal : ils ne parviennent pas à comprendre pourquoi une bouche se trouve sur la mienne.

JANHVI

« — Je ne viendrai pas aux courses. Sauf si vous me donnez deux livres et dix shillings de plus pour la robe.

— Je t'ai déjà donné trois livres.

— Et votre costume, vous l'avez payé combien ?

— Oh ! moi, je ne paie pas les costumes. Le tailleur me les offre ou il perd sa boutique ! »

La télévision partage les images désaturées d'un Birmingham des années 1920, aux rues sombres et fumantes, infiltrées de boue et de charbon, traversées par une fratrie de gangsters dont l'élégance passe dans les costumes trois-pièces, et la brutalité dans les lames de rasoir cousues sous la visière de leur casquette.

C'est la troisième fois que je regarde cet épisode. En l'absence de Peter, le marathon *Peaky Blinders* connaît une pause forcée, et je me retrouve à visionner les mêmes scènes en boucle.

Je lui ai envoyé plusieurs messages depuis mon retour à la maison, mais il n'a répondu à aucun d'entre eux. Pas même lorsque j'ai demandé ce qu'il aimerait manger pendant notre *binge watching*. J'en suis réduite à dévorer ma deuxième – troisième – part de tarte miel-amande seule, sous un plaid pour deux personnes, affublée de mon pyjama à lamantins couvert de miettes.

Autant dire que ma morosité a imprégné le salon quand sa carcasse y débarque, une interminable heure plus tard.

Jetant les clés sur la console, il se débarrasse de ses chaussures et glisse une main fatiguée dans la masse désordonnée de ses cheveux. Il a une mine épouvantable.

— Tu n'as pas ton téléphone ?

Sa main descend le long de son visage, dérapant comme une limace narcoleptique sur sa peau blafarde, et termine son trajet sur une mâchoire prête à tomber. Deux cernes violacés parent le dessous gonflé de ses yeux. S'il avait quinze ans de moins, je le soupçonnerais de s'être laissé entraîner dans une fête sauvage en plein jour.

— Tu m'as appelé ? suppose-t-il. Je suis désolé, je n'ai pas fait attention.

— Pas grave. Je t'attendais, dis-je en désignant la télé.

Je reprends ma position en cuillère sur le canapé, pour le moins perturbée.

— Tout va bien ? demandé-je, alors qu'il chancelle.

— Parfaitement, pourquoi ?

— On dirait que tu oscilles comme un navire en pleine tempête.

— J'ai des courbatures, mes muscles me font un mal de chien.

Son sourire tordu ne me convainc qu'à moitié.

— Ça ne te dérangerait pas d'attendre cinq minutes de plus ? Je crois qu'une douche ne serait pas de trop.

Effectivement, une vague odeur de transpiration me

parvient quand il dépose un baiser sur le haut de mon crâne.

— Tu peux même doubler le temps.

— Madame est trop bonne !

Je masque tant bien que mal la ride qui s'enfonce entre mes sourcils ; si je peux concevoir que les heures passées en extérieur ont éliminé son parfum naturel de désinfectant et de bois de santal, j'ai en revanche plus de mal à comprendre pourquoi il a été remplacé par celui d'une femme.

— Peter ?

Il se retourne en prenant un appui étrange sur ses pieds. Son équilibre précaire, cumulé au reste, remet en cause la question que je voulais lui poser.

— Des cookies et de la tarte, ça te va ? dis-je à la place.

Il confirme par un hochement de tête, tout en m'assurant qu'il ne traînera pas. Ce que j'aurais surtout aimé entendre, c'est la raison pour laquelle il est ivre.

Je n'arrive pas à me concentrer sur l'écran. Un épisode entier défile dans le vacarme de mes réflexions.

Est-ce qu'on peut trouver bizarre que des ex se réunissent pour une biture ? Encore que Peter est célibataire. Mais elle ? Comment réagirait Faith si elle découvrait que sa petite amie termine des courses caritatives ronde comme une queue de pelle ? Je voudrais aborder le sujet avec Peter, mais il somnole à moitié.

Un bras sur l'accoudoir, l'autre enroulant mes épaules, il lutte pour suivre Tommy Shelby dans ses magouilles de paris sportifs.

Et l'odeur qu'il a rapportée avec lui ? Pour que ses

vêtements sentent Erin, c'est forcément qu'Erin a été très proche de lui. Et puis, on ne récupère pas le parfum d'une autre femme au cours d'un simple déjeuner ; il faut au minimum un contact. Et plus il est prolongé, plus le tissu aura absorbé d'effluves. Question de logique.

— Tu veux qu'on lance autre chose ?

J'étire la nuque vers son profil, surprise d'entendre un filet de voix émaner de ce corps léthargique. Ses paupières à demi closes laissent percer une petite étincelle.

— Tu me regardes plus souvent que tu n'écoutes la série, s'explique-t-il.

— Je croyais que tu dormais…

— Je sens ta joue frotter contre mon torse à chaque fois que tu tournes la tête. Ça me réveille.

— Excuse-moi.

— Tu as envie de me parler de quelque chose ?

Mon air confus le fait poursuivre :

— Tu es préoccupée, Jan, je le sens. C'est à cause de ton exposition ?

Un instant, j'ai cru qu'il savait lire dans les pensées.

Mon amitié pour lui est bâtie sur des fondations solides. Sur de la confiance. Du respect. L'honnêteté est une normalité pour nous, à tel point que l'idée même de mentir n'existe plus dans nos pensées. On sait tout l'un de l'autre. Pourtant, à cet instant, j'hésite à jouer la carte de la franchise.

Quel intérêt j'aurais à lui dire que je n'aime pas l'idée qu'il se rapproche à nouveau d'Erin ?

— Adele exige des noms huppés sur la liste des invités. Je n'ai pas beaucoup de réseau dans les hautes sphères de la société, pour ne pas dire aucun. Ça me turlupine un peu. Rien de sensationnel. Tiens.

Je lui tends un cookie aux noix, l'enfournant quasi intégralement dans sa bouche pour l'empêcher de répondre. Son empathie me fait culpabiliser. Et je me sens déjà assez honteuse comme ça.

Qu'il me croie ou non, la discussion retombe dans les limbes du silence. Le salon ne recense bientôt que le son émanant des enceintes du téléviseur, et celui de son estomac, ravi de goûter aux pâtisseries du Peppy Coffee, la nouvelle antenne washingtonienne d'une enseigne implantée à New York.

C'est au cours de cet interlude qu'une notification fait vibrer la poche de mon gilet.

Le SMS, tout juste reçu, est écrit sur le ton d'une lettre.

Mademoiselle Thapar,

Ainsi donc, votre statut de commissaire d'exposition est bien réel. Pas étonnant que vous fassiez la fierté de votre mère (quoique le talent de votre petit frère pour la prose n'ait rien à vous envier).

D'après un emploi du temps que je n'ai pas sous la main, je serai libre début mars. De fait, je confirme avec plaisir ma présence à l'avant-première de votre exposition. Ne connaissant pas la moindre notion dans ce domaine que vous affectionnez tant, ce sera l'occasion pour moi de mourir moins bête.

En attendant, prenez soin de vous. Et si vous avez un problème, d'ordre juridique ou autre, vous savez où me trouver.

À bientôt j'espère,

Votre prétendu prétendant.

— « Votre prétendu prétendant » ?

Les sourcils de Peter sont froncés à l'extrême.

— Ne te gêne pas, lis par-dessus mon épaule, râlé-je en éteignant l'écran d'un geste précipité.

D'une attitude somnolente, il passe en un rien de temps à celle d'une chouette sur le qui-vive.

— Tes invités sont toujours aussi familiers avec toi ?

— Il ne fait pas partie du monde du Smithsonian. C'est George Town, le fils des voisins de mes parents.

Un blanc incrédule flotte soudain dans la pièce.

— Tu as invité le « George du dîner organisé » à ton exposition ?

— Il correspond au profil que recherche Adele, oui.

— Je ne savais pas qu'il fallait entrer dans un certain moule pour avoir l'autorisation d'assister à une avant-première...

— Je n'aime pas plus que toi cette idée, Peter. Mais avec tous les désaccords entre elle et moi, je suis obligée de faire des concessions.

Donner l'impression que le musée est fait pour une « caste » spécifique de la population en est malheureusement une.

— Je t'ai connue plus combative, me fait-il remarquer, la nuque à nouveau calée contre le dossier.

— Que veux-tu que je fasse de plus ? L'avant-première ne concernera qu'un petit nombre de personnes. Je préfère qu'Adele ait la mainmise sur cette portion de l'événement plutôt que sur le contenu de l'exposition ou le choix des pièces à montrer au public.

— Tu te laisses marcher sur les pieds.

— Je négocie, rectifié-je. Et ce n'est pas non plus un compromis insurmontable.

Le bras posé sur mes épaules devient soudain plus rigide.

Pour une raison qui m'échappe, il est en train de prendre la mouche.

— Ça t'énerve tant que ça ?

— Je ne suis pas agacé, Jan. Simplement, je ne comprends pas. Toi qui t'évertues à vouloir rendre ton métier et tes connaissances accessibles au plus grand nombre de personnes possible, et ce depuis toujours, tu te plies soudain aux exigences de ta patronne. Ça ne te ressemble pas, c'est tout.

Petite, j'avais un classeur dans lequel était répertoriée une panoplie de mammifères marins. D'abord suivant leur taille, et ensuite selon leur régime alimentaire. J'en étais accro. C'était ma bible, mon trésor ultime. Il était soigneusement rangé dans mon armoire à jouets. Peter, qui ne s'intéressait pas du tout à l'océan, se plaignait souvent de la lecture à voix haute que j'en faisais. Il me répétait qu'il ne comprenait rien et que les mots l'ennuyaient.

Alors, j'ai commencé à modifier ma façon de faire.

J'utilisais des ours en peluche pour lui montrer comment fonctionnaient les nageoires. Je mimais la baleine en pleine dégustation de plancton. Je confectionnais des algues avec des rouleaux de papier toilette. Ça a fini par devenir un jeu. Dans ma tête, il était hors de question que mon meilleur ami ne comprenne pas ma passion.

Et mes efforts ont payé puisque, vingt-deux ans plus tard, Peter peut suivre sans sourciller un documentaire de quatre-vingt-dix minutes sur la vie trépidante d'un banc de thons dans l'Atlantique Nord.

C'est probablement là où il voulait en venir.

— Mon adversaire est trop puissante, reprends-je. Adele a le pouvoir de me retirer les rênes de l'organisation si elle le souhaite. Je ne peux pas la défier.

— Elle en est capable ?

— Je préfère ne pas tenter le diable, en tout cas.

— Alors, ne t'étonne pas de ne pas être complètement satisfaite de toi quand tu arriveras au bout de tout ça.

Pour quelqu'un de sensible, il s'est déjà montré plus compatissant.

L'envie me démange de lui demander si ce nouvel état d'esprit est dû à la journée passée avec Erin, quand le claquement d'une porte retentit.

Passé le sursaut de stupeur, je vois débarquer Leandro. À sa démarche saccadée se cumule un air affolé qui accélère immédiatement les battements de mon cœur.

— J'ai essayé de le... raisonner mais il... n'a pas voulu... écouter...

Il déglutit, reprend son souffle et ajoute :

— Graham... On a un problème avec Graham.

6

BREEZY, BREEZY !

♫ *Kings and Queens and Vagabonds – Ellem*

GRAHAM

L'air regorge d'odeurs de grillades, du crépitement de l'huile chaude et du claquement des couverts. Des pintes de bière moussent sur les mains des serveurs dépassés par l'affluence du week-end. On entend des cris. Des numéros de table jetés dans le vide et des commandes débitées avec une fébrilité palpable. Le sourire n'est présent sur aucun visage.

Tant mieux. Moi non plus, je ne suis pas d'humeur.

Les mauvaises nuits s'enchaînent et me mettent sous pression. J'ai l'impression de marcher sur un fil. D'avancer dans le brouillard. Et d'attendre ici pour rien.

Danielle n'est pas encore passée devant ma table depuis que je me suis assis sur une des banquettes du Grill & Bar. Elle est occupée près du passe-plat, et pressée par les ordres d'un homme aux traits durs.

Elle a changé. Physiquement, j'entends. Son visage a gagné en rondeur, et son ventre tire sur le tissu de son uniforme. Je me demande si ces détails sont visibles pour un œil moins informé que le mien.

Ne connaissant pas grand-chose à la maternité, je devrais lui faire confiance plutôt que de m'inquiéter, mais voir une femme portant la vie entourée de stress, de couteaux pointus et de managers braillards, ça ne me rassure vraiment pas. L'environnement suinte le danger.

Je dois renvoyer deux serveurs, venus pour prendre ma commande, avant de la voir se diriger vers moi.

Ma présence a de quoi la surprendre. Logique. Les rencontres ne sont pas autorisées en dehors des rendez-vous organisés par l'agence.

— Graham ?

Elle s'essuie les mains dans le torchon accroché à sa ceinture, puis, d'un geste mécanique, s'empare du stylet et de la tablette de commandes rangés dans sa besace.

— Nous n'avons pas le droit de nous voir sans Molly, dit-elle, à la fois étonnée et nerveuse.

— Je sais, oui. Je suis là pour l'entrecôte grillée.

— Vous mentez mal.

Elle jette un coup d'œil derrière elle, comme si la possibilité d'être aperçue avec moi pouvait lui causer des problèmes. C'est un peu le cas.

— Écoutez, Graham, je pense savoir de quoi vous voulez discuter, mais le moment est très mal choisi.

— Vous accepteriez qu'on ait une conversation à la fin de votre service ?

— Ce serait une mauvaise idée.

— J'ai besoin d'explications, Danielle.

Elle inspire à pleins poumons, puis jette de nouveau un œil circulaire à la pièce.

— Je voudrais juste comprendre votre choix, dis-je.

— Molly a dû vous donner les détails.

— Molly a mis du baume sur une blessure. Ce que je veux, c'est la vérité.

Autant dire que je risque gros. Si l'assistante sociale apprenait que j'ai attendu une femme sur son lieu de travail quinze jours après son refus, elle bazarderait notre dossier d'adoption, à Leandro et à moi, pour toujours et à jamais. Fini l'espoir.

Je suis conscient d'aggraver la situation, mais je ne tiens plus. Je ne dors plus. Il faut que Danielle me clarifie l'esprit.

— Le couple que vous avez choisi…

— Pas maintenant, Graham.

— Je sais que ma venue n'est…

— Je termine dans une heure. Attendez-moi devant le restaurant. Que voulez-vous commander ? termine-t-elle sur un ton sec.

Elle n'attend pas ma réponse, gribouille le nom hasardeux d'un plat quelconque sur son calepin numérique, et se fond dans la masse bouillonnante de monde. Une chose est sûre : elle veut garder sa grossesse secrète, au moins auprès de ses collègues.

Pendant l'attente, Leandro m'envoie une bonne dizaine de SMS. De plus en plus courts et de plus en plus hispaniques, un mauvais signe. Il a découvert mes intentions en début d'après-midi et tente de me dissuader depuis, ce qui n'a pas franchement l'effet recherché. De nous deux, s'il est le plus solaire, je suis le plus têtu.

Danielle finit par s'éclipser par une porte attenante aux cuisines. Je règle rapidement l'addition, essuie ma bouche des restes de côtelettes au paprika, et me rends à l'extérieur.

Elle m'attend sous la toile tendue qui protège la devanture. D'emblée, j'ai droit à un regard noir.

— Je devrais vous dénoncer à l'agence.

Je la rejoins en zippant mon blouson jusqu'au menton, le profil bas.

— Je vous suis redevable sur ce point.

— Vous voulez savoir quoi ?

Sa jovialité a laissé place à une profonde lassitude. Elle est cernée et fatiguée, ce qui me conforte dans l'idée d'être concis.

— Avez-vous refusé notre dossier parce que nous sommes un couple d'hommes ?

Peut-être moins concis, quand même...

— Oui, répond-elle pourtant, avec franchise.

— OK... Je m'attendais à tourner autour du pot pendant des heures.

— Je n'ai rien contre vous, Graham.

— Non, bien sûr que non.

Il suffirait qu'elle ajoute le fameux « J'ai plein d'amis gays, vous savez » et mon ironie deviendrait du sarcasme.

— J'imagine que ça n'est pas super agréable à entendre, mais il faut me comprendre : je veux le meilleur pour cet enfant.

L'air qui s'engouffre sous mon manteau me glace soudain le sang.

— Le *home study*[1] a été validé, Danielle. Notre dossier est complet, les lettres de nos amis font office de recommandations... N'avons-nous pas prouvé de mille façons que nous pouvions lui apporter tout ce dont il aura besoin dans la vie ?

— Des biens matériels, si.

1. Aux États-Unis, le *home study* est un examen du domicile ainsi que de la vie des futurs parents (recueillement d'informations sur l'aspect médical, criminel, financier, professionnel des parents), en vue d'une adoption ou dans le cadre d'une demande pour devenir une famille d'accueil. Il doit obligatoirement être validé pour prétendre aux démarches suivantes.

— Mais pas les valeurs morales, c'est ça ? Notre façon d'être ne vous convient pas.

— Je me fiche du sexe de la personne que vous aimez, m'assure-t-elle en comprenant mon sous-entendu. Mais cet enfant... Cet enfant... C'est mon choix, vous comprenez ?

Elle prend appui contre le mur du restaurant. Sa tête est basse et ses épaules crispées, mais son mal-être n'apaise pas ma colère. Qu'elle l'accepte ou non, sa décision est injuste.

— Je vais laisser ce petit humain aux mains d'autres personnes, dit-elle, le regard accroché au bout élimé de ses bottines. C'est à moi de trouver les gens les plus formidables, les plus aimants, les plus intelligents, les plus patients, les plus doux et les meilleurs possibles pour son bonheur. C'est mon dernier choix, et le seul que je pourrai avoir dans sa vie. Je ne veux pas me tromper. Je ne peux pas me tromper.

— Si vous nous écartez parce que nous ne remplissons pas ces critères, alors je n'aurai rien à redire. Je ne vous jugerai jamais de chercher la famille la plus digne pour cet enfant, bien au contraire.

Je secoue la tête et poursuis :

— Mais si vous nous rayez du paysage à cause de notre orientation sexuelle, et ce, bien que nous correspondions à ce que vous estimez de mieux pour cet enfant, alors là, non. J'ai du mal à comprendre votre démarche.

— La situation est plus compliquée que ça, Graham. Je dois faire un choix, et c'est l'enfant qui en subira les conséquences. Pas vous, pas moi. Mais lui. Je n'ai pas droit à l'erreur.

— Vous nous considérez comme ça ? Comme une erreur ?

Elle déglutit.

— Non, je m'exprime mal... Mais son intégration sociale sera forcément chamboulée si vous entrez dans sa vie.

Je dois me faire violence pour ne pas m'effondrer. Ses mots sont tirés à balles réelles.

Bien sûr que nous avons déjà imaginé des dizaines de scénarios dans lesquels le regard de la société, souvent arbitraire, nous place comme un boulet au pied de l'enfant. Ces interrogations, on se les est posées à la seconde où nous avons évoqué le désir de fonder une famille. Même bien avant. Et elles nous poursuivent encore aujourd'hui.

Ce qui ressort de ces conversations avec Leandro est très simple : le bonheur de l'enfant primera toujours avant tout. C'est notre cheval de bataille.

— Si nous ne nous sentions pas capables d'offrir un cadre de vie sain, alors nous aurions renoncé, dis-je avec mon aplomb le plus sincère. Notre but n'est pas d'adopter un enfant comme on achète une paire de chaussures, j'espère que vous le savez. Nous ne voulons pas non plus d'une famille parce que l'horloge biologique l'exige, ni pour combler un vide ou un manque.

— Je sais, oui. Il y avait les conclusions du psychologue dans votre dossier.

— Dans ce cas, vous savez tout. Nous n'agissons pas par égoïsme, Danielle. Nous sommes juste convaincus que nous pouvons aider un petit être à grandir sur cette planète pleine de ronces et d'épines. Nous pouvons lui apprendre à ouvrir les yeux pour mieux voir les arcsen-ciel, tout en le protégeant de la pluie. Être parents, pour nous, ça n'est pas « avoir un enfant ». C'est servir de guide, de soutien solide, pour qu'un enfant puisse devenir absolument tout ce qu'il a envie d'être.

Devoir me justifier me vide de mes forces. C'est un éternel recommencement. À chaque étape de ma vie, je dois rendre des comptes. Prouver, encore et encore, quel genre d'homme je suis, et balayer les a priori avec une patience qui fait défaut aux autres, mais qu'on exige chez moi.

Un lourd silence s'ensuit, seulement interrompu par le manège des véhicules qui s'arrêtent et redémarrent au feu tricolore.

— Je comprends votre point de vue. Mais à mon sens, vous n'êtes pas les parents qu'il lui faut, tranche Danielle au bout d'une longue réflexion interne.

J'accuse le coup. Que répondre à ça ? « C'est un jugement basé sur une impression tronquée », « La décision vous revient alors à quoi bon me défendre ? »

Son regard oblique tombe sur mon profil marqué par l'abattement.

— Vous êtes une personne bien, je ne dis pas le contraire, murmure-t-elle sur un ton plus doux, comme si elle mesurait à ce moment précis la brutalité de notre échange.

— Vous ne pouvez pas dire ce genre de chose après un discours pareil.

— Au risque de me répéter, aimez qui vous voulez. Mais… il peut y avoir des répercussions. Vos parents, par exemple. Vous m'avez dit que vous ne les voyiez plus. Ça signifie que l'enfant ne pourra pas connaître ses grands-parents.

— La distance entre nous est un choix de leur part, pas le mien.

— Et j'en suis désolée. Mais qu'est-ce que ça changera pour l'enfant ? Dans tous les cas, il n'aura ni papi ni mamie.

Elle le savait.

Je ne peux pas m'empêcher de la dévisager, troublé par les reproches qui arrivent après coup. Elle savait que Leandro et moi étions mariés. Et elle savait que je n'avais plus de contacts avec ma famille. Alors, pourquoi prendre un rendez-vous avec nous ? Pourquoi faire volte-face seulement maintenant ? Pourquoi nous avoir donné de l'espoir si la décision était actée dès le départ, bon sang ?

— Graham !

Une voix familière fait irruption dans mes questionnements. Je reconnais la Lexus de Janhvi, qui se gare maladroitement sur le trottoir. En sort, côté passager, la silhouette débraillée d'un pharmacien affolé.

— Bonsoir, dit-il en arrivant à nous, essoufflé. Je suis désolé, Danielle. Nous savons que les rencontres en dehors de…

— Ne vous en faites pas, je ne dirai rien à l'agence, l'interrompt-elle.

Elle se redresse et l'étudie un moment. À son air déboussolé, je devine qu'elle cherche ses mots.

— Je sais ce que c'est d'être mal jugé, dit-elle alors. Je suis une femme sur le point de laisser son bébé. Pour la grande majorité, je serai toujours le monstre qui abandonne sa progéniture, et rien d'autre. Ça n'est pas comparable, mais ce que je vous fais endurer, les sentiments que je fais remonter en vous, ça, je pense être capable de les comprendre. Et j'en suis désolée.

« *Mais je le fais quand même.* »

Elle enfonce le cou dans son menton et s'éloigne dans la nuit en laissant traîner le parfum de l'anéantissement derrière elle.

Je ne peux pas m'empêcher de répliquer :

— Vous espérez trouver des parents formidables, aimants, intelligents, patients et doux. Où placez-vous la tolérance, là-dedans ?

Elle ne répond pas et finit par disparaître complètement. Alors je me retourne.

Je croise le regard de Janhvi derrière le pare-brise, cramponnée à son volant, encore en pyjama. Et Peter, qui traîne une tête de déterré à la mâchoire contractée. Eux aussi ont l'air infiniment désolés pour moi.

Leandro empoigne ma nuque et sans un mot, m'incite à retrouver ma propre voiture, pour mieux oublier ce désastre. Une ambiance pesante circule dans l'habitacle.

— Tu veux parler, *papasito* ?

J'inspire, les doigts serrés sur le volant.

— Ou bien aller boire un verre ? Ça te dit ? On pourrait rouler jusqu'au quartier de Shaw, il doit y av...

— Il faut que je retourne en Écosse.

LEANDRO

Je jette au sol la pile de coussins que je portais à bout de bras ; elle s'effondre dans une cascade de couleurs. Du bleu canard, du jaune topaze, du rouge rubis. Jan a un penchant pour la décoration joyeuse, un héritage transmis par ses grands-parents. Quand elle ne parle pas des espadons mis en danger par la pêche intensive, elle écume les vide-greniers pour récupérer de quoi garnir chaque pièce de la maison. Le salon est sa dernière victime. Et je n'ai pas à m'en plaindre…

Depuis que Graham crapahute à Wick, la dynamique qu'elle insuffle ici me fait du bien au moral.

Ça va faire trois jours que mon mari a quitté Dupont Circle. Trois matins que je me réveille sans lui.

Personne n'a vraiment compris son choix, il a été aussi soudain qu'inexpliqué. J'imagine que le lien entre Danielle et l'Écosse implique ses parents, mais je ne sais pas pourquoi il tient tellement à les rejoindre. Je pensais que ce chapitre était définitivement clos.

— C'est super lourd !

Janhvi me dépasse, un matelas sous le bras, et une couette traînant derrière elle comme un voile de mariée. Je l'aide à déposer ses affaires dans le salon, à l'endroit où les coussins colorés recouvrent déjà mon propre matelas, lui aussi posé au sol.

— Tu veux mettre la table basse au centre ? On pourra y poser la nourriture, propose-t-elle.

— Si tu veux. Tu as choisi ta lecture ?

— *Ecotopia*, de Ernest Callenbach.

Son visage s'éclaire comme une guirlande lumineuse un jour de fête.

— C'est l'exemplaire que j'ai trouvé d'occasion à la librairie de Capitol Hill, dit-elle en sortant le vieux livre d'un repli de sa couette.

À la vue du dos rafistolé, je veux bien la croire.

Elle a imposé un *Read and Chill* pour la soirée. Sur un coup de tête. Comme ça. Je la soupçonne d'utiliser les livres comme excuse pour me changer les idées, ce que je ne peux pas lui reprocher. Cette initiative fait d'elle une amie insupportablement parfaite.

Ma forme n'est pas au beau fixe en ce moment, je l'avoue. Je ne suis pas du genre à me morfondre, mais je sens bien que Graham et moi nous sommes pris une claque magistrale dans la figure. Et celle-là, elle a du mal à passer.

Elle est étrange, cette facilité que les gens ont à décider pour les autres. À leur dire s'ils sont bons ou mauvais. À leur attribuer des qualités, des défauts, et à calculer leur valeur en fonction du ratio obtenu. Comme s'il fallait *absolutamente* réussir un test pour être accepté.

Si tu ne remplis pas les bonnes cases, on ne te dira pas que tu as échoué au test. Jamais. Il n'y aura pas de papier officiel avec écrit « Recalé » en grosses lettres rouges. On ne te demandera pas non plus de changer.

Pas de façon claire. Par contre, on te fera comprendre qu'il vaudrait mieux que tu deviennes quelqu'un d'autre.

Et le moyen utilisé est simple : il suffit de t'empêcher d'accéder à tout ce à quoi les autres ont droit. Le droit d'être accepté, le droit d'être respecté, le droit d'exister, le droit d'aimer, le droit de vouloir des enfants...

Les victimes appellent ça de l'injustice. Les autres disent qu'il n'y a pas de victimes.

Danielle a blessé Graham dans sa chair. Elle lui a rappelé qu'il avait décidé de vivre sans se cacher, en dépit des cases, et qu'au lieu de l'accepter, elle lui en faisait payer les conséquences. Je crois que cette entaille-là l'a profondément blessé.

Il est sensible. Plus que moi. C'est toute la subtilité de l'introverti : moins il en dit, plus il va mal.

J'arrive à oublier les mots douloureux et les paroles maladroites. Graham les vit comme des pieux enfoncés dans la poitrine. De l'extérieur, on ne verra pourtant que ses épaules solides et son joli minois.

— On fait ça où ?

Un autre matelas apparaît en bas des marches. J'indique le salon à un Peter à peine visible, écrasé par les oreillers en équilibre sur sa tête.

Ni lui ni Janhvi n'échangent de regard pendant la préparation de la pièce. Étonnant, mais pas inédit. Une distance s'est installée entre eux depuis l'épisode du Grill & Bar, mais la cause m'échappe encore. Il faudrait que je libère de l'espace dans mon organigramme pour pouvoir me focaliser sur cette histoire, d'ailleurs.

Une fois que la table basse déborde de nourriture et de boissons, nous nous installons chacun à notre aise.

Un mélange de lumière et de pénombre s'étend sur la masse de coussins et de couvertures qui tapisse le sol.

Livre en main, je replonge dans les aventures de Fitz. Mon cerveau avale les descriptions de Robin Hobb pour me faire imaginer jusqu'aux véroles sur le visage des personnages. Le temps se distend. Il devient plus lent. Sans limites. Et plus je m'enfonce dans l'histoire, moins les problèmes m'atteignent. La lecture a vraiment ce pouvoir d'être aussi efficace qu'un shot d'*aguardiente*.

Je ne suis dérangé que par des bruits d'emballages, de pages tournées... et des sortes de tapotements. Je comprends pourquoi en jetant un œil vers Peter et Jan.

— Vous plaisantez... C'est un *Read and Chill*, *amigos* ! Rangez vos portables !

Ils me regardent. Se regardent. Regardent leur portable et me lancent un petit sourire d'excuses, *absolutamente* pas crédible. Si nous étions à Barranquilla, ma mère aurait hurlé au manque de respect. Et si la trajectoire le permettait, elle aurait jeté ses sandales vertes sur leurs têtes.

Je lis un demi-chapitre supplémentaire avant que le bruit de leurs doigts ne me donne envie de me transformer en une version à pantoufles de Rosmary Galeano.

Redressant la nuque, je m'apprête à râler sur Janhvi, mais le texto affiché sur son écran me coupe dans l'élan ; c'est un message long comme le drap. Une espèce de paragraphe compact rempli de mots que je ne parviens pas à déchiffrer, la faute à un début de myopie. Les seuls mots que je distingue sont ceux, tout en bas, qui composent la signature de l'expéditeur – qui signe ses SMS ? Ils me donnent un frisson.

« Votre prétendu prétendant ».

Je me rallonge discrètement, les pensées fusant de tous les côtés. *Imposible*... Elle est encore en contact avec Clark Kent !

Peter continue de pianoter sur son portable, de l'autre côté de la table basse. Il semble si loin de la guérilla qui se prépare que j'en ai de la peine pour lui...

Quel comportement je vais devoir adopter avec lui ? Je tais les informations pour le préserver ou je lui révèle une vérité dure à entendre ? Et Janhvi ? Je la retiens comme un ami sensé ou je la pousse à goûter au fessier-brioches ? *Dios*, quelle plaie d'avoir plus d'un meilleur ami !

La salsa de mes neurones me convainc finalement de rester en retrait. Intervenir au cœur d'une histoire pleine d'incertitudes, c'est un coup à créer plus de dommages que de réparations.

Soudain, Peter pose son téléphone à côté de son matelas.

Il n'a pas verrouillé son écran. *Quelle erreur, parce*...

Ma myopie précoce ne m'empêche ni de reconnaître le nom de la personne qui le dérange pendant un *Read and Chill*, ni leurs nombreux échanges. Les bulles de SMS s'enchaînent encore et encore sur une longueur stupéfiante. J'en attrape le hoquet.

Peter me jette un coup d'œil. Je lui souris puis saisis une boîte de guimauves sur la table basse, histoire d'avoir l'air plus occupé que je ne le suis.

Depuis quand échange-t-il des textos avec Erin ? Ce « genre » de texto ? !

Je le pensais plein de bon sens. Suite à l'épisode du nez fracturé, il s'était juré de ne plus approcher son ex-petite amie pour une autre raison que le travail. Jusqu'ici, je n'avais jamais remis ses paroles en doute.

Quel idiot...

Peter m'observe pour la seconde fois, perplexe. Je pointe alors son téléphone du doigt, mais les connexions refusent de se faire dans son cerveau.

— Tout va bien ? demande Jan, interpellée par la tension qui grésille dans le salon.

— Ce livre me met dans tous mes états…

Ne trouvant pas de meilleure solution dans l'immédiat, je déverrouille mon propre portable et tape un texto à la hâte.

Tu as couché avec Erin ? !

Attention, il fait ce qu'il a envie. Je ne suis personne pour ordonner à Peterito de rester sagement rangé dans un boxer mauve recouvert de canards jaunes. Peter gère Peterito comme il l'entend.

Mais je connais mon ami, et j'admire sa droiture depuis toujours ; Peter est si peu demandeur de sexe que Peterito a probablement fossilisé pendant la saison sèche. Et aux dernières nouvelles, les fossiles ne convolent pas avec des Erin !

L'absence de réponse à mon message me force à regarder de nouveau l'écran. Une décharge électrique me foudroie immédiatement.

— Que…

Des fourmillements remontent le long de ma colonne vertébrale.

Un incendie se diffuse sous ma peau.

S'arrête derrière mes oreilles.

Me donne le tournis.

— Leandro… ?

Quand le visage de Jan perd ses couleurs, la culpabilité

achève de confirmer mes doutes : je me suis trompé de destinataire.

Janhvi se redresse lentement, les yeux cadenassés à son écran.

— C'est pour ça... Et dire que je ne comprenais pas pourquoi tu avais changé de comportement.

Et voici comment Leandro Galeano, sympathique petit pharmacien sans prétention, est parvenu à transformer une soirée cocooning sur fond de lectures en un remake de Narcos.

— C'est à moi que tu t'adresses ? demande Peter, surpris par la façon dont elle le dévisage.

— Tu te moques de moi ?

Décontenancé, il cherche une explication de mon côté. Jan me devance :

— Ça ne t'est pas venu à l'esprit de nous dire que tu étais en couple ?

— Quoi ?

— Oh ! ne fais pas l'innocent...

— Hein ? Je suis en train de lire un article sur l'insuffisance pancréatique exocrine chez les félins...

Je serre les guimauves contre mon torse tandis qu'il prouve ses dires en montrant la couverture du magazine spécialisé.

— Et Erin ?

— Erin ? répète-t-il, perdu. De quoi tu parles ?

— Je te parle de ta copine, Peter ! Du fait que tu sois en couple avec elle et que tu n'aies pas jugé utile de partager l'info avec tes amis. Ça a commencé quand ? Enfin, « recommencé », je devrais dire...

— Tu divagues complètement...

Janhvi rougit. *Increible*... Son énervement grimpe à

une vitesse folle. Elle qui prône l'amitié saine devrait songer à réviser ses principes.

— D'où te vient cette idée absurde ? Erin est ma collègue…

— Avec bénéfices ?

— Il n'y a pas de bénéfices ! Qui t'a raconté ça ?

Janhvi ne me regarde qu'un très court instant, mais cette erreur suffit à me trahir.

— *No !* Ne me mêlez pas à vos affaires, imploré-je tandis que Peter voit soudain rouge. Je refuse d'être un gommage bilatéral.

— Qu'est-ce que tu es allé lui raconter ? me demande-t-il avec froideur.

— *Nada*. J'ai vu tes messages et j'ai essayé de t'en parler, mais tu as la vivacité d'esprit d'une tortue. Mon implication s'arrête là.

— Nos messages ?

— Vos textos, à Erin et toi. Pitié, *parce*, ne me demande pas de les répéter à voix haute. Ce sont vos histoires, pas les miennes.

Je soutiens son regard, déterminé à ne pas plier sous l'épaisse couche d'animosité qui le recouvre.

— Je ne suis pas sûr d'avoir bien saisi le problème mais premièrement, je n'ai pas couché avec mon ex, et deuxièmement, même si c'était le cas, ça ne vous concerne pas, avance-t-il d'un ton catégorique.

L'orgueil de Janhvi s'en voit touché en plein cœur. Peter, intraitable, ajoute à mon intention :

— Ce que tu as lu, ce sont des excuses. Erin m'a embrassé pendant la course caritative. Si je ne vous en ai pas parlé, c'est parce que ça ne me paraissait pas assez important pour en faire un sujet de discussion.

— C'est tout ? ne puis-je m'empêcher de demander. Juste un baiser ?

J'ai au moins vu une dizaine de messages sur son téléphone. On ne s'excuse pas dix fois de suite, sauf si le baiser en question a duré plus d'un quart d'heure, et qu'il s'est produit entre Peterito et Erinita.

— Juste un baiser, promet-il.

— Rien de plus époustouflant ?

— Tu veux que je te fasse un dessin ?

Le doute m'inonde tandis que la patience le quitte peu à peu.

— Mais, Erin n'est pas censée être en couple ? reprends-je.

— Elle l'était. Faith l'a quittée.

— Et donc… vous vous êtes rapprochés ?

— Non. Enfin, si, mais pas de la manière que tu crois. Erin est une personne que j'apprécie en tant qu'amie, point final.

Janhvi arbore une mine épouvantable.

— Tu étais ivre…

Elle plonge ses iris ombrageux dans ceux plus nuancés de Peter.

— Quand tu es rentré de la course, tu marchais à peine droit, précise-t-elle, suspicieuse.

— On a bu un ou deux verres ensemble, oui. Et alors ?

— Un seul ? Tu étais alcoolisé, Peter. Erin t'a embrassé et tu tentes de nous faire croire qu'il ne s'est rien passé ensuite ? Je t'en prie…

— Je te dis la vérité.

Finalement, je crois qu'il est sincère… Il suffit de s'attarder sur la manière dont il observe Jan ; son regard représente un équilibre parfait entre la révolte et la tristesse. Le mélange qui s'écoule toujours des blessures infligées aux gens honnêtes.

— Mais, même s'il y avait eu quoi que ce soit avec elle, ça ne justifierait pas ta réaction, lâche-t-il.

— Erin est ta collègue de travail en plus d'être une ex. Retourner dans ses bras, ce serait foncer droit dans les problèmes.

— Pourquoi ?

— Parce que. Parce que vous vous voyez tous les jours, parce que tu l'as quittée déjà une fois... Tu ne peux pas souffler le chaud et le froid à ta guise avec les sentiments des autres. C'est... Ça n'est pas toi.

— Ça n'a donc aucun rapport avec le fait que tu ne la supportes pas ?

— Je suis plus mature que ça.

Le dédain qu'elle ressent pour Erin est aussi connu que le lion dans la savane. À l'époque où Peter était en couple, Janhvi était incapable de rester dans la même pièce qu'eux. C'était plus fort qu'elle. Ses traits se durcissaient, son regard devenait plus sombre... Le mépris envahissait son visage comme un poison s'infiltre dans l'organisme. Qu'elle refuse de l'admettre aujourd'hui, c'est une affaire de mauvaise foi. Il semblerait que j'aie trouvé mon maître en la matière.

— Je ne l'ai jamais considérée comme une amie proche, mais elle n'était pas non plus mon ennemie, clame-t-elle.

— Alors, où est le souci ? s'impatiente Peter.

— Le souci, c'est qu'elle n'est pas faite pour toi.

— Remarque très instructive venant de toi.

¡Ay ! Touché.

Si j'étais Peter, je m'en tiendrais là. Critiquer le territoire boueux que représente la vie amoureuse de Mlle Thapar risque de transformer leur petite querelle en conflit armé.

Malheureusement, Peter n'a pas la capacité de lire dans mes pensées. Mon conseil avisé tombe donc à l'eau.

— Tu es parfaitement consciente des choix que tu fais, Jan. Le code H n'existe pas pour rien, dit-il, sa mâchoire se serrant et se desserrant dans un tic nerveux.

— Waouh...

Choquée, elle a un mouvement de recul.

— Ça fait combien de temps que tu prépares cette réflexion ?

— Ne retourne pas la situation.

— Parce que ça n'est pas ce que tu es en train de faire ? Avant de recevoir une attaque, j'essayais de te faire ouvrir les yeux sur ta bêtise !

— Ma *bêtise* ?

Mon regard va de l'un à l'autre, suivant la balle enflammée qu'ils se renvoient à tour de rôle. *Peut-être que je devrais intervenir...*

— Tu sors systématiquement avec des hommes qui finissent par t'arracher le cœur, et c'est avec cette expérience-là que tu prétends savoir ce qui est bon pour moi ?

— La question n'est pas là. Je suis extérieure à ton histoire, j'ai les...

— Il n'y a aucune histoire avec Erin, bon sang !

— Tu n'es pas non plus obligé de t'emporter !

Un silence accablant écrase la pièce. Quand Peter reprend la parole, il ressemble à beaucoup de choses, mais certainement pas à l'image que je me fais de l'apaisement.

— Je ne t'ai jamais empêché d'avoir une relation, lui dit-il avec un flegme à figer le sang. Tes choix, que je les trouve naïfs ou carrément bêtes, je ne les influence pas.

Cole, George… ce sont tes décisions. Tu devrais agir de la même façon avec moi.

— Il n'y a pas de Cole ni de George qui tienne.

— Ça, ça reste à voir, murmuré-je.

Les deux pivotent vers moi avec des lames d'acier dans le regard. Mon cœur retrouve alors ses battements convulsifs, terrifié de devenir le centre de leur attention.

— Qu'est-ce que ça veut dire ? me demande Peter avec méfiance.

— Je…

Janhvi attend également que je m'exprime. La pression silencieuse qu'ils exercent sur moi fonctionne à merveille : je perds mon courage dans l'instant.

— OK. J'ai vu le SMS de George, *mi llave*, celui que tu lisais il y a cinq minutes.

— Et ? rétorque-t-elle, sur la défensive.

— *Pues…*

Mes sourcils haussés équivalent à la goutte de miel qui fait déborder la ruche.

— Non ! Tu ne vas pas recommencer, Leandro ! Je l'ai invité à l'avant-première de l'exposition, pas à un dîner aux chandelles !

— Pardonne-moi, mais les coïncidences commencent à être nombreuses.

Hors d'elle, elle n'égale pourtant pas la tempête qui se déchaîne dans les prunelles de Peter. Leur couleur habituelle, un brun noisette réconfortant, disparaît ici sous la menace d'un cyclone dévastateur.

— Si je résume, argue-t-il, j'ai droit à une scène pour une partie de jambes en l'air que je n'ai même pas eu le plaisir de connaître, pendant que tu reproduis encore une fois le même schéma avec un énième inconnu ? Tu te fiches de moi, Janhvi ?

— Tu n'y es pas du tout ! Je... Oh ! et puis, vous savez quoi ? Imaginez ce que vous voulez à propos de George ! J'en ai ma claque de me débattre avec vos théories fumeuses !

D'un geste brusque, elle se rallonge sous la couette et plante son livre ouvert devant les yeux.

— Donc, quoi ? La discussion est terminée ? dis-je.

Je n'obtiens pas de réponse. Peter reprend aussi sa place sous le drap anthracite, les mâchoires aussi affûtées qu'une trancheuse à jambon.

Une *dismute.*

Le silence qui suit leur altercation ne peut que le confirmer : ils se lancent officiellement dans une dismute, la phase de mutisme qui succède à une dispute, et dont la durée dépend de la gravité du désaccord.

Fantástico. Je n'ai plus qu'à prier pour que Graham rentre de sa retraite écossaise, et vite.

GRAHAM

Infos du jour : le chauffe-eau est cassé. Suis en congé à la fin de la semaine. Dismute entre Jan et Peter. Me suis acheté des chaussons. Espère que tout va bien. Pense à ramener quelque chose de là-bas (pas tes parents, si possible).

Leandro a accompagné son texto d'une photo : une paire de pantoufles bleues à carreaux verts. Je lève un sourcil curieux, avant de me rappeler les boxers de Peter et les mocassins de Janhvi ; leurs goûts aussi défient les lois en vigueur. J'espère que les miens échappent à la règle.

Si le reste des nouvelles me fait sourire, l'annonce de la « dismute » ternit un peu mon humeur.

— Attention !

Averti par le cri, je lève le nez du téléphone et me déporte sur la route ; une trombe de neige s'effondre sur le trottoir dans un fracas assourdissant, à l'endroit exact où je me tenais la seconde précédente.

— Désolé ! s'écrie un homme, en équilibre sur le toit du bâtiment.

Je lève le bras pour lui signifier que tout va bien. Il reprend alors son déblayage avec un entrain propre aux habitants de cette ville. Ici, l'hiver ne décourage pas les obstinés.

Wick n'est pas bien grande, surtout quand on la regarde avec les yeux d'un citadin, mais elle impressionne par la profusion de vie qui s'en dégage.

Depuis que je suis arrivé, et ça ne fait que quelques jours, j'ai pu remarquer que la notion de communauté y tenait une place importante : la neige est retirée bénévolement des toits ; les commerçants offrent le café ; le gérant du pub n'oublie jamais de demander comment vont les enfants… La gentillesse, une denrée rare dans les agglomérations bétonnées, est monnaie courante par ici. À croire qu'elle est livrée avec le mauvais temps.

J'éponge mon visage matraqué par les flocons et poursuis mon chemin vers *la rue*.

La fameuse.

Je n'ose pas l'appeler par son nom. Une peur idiote. Cette rue, *la rue*, me donne des suées malgré des températures qui frôlent le négatif. J'ai déjà marché jusqu'à elle plusieurs fois, j'ai effectué le même trajet et descendu les mêmes ruelles, mais je n'ai pas encore trouvé le courage de m'arrêter devant la porte rouge. Ni d'appuyer sur la sonnette. Et encore moins de déclarer mon retour au pays.

Entre le moment où j'ai quitté Washington DC et celui où l'avion a atterri en Écosse, ma détermination s'est envolée. Il ne reste désormais plus rien.

— Allez, Graham. Aujourd'hui, c'est la bonne.

J'observe la façade en pierres avec une boule au ventre. Cette fois encore, ça ne manque pas ; je me retrouve bloqué, comme un enfant trop impressionné par la tâche à accomplir.

J'ai grandi derrière ces murs ternis par le temps. Je

me rappelle les odeurs de *crumpets* qui marquaient le week-end. J'adorais ça, les *crumpets*. Ma mère se servait des restes du levain fait maison pour en cuisiner des piles entières. Elle ajoutait des morceaux de chocolat noir de la chocolaterie Ferguson, celle juste à côté de chez nous.

La boutique n'a presque pas changé, d'ailleurs.

La lumière s'échappe des vieilles fenêtres à carreaux. Elle apporte un peu de chaleur à la pénombre qui tombe au-dehors. On distingue une partie de l'intérieur ; des boiseries sombres, un grand comptoir qui domine la salle et un sapin illuminé. Un rappel aux traditions. Les Ferguson font vivre cet endroit de génération en génération au travers d'un amour assumé pour l'hiver. C'est peut-être un des seuls souvenirs intacts que j'ai de Wick.

Une jeune femme sort de la boutique pendant que j'observe la devanture. Emmitouflée dans un manteau qui lui tombe aux chevilles, elle me laisse une impression de déjà-vu. Je dois vraiment venir trop souvent dans cette rue…

Un sourire éclaire son visage quand elle croise mon regard.

— Bonjour !

Je sors la main de ma poche pour lui faire un signe. La courtoisie du Nord. Elle doit prendre le geste comme une marque d'intérêt puisqu'elle me rejoint.

— Ça fait plusieurs fois que je vous vois rôder autour de la chocolaterie. Elle est ouverte, si vous voulez.

— Merci, je ne fais que visiter.

Elle opine, les bras repliés contre elle.

— Je vois… Mais rassurez-moi, vous n'êtes pas un de ces tueurs en série qui font du repérage pour dégoter leur prochaine victime ?

— Pardon ?

Son sourire s'étire.

— On voit de tout par ici, je préfère me renseigner !

— J'ai l'air d'un assassin ? demandé-je, amusé.

— Vous avez l'air assez dérouté pour ne pas l'être. Ou alors, vous jouez bien la comédie, répond-elle. Si jamais votre but est faire de Wick un lieu hanté, je vous préviens tout de suite : ma grand-mère peut trouer une jambe à plus de trois mètres avec un semi-automatique. Et ça, les jours où elle a bu son Laphroaig. Imaginez quand elle est sobre.

Je lève un sourcil.

— C'est bon à savoir.

Le sentiment de familiarité se renforce quand j'aperçois la ligne de grains de beauté sous son œil gauche. Ils sont quatre. Et eux aussi, je m'en souviens bien.

— Je vais vous paraître étrange mais… je crois que vous me dites quelque chose.

— C'est une approche de tueur ?

— Je vous assure que j'ai l'impression de vous connaître, souris-je.

— Ça n'aurait rien de surprenant si vous venez du coin : je suis une Ferguson, dit-elle en désignant la devanture derrière elle. Robyn. Robyn Ferguson, la presque-plus-jeune du clan.

— Robyn ?

— Robyn, oui. Comme Batman et Robin, mais avec un « y », plus de caractère et une grand-mère armée. Attendez… vous aussi… Vous êtes un client de la chocolaterie ? Maintenant que je vous regarde, vous me rappelez bien quelqu'un.

— Non, je… Robyn ! m'exclamé-je soudain.

— C'est toujours moi, oui, rit-elle.

— Je suis Graham !

Au vide dans son regard, je me sens obligé d'ajouter des détails supplémentaires.

— Graham McConnel, on était en primaire ensemble. Le garçon roux dans le fond de la classe de Miss Wagner. J'avais une trousse toujours vide, je demandais des stylos à tout le monde.

Elle réagit à l'évocation de notre professeure. Personne ne pourrait oublier Miss Wagner, cette cinquantenaire rachitique et acariâtre qui faisait crisser les craies sur son tableau à chaque mauvaise réponse d'un de ses élèves.

— *Aye !* Quel caractère ! Elle s'énervait dès qu'on imitait un chef d'orchestre dans son dos ! complète-t-elle joyeusement.

— Elle finissait par lancer les bouts de craie à travers la classe.

— J'en ai même reçu un…

— … sous l'œil. La blessure ressemblait à un cinquième grain de beauté. Miss Wagner a reçu un blâme suite à ça.

Nos sourires s'élargissent. Quelle est la probabilité de retrouver une camarade d'école après toutes ces années ? L'avantage des petits villages, sûrement.

Sans avoir été meilleurs amis, nous avons passé du temps ensemble. La cantine et ses filets de poisson mousseux, la cour de récré verglacée, les contrôles de grammaire ratés et son accent prononcé… Elle ne l'a pas perdu. Il s'est même renforcé, ses « r » étant parfois tellement roulés que je dois me concentrer pour la comprendre.

Nous discutons un moment à l'extérieur. Les souvenirs remontent. Elle me raconte comment vont les affaires de la boutique familiale transmise de mère en fille, puis glane des infos sur mes habitudes de l'autre côté de l'océan après avoir appris que je vivais toujours aux États-Unis. La question fatidique arrive au bout d'une dizaine de minutes d'échanges dans le froid :

— Tu viens rendre visite à ta famille ? On croise régulièrement Mme McConnel à la boutique. Ses commandes sont les mêmes tous les premiers jeudis du mois : chocolat noir 70 % en vrac, rochers pralinés, et croquants aux amandes caramélisées.

— Je ne suis pas là pour longtemps, éludé-je.

— Ah ! ça, c'est parce que Wick ne t'a pas encore convaincu de rester. Plus il fait froid au-dehors, plus le cœur est chaud au-dedans.

Avec un clin d'œil, elle m'indique devoir faire sa tournée de distribution.

— N'hésite pas à passer à la chocolaterie. Dis à ma mère que Robyn t'envoie, elle te fera un prix d'ami. Elle est aussi petite et brune que moi, tu ne pourras pas la manquer. Je suis heureuse de t'avoir revu, Graham. À très vite, j'espère !

Elle replace mon écharpe sur l'épaule et file sur le trottoir en saluant chaque passant. Cette femme doit venir d'une autre époque. Voire d'une autre planète. Sa sympathie pourrait rivaliser avec celle de Leandro, c'est dire.

Après son départ, je reste encore quelques minutes devant la maison. Il me suffirait de sonner. Ou juste de toquer. Mais comme les autres jours, je n'en ai pas la force.

Les effets du décalage horaire finissent par se dissiper. Les jours passent et je prends mes marques au sein du village. J'apprends à suivre un rythme différent de celui de ma vie à Washington DC, qui se traduit par la lecture du journal au petit déjeuner ou la marche digestive de l'après-midi. Comme le réseau est capricieux, la communication avec Leandro se révèle plus compliquée que prévu ; si je manque de nouvelles, j'espère qu'il tient bon. Servir de tampon pendant une dismute n'a rien d'agréable.

Comme chaque jour, je traverse la ville pour retrouver *la rue*.

Mes poumons se remplissent d'air sec à chaque pas. Mes poings se serrent dans leurs gants. Je contourne les tas de neige écartés au balai jusqu'à parvenir, le cœur battant, devant chez moi.

Cette fois, c'est la bonne.

— Tu y vas maintenant.

Mes pieds restent ancrés au sol.

— Tu es un adulte. Comporte-toi comme un adulte.

Sauf que la douleur au fond de moi n'a pas disparu. Elle se manifeste à nouveau depuis que je suis ici, de plus en plus fort et de plus en plus précisément. L'enfant blessé se souvient, et il empêche l'adulte déglingué d'avancer.

Des bribes de vie qui remontent à la surface, certaines me font hurler en silence.

Les tremblements dans ma nuque. Mon père criait si fort le soir où il a appris que j'étais gay que je me suis bloqué les cervicales. Sa voix rebondissait contre les murs de la maison, à Brambleton. Une voix noire de fureur, couverte de déception. Je ne craignais pas qu'il me frappe, ça n'était pas dans sa nature, mais j'étais pétrifié à l'idée qu'il ne m'aime plus.

La gorge serrée. Je retenais mes larmes quand ils m'évitaient le soir en rentrant du travail, ou qu'ils faisaient en sorte de ne pas prendre leur repas avec moi. Lorsque je sortais et qu'ils ne me demandaient pas où j'allais ni ce que je faisais. Qui je retrouvais et à quelle heure je rentrais. J'étais un fantôme. Parfois, ma gorge était dans un tel état que je n'arrivais plus à déglutir. Peu importe. Je refusais de leur montrer que le silence qu'ils imposaient m'atteignait en pleine poitrine.

Le cœur en miettes. Le jour où ils ont quitté Brambleton pour revenir vivre derrière cette porte rouge.

Mon corps se souvient de ces sensations désagréables. Et pour éviter de les ressentir à nouveau, il m'empêche de retourner dans la fosse.

— Ma grand-mère a un caractère de cochon.

Perturbé par mes émotions, je n'entends pas Robyn arriver.

— On ne se quitte plus, remarqué-je.

Elle me salue avec un signe de tête avant de fixer la façade de ma maison d'enfance avec un air pensif.

— Elle n'est pas vraiment en phase avec les traditions habituelles, reprend-elle, déterminée à me parler de sa grand-mère. Pour elle, la véritable célébration de cette période, c'est Yule. On a essayé de sonder les clients pour savoir ce qu'ils voulaient et nous adapter en conséquence, mais Noël a remporté la manche haut la main. Ma grand-mère s'est muée en despote depuis. Certains disent que c'est un dragon, et il m'arrive d'être d'accord avec eux.

Je souris, sans savoir où elle veut en venir.

— Comment s'appelle-t-elle ?

— Mabel. Mabel Ferguson. Elle peut paraître effrayante, mais dans le fond, elle se donne juste une image.

Elle me tend un sachet en papier kraft.

— Tiens. Le premier paquet est pour toi. Le second, fais-en ce que tu veux.

Je reconnais l'emblème de sa chocolaterie sur le papier.

— Mais je n'ai rien…

— C'est offert par la maison. Et si tu veux un conseil : tu ne devrais pas avoir peur.

— De ?

— Te lancer.

Je la regarde sans comprendre, les deux boîtes de chocolats désormais dans la main.

— Si ta mère est comme ma grand-mère, alors elle paraît effrayante mais elle ne l'est pas vraiment. Pense à cette nuance. Oublie l'image que ta mère renvoie et concentre-toi sur la personne qu'elle est. Tout deviendra beaucoup plus facile, je te le promets.

— Tu penses que j'ai un problème avec ma mère ?

— Tu as quelque chose à régler en tout cas, opine-t-elle. À moins que tu aies traversé l'Atlantique pour aller et venir dans la même rue pendant des jours…

Elle ajoute avec une moue amusée :

— Certains clients te prennent vraiment pour un psychopathe, tu sais.

Je secoue la tête, dérouté par la facilité avec laquelle elle lit en moi.

— Tu es une personne surprenante, Robyn.

— On me l'a déjà dit, oui. Il paraît que je dégage une « familiarité qui donne matière à douter de mes intentions », j'imagine que c'est ça qui te fait froncer les sourcils. Tu sais, Graham, on est en Écosse : nos landes sont réputées pour leurs mystères…

— Et tu es un pur produit régional.

— *Aye !* Insondable comme un loch et énigmatique comme un glen.

Elle oublie « clairvoyante ».

Quand elle me souhaite bon courage, je ne suis pas certain d'avoir complètement saisi toutes les subtilités de cette femme. Elle est spéciale. Un peu différente. Mais tout compte fait, peut-être que la magie des rencontres se trouve aussi dans leur part d'inexplicable.

— Bonne tournée ! lancé-je, tandis qu'elle s'enfonce dans l'artère voisine avec le sourire aux lèvres.

J'inspire et expire un long geyser de fumée opaque. Elle a raison. La peur devrait être un moteur plutôt qu'un frein.

Un moteur plutôt qu'un frein.

Un moteur plutôt qu'un frein.

Un moteur…

Je traverse *la rue*. Mes semelles dérapent sur les plaques gelées qui recouvrent le macadam. J'inspire encore. La peinture rouge est émaillée par endroits. J'inspire toujours. La poignée a l'air polie d'un côté, comme si le passage répétitif d'une main avait fini par adoucir le métal.

Je souffle.

Encore une fois.

Et je sonne.

GRAHAM

La porte s'ouvre sur ma mère, qui écarquille les yeux. Forcément, le choc est violent.

— Qui c'est ?

Elle trouve un appui contre le chambranle, mais aucun mot ne parvient à sortir de sa bouche.

Les pas de mon père font trembler le vieux parquet en noyer. Quelques lattes du salon sont abîmées, celles près du radiateur. Je le sais pour les avoir cassées et « recollées » avec le tube de glu de ma trousse d'école. S'ils l'ont su un jour, je n'ai jamais été puni.

Le second regard qui se pose sur moi est tout aussi bouleversé que le premier.

— Graham... Que fais-tu...

— Leandro est l'homme de ma vie.

Je redresse le menton, démoli par l'angoisse.

— Vous êtes partis avant de m'avoir donné un temps de parole. Je le prends aujourd'hui.

Et après un raclement de gorge, je me lance :

— Leandro est l'homme de ma vie. Je l'ai rencontré pendant ses études. Ça n'a pas été un coup de foudre, je ne crois pas à cette théorie. Lui, un peu plus. Mais j'ai senti une connexion entre nous, quelque chose qui nous reliait. Un je-ne-sais-pas-quoi qui nous faisait nous comprendre en un regard. J'ai su, à ce moment-là, que s'il devait se passer quoi que ce soit entre nous, ce serait sérieux.

Respect ou stupeur, je ne sais pas. Toujours est-il qu'aucun d'eux ne rebondit. C'est la première fois qu'ils me laissent parler de ma vie amoureuse. En quinze ans.

— J'avais visé juste. On s'est fiancés à Greenbelt Park il y a quatre ans, un soir quelconque d'un mois quelconque, sur des chaises de camping inconfortables et avec du cidre brut comme boisson de fête. Les extravagances, ça n'est pas notre truc. On est des gens plutôt simples.

Le vent fait tournoyer des millions de flocons dans les airs. Je sens la glace qui s'infiltre sous mes vêtements tandis que mes parents me fixent, stoïques. Je n'ai aucune idée de ce qu'ils pensent, leurs airs sont impénétrables.

— Le mariage est arrivé naturellement, ajouté-je. Quelques collègues et amis étaient là mais encore une fois, nous n'avons rien fait d'exceptionnel. On voulait marquer le coup entre nous, c'est tout. Quant à l'envie de fonder une famille, elle a toujours existé chez l'un comme chez l'autre. On est entrés dans une agence d'adoption il y a un peu plus de deux ans et demi. On a essuyé deux refus, le dernier date de quelques semaines. Je suis ici pour ça.

Un mouvement fait tressauter la paupière de ma mère. Des deux, c'est la plus susceptible de renier mon choix de vie.

— Je ne suis pas sûre de... Pourquoi venir à Wick ? me demande-t-elle, la voix enrouée.

— Parce que... Parce que si je veux devenir un bon parent, je ne peux plus me comporter comme un enfant.

Je plonge dans les yeux de ma mère avec assurance.

— Mon orientation sexuelle a toujours été taboue dans la famille. Vous saviez, mais vous ne vouliez pas en parler. Il n'y avait pas d'échange, juste des attitudes qui me faisaient savoir que vous n'étiez pas d'accord. Je n'aurais pas dû laisser faire. J'aurais dû forcer le dialogue puisque au final, ce silence m'a fait endosser le rôle du fautif. J'étais celui qui devait se taire, parce qu'il avait « commis une erreur ». Et ça, ça n'est pas normal.

J'inspire.

— La différence n'est pas une tare. Je n'entre peut-être pas dans les cases, mais ça ne fait pas de moi un problème pour autant. Chaque personne est différente. À sa manière. Par son passé, par ses goûts, sa culture, ses aspirations, sa façon de parler, de marcher, d'être… Moi, j'aime un homme. C'est tout. J'ai le cœur qui bat pour un être humain. Et pour tout vous dire, je me sens chanceux de l'avoir à mes côtés.

— Nous comprenons, Graham.

Mon père recouvre l'épaule de ma mère d'une main solide. Je ne sais pas ce qu'il entend par « comprendre ». Trop peu de lettres pour tellement de notions à revoir. Ses paroles me paraissent vides, mais il les a prononcées. C'est déjà ça.

— J'ai eu l'impression d'être amputé à l'époque. De votre amour, précisé-je. Vous acceptiez que je vive sous le même toit que le vôtre, mais les sentiments avaient disparu. Comme si je devais remplir certains critères pour avoir le droit de recevoir votre amour. Que je devais le mériter, qu'il se gagnait. Ça, je refuse de le faire vivre à quelqu'un d'autre.

— Tu parles de l'enfant que tu veux adopter ? comprend ma mère.

J'acquiesce.

— Qui qu'il soit, je ferai en sorte qu'il ne se sente pas obligé de changer pour être aimé. Surtout, je lui apprendrai à ne pas avoir peur de ce qui lui échappe.

Dans le fond, le véritable problème n'est pas moi, mais la peur qu'ils ont de moi.

Je suis un élément perturbateur dans leur machine bien rodée. Ils préfèrent croire que j'ai un défaut de fonctionnement plutôt que de remettre en question le système même de leur machine. Et s'ils changeaient de perspective, tout simplement ?

— C'est la blessure que vous m'avez laissée. Celle au fond de moi, qui m'a fait croire pendant longtemps que j'étais la source de notre conflit. Je commence à réaliser que ça n'a jamais été le cas.

Si j'étais rentré dans le moule de la société, mon avenir aurait été plus simple. Un peu mieux tracé. Mes parents avanceraient avec moi et j'aurais peut-être déjà fondé une famille. Sauf que j'aime Leandro.

C'est comme ça. Je suis comme ça.

Ce n'est pas à nous de changer. C'est aux autres de surmonter leurs peurs pour ne pas nous les renvoyer constamment dans la figure.

J'avais besoin de venir ici, à Wick, pour le dire devant mes parents. Poser un point final à cette histoire et en redémarrer une nouvelle sur des bases saines.

— Voilà, dis-je, sentant soudain les mots se coincer dans ma gorge. Je ne vous raye pas de ma vie. Si un jour vous décidez de revenir, pour une raison ou pour une autre, la porte sera ouverte. Sachez juste que je resterai le même qu'aujourd'hui, avec peut-être une confiance en moi revue à la hausse.

Mes bras retombent le long de mon corps. Un peu gauche, j'hésite entre m'en aller sans un regard ou au contraire demander à entrer. Je n'avais pas poussé la préparation de mon plan jusqu'ici.

Les cils de ma mère supportent le poids de larmes qui refusent de couler. Quant à mon père, il semble avoir perdu la capacité de respirer. Je suis face à deux véritables statues.

Leur silence me convainc que j'ai fait ce que j'avais à faire. Alors, tête baissée, je quitte le trottoir dans un au revoir silencieux.

Un mélange désagréable de fierté et d'inachevé se mélange en moi, comme s'il me manquait quelque chose. Mais quoi ?

Mes semelles craquent sur la neige durcie par le froid. Je replie mon manteau contre moi, chocolats à la main et tourments plein l'esprit. J'ai eu raison ou pas ?

— Pardonne-moi.

Mon père, habillé d'un chandail et d'un pantalon en tweed, descend la rue d'un pas rapide. La neige se transforme en eau au contact de ses chaussons. Son regard est désespéré.

— Je te demande pardon, répète-t-il plus fort, les yeux dans les yeux.

Un frisson court le long de ma colonne vertébrale.

Ma mère, toujours prostrée à l'entrée, tient la porte d'une main fébrile. Je comprends à son air attristé qu'elle ne le rejoindra pas. Non pas à cause de la glace qui couvre le trottoir, mais de celle qui entoure son cœur.

— J'ai fait beaucoup d'erreurs dans ma vie, et j'en

commettrai sûrement d'autres. Mais celle qui me ronge depuis des années n'est pas admissible. Tu as toujours été mon fils, Graham, et tu le resteras. Je te demande de me pardonner de t'avoir laissé à Washington. De ne pas avoir tenu mon rôle de père. D'être…

Sa cage thoracique monte et descend rapidement.

— … un imbécile. Enfin, je crois que ça résume l'idée générale.

L'adrénaline m'écrase la cage thoracique.

Oui, bien sûr que j'ai eu raison de venir.

Les muscles de mon visage se décrispent un à un, pour finir par dessiner quelque chose qui ressemble à un sourire. Il est malhabile. Tordu. Gênant comme il faut. Peut-être aussi reconnaissant ; c'est un sourire chargé d'espoir.

Et au regard de mon père, je sens que ce sourire le bouscule plus que tous les mots.

Il avale les derniers mètres qui nous séparent.

Les bras qui m'enserrent en plein milieu de *cette rue* me font le même effet que la première bouffée d'oxygène après une plongée interminable.

7

LA DISMUTE

♫ *Ghost – ZZ Ward*

JANHVI

Un robinet qui goutte. Un chewing-gum mâché la bouche ouverte. Un écouteur qui crépite. Un discours de climatosceptique… La liste des bruits que mon ouïe a du mal à supporter est aussi longue qu'évolutive. Mais je pense que je placerais toujours le son que fait une brosse à dents électrique en première position. Surtout au réveil. Le grésillement me rappelle celui des moustiques qui volent trop près des oreilles pendant la nuit. Un calvaire auditif à donner des ulcères.

Peter a justement ressorti la sienne. Jouer avec ma patience l'amuse beaucoup ces derniers temps.

Il crache dans le lavabo, puis se redresse. Je crache dans le mien et observe son reflet dans le miroir, me demandant quelle trajectoire devrait emprunter mon bras pour attraper cet objet de malheur tout en occasionnant le maximum de dégâts chez son propriétaire.

Hélas, je n'aurai pas le temps de monter un plan convenable puisque mon voisin se gargarise, s'essuie la bouche dans *ma* serviette puis il quitte la salle de bains sans un mot, la démarche désinvolte et le chaloupé provocant.

La dismute est entérinée.

Depuis que nous avons pénétré dans cet entre-deux fait

de haine et de silence, la maison n'a jamais paru aussi petite. Je le croise partout : au détour d'un couloir, si étroit que le frôler est inévitable. Aux toilettes, puisque nos vessies sont apparemment aussi synchronisées que des sœurs siamoises. Dans la cuisine, parce que Leandro exige que les repas soient pris ensemble. Dans la salle de bains, qui rivalise d'exiguïté avec les couloirs. Au salon, à la buanderie… Je sature. Hier, j'ai même lâché un « bordel » en découvrant l'état de la salle à manger : Peter avait déplacé tous mes documents liés à l'exposition, pour les remplacer par ses classeurs de recherches sur les complications néonatales chez les rongeurs. J'étais tellement en colère de ne plus rien retrouver que j'en ai oublié mes variantes de gros mots, celles qu'on peut prononcer en présence d'un enfant.

Le sac sur l'épaule, prête à partir mais bloquée dans l'entrée par son corps plié en deux, j'attends qu'il enfile ses chaussures. Si nous n'étions pas en froid, je lui aurais dit que son jean lui donne l'air d'un vieux cow-boy, il m'aurait répondu que mes mocassins m'interdisent toute critique vestimentaire, et nous nous serions rendus au travail dans la joie et la bonne humeur.

Autant dire que l'ambiance est loin d'être aussi rose.

Je me retrouve à patienter comme un piquet derrière un homme qui met plus d'une minute à nouer ses lacets. Il manque ensuite de m'éborgner en attrapant son porte-documents. Sans surprise, il ne me tient pas non plus la porte, ne m'attend pas sur le trottoir et il n'échange aucun regard avec moi jusqu'à nos voitures, garées l'une derrière l'autre.

J'agis de la même façon.

Mes veines me brûlent, ma gorge se noue, mais je

m'abstiens de le montrer. Hors de question qu'il devine combien cette guerre stérile m'atteint.

Le temps de mettre le moteur en route et d'entamer ma manœuvre, sa citadine a déjà démarré. Et pour conclure ce magnifique début de journée, il me coupe la route.

— Sal… timbanque !

Sa voiture poursuit son chemin tandis que je pile. Le brouillard matinal l'absorbe en quelques secondes.

— Tu me le paieras, Pendleton !

Non, vraiment, les dismutes, ça craint.

Bien qu'on en consomme peu, à raison d'une à deux fois par an, elles me transforment chaque fois en une boule de nerfs.

Peter est censé être le pilier de mon quotidien. Il stabilise mes émotions, adoucit mes pics d'humeur, relativise les situations catastrophiques et égaye mes journées. C'est un calmant humain. *Mon* calmant. Sans lui, je perds mes repères. C'est aussi bête que ça.

En débarquant au musée, j'enfouis mes états d'âme pour enfiler mon expression de commissaire d'exposition exemplaire. Tout semble parfaitement sous contrôle, les couloirs sont longés d'un pas résolu, les « Bonjour ! » lancés d'une voix ferme, mais l'arrivée devant la porte de mon bureau fait chavirer mon assurance.

— Madame Bobberson ?

Je serre l'anse de mon sac. *Elle ne quitte jamais son donjon sans raison.*

Je fronce les sourcils à la vue de ses mains baguées et posées de manière presque protectrice sur les épaules d'une très jeune fille…

Une *enfant.*

Une enfant qui n'a rien à faire dans cette aile privée du bâtiment, au passage.

— Bonjour, Janhvi. Je suis ravie de vous voir. Amelia-Rose et moi vous attendions.

Elle ajoute un sourire convulsif, ce qui élève à trois le nombre d'anomalies détectées : politesse, bienveillance et amabilité ne se combinent pas sans contrepartie, chez elle.

Méfiante, j'étire tout de même les lèvres. Amelia-Rose en profite pour enfoncer son index dans les abysses de ses sinus, y menant une exploration poussée, pour frotter ensuite le trésor récolté sur la jupe griffée de ma patronne. Son audace est admirable.

— Vous m'attendiez ? Je suis en retard ?

— Non, rassurez-vous. Amelia-Rose désirait découvrir les joies de notre beau musée, et j'ai pensé que vous feriez une guide idéale.

Mon sourire se tend.

— Je... Avec plaisir, oui. Mais j'ai du travail, madame Bobberson. Avec la préparation de l'exposition et l'avant-première qui approche, je...

— Bien entendu. Mais voyez-vous, il s'avère que ma nièce apprécie tout particulièrement les baleines. Vous savez y faire avec les baleines, n'est-ce pas ?

Sa nièce ? La surprise est telle que je redoute une descente d'organes.

Jusqu'à aujourd'hui, je considérais Adele comme une créature démoniaque, seule représentante de son espèce. Imaginer un clan constitué de membres Bobberson, de personnes caractérielles aux cheveux bouclés, aux lunettes montées et qui s'entraînent à tyranniser leurs disciples, ça me fait froid dans le dos.

— Les baleines sont mon rayon, confirmé-je pourtant.

Parce que je comprends l'insinuation : Adele me demande un coup de main. Et le refuser reviendrait à mettre mon exposition temporaire en danger. Voilà où se trouve la contrepartie.

— Parfait ! Vous êtes fabuleuse ! Je la récupérerai à la fin de la journée, je croule sous les demandes des prestataires. À tout à l'heure !

Elle me jette Amelia-Rose dans les bras, ses talons hauts résonnant contre les hauts plafonds qui saluent sa fuite. Si ce n'est pas une allergie aux enfants, ça...

Je pose les mains sur les cuisses et m'agenouille pour atteindre les yeux de la petite fille, qui ne dépasse pas les huit ans. Ils sont noirs comme de l'obsidienne, aussi profonds et insondables que ceux de sa tante.

— Alors comme ça, tu aimes les animaux qui vivent dans l'eau ?

— Les gros mammifères.

— C'est ça, oui, tu es douée ! Est-ce que tu aurais envie d'aller voir ces grands animaux de plus près ? J'ai un objet magique qui peut nous permettre d'aller dans plein d'endroits secrets, dis-je en secouant mon badge magnétisé avec une certaine fierté.

— Ils sont vivants ?

— Plus vraiment, non. Au musée, on expose des... putain de merde !

Je bondis en arrière. Mon cœur frappe si fort contre ma poitrine qu'un vertige menace de me cueillir.

— Amelia-Rose, ne bouge *surtout* pas.

Paniquée, je fixe la chose qui s'agite sur son crâne. Le pelage beige et la moustache font pulser mon sang à une vitesse vertigineuse.

Dressé sur ses pattes arrière, le minuscule rongeur mordille une mèche de cheveux de l'enfant.

— Ne t'inquiète pas, tout va bien, dis-je en tendant péniblement ma main vers l'animal. Tu as une petite bête sur la tête, rien de grave. Ça arrive.

— C'est Moutarde, madame Janhvi.

— Hein ?

— C'est Moutarde, dit-elle avec un sourire édenté. Ma gerbille.

— Ta ?

— Gerbille.

Elle s'empare de l'animal d'une seule main, avec une facilité que je ne saurais pas reproduire. La gerbille se blottit alors dans sa paume et, confiante, entreprend la toilette de son museau.

— Tantine Adele, elle est pas au courant. J'ai pas trop le droit de la prendre avec moi. Vous pouvez garder le secret, s'il vous plaît ?

Cette journée commence vraiment de façon singulière. Je ne peux pas m'empêcher de sourire lorsque « tantine Adele » se répète dans mon esprit. Le terme est savoureux.

— Je ne dirai rien, lui assuré-je. Mais en échange, promets-moi de prendre bien soin de cet animal : il ne peut pas se balader dans le musée, les grands messieurs qui le surveillent ne seraient pas très contents.

— Oui, oui. Moutarde est gentille, elle restera tranquille, promis.

— Super.

J'évacue les tensions dans une longue expiration tandis que l'animal retourne dans sa manche. L'avantage du Smithsonian, c'est que si l'envie prenait à ce rongeur de ne pas respecter les consignes, je pourrai l'envoyer directement chez les taxidermistes.

— Madame Janhvi ?

— Oui ?

— C'est quoi « putain de merde » ?

Amelia-Rose est curieuse, un trait de caractère commun aux enfants de son âge. Si les dauphins, les baleines, les orques et les otaries la fascinent, elle se découvre une passion nouvelle, et plus surprenante, pour le musée en lui-même.

La charpente du musée, je veux dire. Ses murs. Son plafond. Ses plinthes. Son carrelage...

— Et ça ?

Je suis son petit index, pointé vers une des colonnes qui décorent la cafétéria. Nous nous y sommes installées il y a une dizaine de minutes. Elle aurait pu s'intéresser au pancake chocolaté qui refroidit dans l'assiette posée devant elle, mais son cerveau semble avoir prévu un autre programme. Et j'y tiens le rôle de professeure.

— C'est sûrement de la pierre, Amelia-Rose. Je ne suis pas très calée en architecture, tu sais. Mon domaine, ce sont plutôt les...

— Et ça, c'est quoi ?

Je fixe le sol, dubitative.

— Je pense que c'est du linoléum.

— C'est quoi du linoléum, madame Janhvi ?

— C'est un type de sol.

— Ça ressemble au parquet de chez moi. Pourquoi c'est pas du parquet ?

— Il faudrait poser la question aux architectes d'intérieur.

— Ils sont où ?

— Je… Tu ne veux pas finir ton pancake ? Ils sont meilleurs quand ils sont chauds.

Elle engloutit une bouchée si grosse que la mastication qui suit me laisse un peu de répit.

Je ne lui ai fait visiter qu'une petite partie des lieux, la plupart étant des sections publiques, afin qu'elle puisse profiter des expositions, mais ça n'a pas l'air de la transcender. Elle est obnubilée par la conception du bâtiment, au point que je me demande si Adele connaît vraiment sa nièce.

Bizarrement, je n'ai pas recroisé ma cheffe de la matinée. Je saurai désormais quoi apporter au travail pour ne pas être dérangée.

Une fois la collation terminée, nous reprenons l'exploration des lieux. Amelia-Rose pose un milliard de questions, et je m'efforce d'y répondre avec le peu de compétences dont je dispose – non, je ne connais pas le système de fonctionnement interne d'un radiateur. Nous effectuons un long trajet pour revenir au bureau, déviant du chemin pour traverser la rotonde principale afin d'y retrouver Henry, l'immense éléphant.

Je pensais la captiver. Mais à nouveau, le spectacle ne l'époustoufle pas. Elle préfère me demander combien de centimètres exactement séparent nos pieds de la coupole du plafond.

— Madame Janhvi ?

— Deux petites secondes…

Téléphone en main, je cherche l'information sur

Internet, si tant est qu'elle existe. Les Bobberson finiront par avoir ma peau.

— Madame Janhvi ?

— Je suis à toi dans quelques secondes. Laisse-moi juste...

— Vous allez me gronder ?

Je quitte l'écran des yeux, surprise par l'angoisse qui recouvre sa voix.

— Quoi ? Bien sûr que non, rétorqué-je dans un sourire. Tu as le droit de me demander tout ce qui te passe par la tête. C'est même une qualité. Les enfants curieux font des adultes ouverts d'esprit.

— D'accord... Alors c'est pas grave si Moutarde est plus dans ma manche ?

J'ai un moment d'arrêt.

— Pardon ?

Elle tire sur le bas de son pull, puis secoue vivement son bras, comme pour se dégager d'une gêne. Rien ne tombe.

— Moutarde est plus là, me dit-elle.

— Moutarde n'est...

Je déglutis au lieu de finir ma phrase.

Non. On avait dit non.

Amelia-Rose jette un regard circulaire aux alentours, sa panique grimpant graduellement à mesure qu'elle prend conscience de l'immensité des lieux.

— Moutarde est partie ! se met-elle alors à crier. Elle va mourir ici !

— Non, non. Ne t'inquiète pas, elle ne doit pas être bien loin...

— Vous avez dit que le musée c'était pour les animaux morts !

— C'est vrai, oui. Mais techniquement, ce n'est pas…

— Moutarde est perdue pour toujours !

Et par la force des choses, une crise de larmes démarre.

De – très – nombreux visiteurs se retournent, alertés par les pleurs de l'enfant. Je suis dévisagée avec stupeur, compassion ou désapprobation, en fonction du degré d'implication qu'on m'attribue dans la détresse d'Amelia-Rose.

J'ai beau la prendre dans mes bras et lui parler calmement, rien n'y fait. Elle hurle. Rougit à vue d'œil. Largue des larmes à n'en plus pouvoir tandis que ses narines forment des bulles, et que ses pieds tapent frénétiquement au sol. Les enfants développent des capacités de métamorphose stupéfiantes quand ils sont paniqués.

— Tout va bien ?

Un vigile approche. J'ignore ce qu'il lit dans mon regard, mais il me prend immédiatement en pitié.

— On a un problème.

— C'est ce que j'ai cru comprendre, oui. Qu'est-ce qu'elle a ? dit-il en pointant Amelia-Rose du menton.

— Elle a perdu quelque chose, réponds-je en me levant. C'est la nièce d'Adele Bobberson.

Un éclat de frayeur émerge depuis le fond de ses prunelles. Puis, très vite, et très probablement par peur de passer au casse-pipe, il enclenche son talkie-walkie.

— C'est quoi l'objct à retrouver ? Une peluche ? Je vais demander de l'aide à un collègue.

— Non, c'est une gerbille.

Il hausse un sourcil.

— Une sorte de petite souris qui grignote à peu près tout ce qu'elle est en mesure de trouver, expliqué-je. Elle est rapide. Et vivante.

— Vivante ?
— Pleine de vigueur, oui.
— Je vois... Et vous l'avez perdue dans ce secteur ?
— Ainsi que tous les autres, oui.
Il pâlit.
— On s'est également promenées dans les espaces réservés au personnel, ajouté-je.
— C'est noté. Je vais appeler la centrale.
Il abandonne alors l'idée du talkie-walkie pour porter son téléphone portable à l'oreille. Je l'entends bientôt informer son supérieur de la présence d'un « intrus » dans l'enceinte du bâtiment. J'ignore combien de vigiles sont en poste à ce moment précis, mais d'après la liste de noms qui défile dans la bouche de celui me faisant face, ils sont nombreux.
Quand il raccroche, son air est grave.
— Mme Bobberson est-elle au courant ? me demande-t-il, méfiant.
— Il vaudrait mieux qu'elle ne l'apprenne jamais.
— Alors j'espère que vous avez un bon karma.
Je le regarde filer en vitesse, sans plus de mots pour réagir. Les pleurs d'Amelia-Rose redoublent d'intensité tandis que je songe à l'état actuel de mon karma.
On est mal barrées.

PETER

— Je ne comprends pas, docteur… J'achète les croquettes que vous lui avez prescrites mais ça ne change rien. Vous ne trouvez pas qu'elle a pris un peu de poids ?

J'offre un sourire rassurant à Mme Wivell, ne voulant pas me prononcer avant d'avoir terminé la palpation de l'abdomen de son chat.

Penelope est à l'image de cette journée : acariâtre. Griffes sorties, elle m'a entaillé l'index gauche et l'intérieur du poignet droit à peine entrée dans le cabinet. Un vrai bonheur. Je suis devenu une passoire humaine.

— Je pense qu'on devrait procéder à d'autres examens. Vous m'autorisez à pratiquer une échographie ?

— Pourquoi ? Que se passe-t-il ?

J'attrape Penelope avec précaution et la pelotonne dans mes bras. Ses griffes s'enfoncent dans ma blouse comme si elle espérait me lacérer les entrailles.

— Je pense avoir senti des ampoules fœtales, dis-je en essayant de rester stoïque.

— Qu'est-ce que c'est que ça ?

— Il se pourrait que Penelope soit en gestation.

Les grands yeux clairs de Mme Wivell se perdent derrière des paupières qui s'agitent.

— Des… Penny est… enceinte ? bredouille-t-elle.

— C'est ce que j'aimerais déterminer, oui.

— Mais, elle n'a personne ! Je veux dire… Elle aurait fait son affaire dehors ?

— C'est le plus probable, acquiescé-je, amusé par sa confusion. Vous m'excusez ? La machine se trouve dans une autre pièce et les propriétaires n'y sont pas autorisés. Je reviens dans quelques minutes.

J'embarque l'animal avec moi sans attendre pour rejoindre la salle de radiographie. Mes gestes sont efficaces. Directifs. Sans trop d'émotions malgré la tâche demandée. Depuis quelques jours, je me suis refermé comme une huître. J'en ai conscience. Le problème, c'est que je ne réussis pas à me défaire de cette nouvelle habitude : il n'y a qu'en restant indifférent au monde qui m'entoure que j'arrive à mettre un pied devant l'autre.

— Besoin d'aide ?

Erin traverse la pièce, déjà prête à m'assister.

Sous mon accord silencieux, elle se charge de Penelope qui cherche à fuir, pendant que je mets la machine en route. Les lumières baissées plongent la pièce dans une pénombre rassurante.

— C'est pour quel type de pathologie ?

— Gestation.

Les bips de la machine retentissent les uns à la suite des autres. Erin détend Penelope en lui parlant ; c'est sa manière à elle de rassurer les animaux. Elle adopte une voix de personnage de dessin animé, comme si elle avait avalé un bidon d'hélium avant de venir au travail, et elle s'extasie devant un « poil tout doux-doux » et des « papattes trop choupies ». Personnellement, j'ai opté pour le silence, une stratégie à la Graham. C'est moins efficace, mais ça me correspond mieux.

— Peter, tu…

— Oui, je suis un peu tendu, je sais. Je n'ai pas envie de parler. Ça va passer.

— D'accord… Mais je voulais juste te dire que ton téléphone vibre.

Elle indique la poche de ma blouse, d'où jaillit la lumière d'un écran.

C'est une notification. Message de Leandro. Je fais l'effort de le lire…

À tout hasard, tu saurais comment attraper une gerbille ?

… et je range le portable aussi vite.

— Tu ne réponds pas ? s'étonne Erin. Quand on te contacte sur ton numéro perso en pleine journée, c'est que c'est une urgence, non ?

— Pas cette fois.

Je n'ai aucune envie de discuter avec Leandro.

C'est en partie sa faute si Janhvi et moi nous sommes lancés dans une guerre froide. Si *El procesador* ne fourrait pas son nez partout, on n'en serait jamais arrivés là. Ma rancune a donc décrété qu'elle devait le tenir pour responsable de mes problèmes.

— Tiens-la bien, s'il te plaît.

J'applique la sonde sur le ventre de Penelope, l'imagerie en noir et blanc apparaissant bientôt sur l'écran de l'échographe. Erin maintient les pattes de l'animal, pensive.

— Tu es en colère à cause de… ?

— Je ne suis pas en colère.

— Tu es aussi aimable qu'une porte de prison à cause de tu-sais-quoi ? se reprend-elle.

— Tu-sais-quoi ?

— Tu sais bien... Notre... Enfin, l'écart de conduite.

Comprenant qu'elle parle de notre baiser et non de la dismute, je me détends un peu.

— Tu appelles ce qui s'est passé « tu-sais-quoi » ? dis-je, amusé malgré moi.

Je savais qu'elle regrettait amèrement ce dérapage, mais j'ignorais que la culpabilité l'empêchait de prononcer le mot.

— On est au travail, Peter. Je n'ai pas envie que les gens s'imaginent des histoires complètement fausses sur... tu-sais-quoi.

— On s'est déjà expliqué. Je ne t'en veux pas, et ça ne change rien entre nous. Mieux : on est maintenant quittes à 100 %.

Il ne s'est rien passé de plus que le rapprochement de deux bouches un peu stupides. Elle avait bu, moi aussi, et elle s'est laissée aller. Fermez la parenthèse.

Pour être honnête, il aurait fallu que le baiser aille jusqu'au bout pour être défini comme tel. Or, ça n'a pas été le cas. Au niveau de l'intensité, nous étions plus sur le bisou de cour d'école que la salade de langues sauce piquante avec supplément déclaration enflammée.

Je n'ai pas profité de la situation, je n'ai pas commis d'erreur, et surtout, mon nez est toujours intact.

Quand je me suis reculé d'Erin, nous avons vécu un sacré moment d'incompréhension, tous les deux : on s'est observés immobiles, déroutés, comme deux adolescents qui viennent de découvrir les ravages de l'alcool. Puis

Erin a lâché une liste interminable de gros mots et elle s'est confondue en excuses pendant dix minutes.

Ma seule faute a été de prendre le volant pour la raccompagner chez elle. Ça, c'était vraiment débile. J'ai fait une sieste dans ma voiture et je suis ensuite rentré à la maison, accompagné d'une migraine infernale, pour retrouver Janhvi dans son pyjama à lamantins. Fin de l'histoire. Ce que les autres prennent pour la reprise de flamme d'une histoire ancienne n'est en réalité qu'une petite méprise sans importance.

— OK. Donc, ce n'est pas après moi que tu en as, dit-elle, soulagée.

— Pas du tout, non. Penelope attend bien des petits.

Je pousse un soupir en sentant mon téléphone s'animer à nouveau.

— Du coup, rassure-moi : on reste bien amis malgré ma bourde monumentale ?

— On l'est restés après la mienne, je ne vois pas pourquoi ça changerait ici.

— Super. Alors, je peux me permettre une réflexion désagréable ?

Je lève un œil vers elle.

— Comme si tu avais besoin de mon autorisation.

Penelope se débat contre les parois de la machine, les pattes toujours maintenues par Erin, qui ne reçoit aucun coup de griffe. À croire qu'elle bénéficie de la protection d'un bouclier invisible.

— Tu devrais arrêter de te faire souffrir pour rien, Peter.

— Comment ça ?

— Tu sais très bien de quoi je parle. Et décide-toi à la fin : sois tu réponds au téléphone, sois tu le coupes ! J'ai entendu des remarques à ce sujet dans la salle d'attente, tu agaces les propriétaires des deux caniches nains.

Nous terminons l'échographie sous les bruits du vibreur, eux-mêmes couverts par les feulements démoniaques du chat. Je finis par mettre fin à cette cacophonie.

Pas moins de cinq SMS de Leandro se succèdent dans la messagerie. Et le terme « gerbille » revient anormalement souvent.

Je colle à peine mon téléphone contre l'oreille que son accent pénètre dans mon tympan.

— Encore un peu et je confirmais à Graham que tu files tes appels !

— Filtres. Et c'est le cas. C'est quoi cette histoire de gerbille ?

— Tu es énervé ? Tu as ta voix des mauvais jours.

— La gerbille, Leandro.

— Tu es en colère contre moi, *parce* ? Il y a un rapport avec le *Read and Chill* de…

— La gerbille !

Erin bouche les oreilles du chat en écarquillant les yeux.

— La gerbille, *sí*. Une cliente a débarqué avec une cage à la pharmacie. L'animal s'est échappé et aucun de nous ne parvient à la retrouver. Tu aurais une solution ?

— Une cliente est entrée avec une cage dans ton officine ?

— C'est ce que je viens de dire, *sí*.

— Les animaux ne sont pas interdits dans les pharmacies, normalement ?

— Tu as déjà vu des gens lire les panneaux d'affichage ? Cette dame aurait poussé la porte avec un mammouth si elle avait eu une laisse assez solide. Bref, la solution. Tu en as une ou je dois me débrouiller seul ?

Je lui donne le peu d'informations dont je dispose : appâter avec de la nourriture, ne pas mettre la main à plat au-dessus de l'animal, être patient, faire attention à ne pas serrer trop fort quand on le saisit... Entre deux de ses « hmm », je perçois le son du crayon qui glisse sur le papier.

— Tu es en train de prendre des notes ? dis-je, surpris.

— *Sí.* Pour ma mémoire. Au cas où j'oublierais des détails importants.

— *El procesador* n'est pas censé avoir le cerveau aussi puissant qu'un ordinateur ?

— On parle d'une bête pleine de poils, Peter. C'est un domaine qui me parle presque autant que l'hétérosexualité.

Je plisse les yeux, soudain suspicieux. Sa façon d'être n'est pas habituelle ; si quelqu'un l'avait vraiment dérangé au travail, il l'aurait menacé avec l'arrivée d'un vigile imaginaire pour s'en débarrasser. Leandro Galeano n'est pas du genre à demander conseil. Il agit.

— Tu me mens.

— Qui ? Moi ?

— La femme à la cage, elle ressemble à quoi ? demandé-je, méfiant.

— À une dame angoissée d'avoir perdu sa gerbille, pourquoi ?

— Sa couleur de cheveux ?

— Blond platine. Peter, tu...

— Ses vêtements ?

— Ordinaires. Tu veux bien...

— Son ordonnance ?

Les secondes défilent sans qu'il réussisse à me donner une réponse. Son hésitation sonne comme des aveux.

— Diazépam. Troubles anxieux, finit-il par me détailler d'une voix moins assurée.

Je n'en crois pas un mot.

— Il n'y a aucune gerbille, c'est ça ? Tu utilises un prétexte bidon pour essayer d'enterrer la hache de guerre ?

— « Enterrer la hache de guerre » ?

— Pour faire la paix.

— Ah… Je ne savais pas que notre amitié allait aussi mal…

— Je vais perdre patience, Leandro.

Erin m'indique la porte du pouce et se lève en silence avec Penelope au creux de ses bras.

— Il y a vraiment une gerbille, insiste-t-il.

— OK. Donc ta cliente existe réellement.

— Non… Enfin, pas vraiment. Je crois qu'elle est brune.

— De… Arrête de tourner autour du pot ! Qu'est-ce qui se passe ? !

Son soupir traverse le combiné à me rendre dingue.

— Elle va me tuer, *parce*… Ça vous fait au moins un point en commun.

— Qui va…

Je me fige.

— Janhvi, comprends-je.

— La gerbille n'est pas une invention, je te le jure ! explose alors Leandro. Elle a un nom stupide. La nièce de la patronne de Jan, son prénom ressemble un peu à celui de ma mère, elle l'a perdue dans le musée. Jan a appelé la sécurité, ils sont en train de fouiller le Smithsonian. Si Adele l'apprend, elle risque de jeter l'exposition temporaire aux ordures. Et tu sais combien Jan y tient. Elle…

— … ne pouvait pas m'appeler ?

Mon sang bout à une température furieusement élevée.

— Ne sois pas de mauvaise foi, *parce*, vous êtes dans une dismute. Si elle t'appelait, tu ne décrocherais pas.

— C'est justement parce qu'on s'entend mal en ce moment que je répondrais si elle me contactait, rétorqué-je, agacé qu'il me croie aussi immature.

— Elle n'a pas osé te déranger.

— Parce que tu fais quoi, là ? C'est incroyable qu'elle doive passer par toi pour me demander de l'aide !

Un rire nerveux se bloque dans ma gorge. Elle est aussi obstinée, obtuse et bornée que tous les obstinés, les obtus et les bornés de cette planète !

Le froid qu'elle a jeté entre nous part d'un malentendu qu'*elle* a créé. Parce qu'*elle* ne peut pas voir Erin en peinture. Parce qu'*elle* est convaincue d'avoir raison. Et parce qu'*elle* refuse de s'abaisser à des excuses quand elle est en tort. Janhvi Thapar dispose d'une sérieuse aptitude à mettre notre amitié en péril pour rien. À ce niveau-là, c'est un talent !

— J'en ai marre.

Je me passe une main sur le visage pour y effacer la fatigue et le dépit. En vain.

— Je ne me battrai pas, cette fois.

— Ça veut dire quoi ? demande Leandro.

— Le schéma est identique à chaque fois : on s'énerve pour rien, on ne se parle plus pendant des jours, je fais un effort pour réparer les pots cassés, et nos vies reprennent où elles s'étaient arrêtées. J'en ai marre d'être celui qui fait le premier pas vers elle.

— Je dois comprendre quoi ? *Porque*, s'il faut préciser un point : ce n'est pas elle qui m'a demandé de t'appeler.

C'est moi qui ai pris l'initiative. Elle me passera le tuyau de douche autour du cou quand elle le saura.

Ça ne change pas le fond de ma pensée. Je suis toujours le tampon. L'éponge. J'absorbe les mauvaises ondes et on attend de moi que j'en recrache des bonnes, comme si j'étais doté d'un pouvoir surnaturel.

J'en ai marre.

Marre de me plier en quatre pour les autres.

Marre de faire des efforts inutiles.

Marre de sentir mon cœur battre pour elle.

Je suis coincé dans une situation sans issue depuis vingt-deux ans. Comment fait-on pour se sortir quelqu'un de la tête ? Pour aimer amicalement et pas amoureusement, je veux dire. Je ne sais pas faire la différence. Je n'ai jamais su avec elle.

En fait, je ne suis pas furieux parce qu'on a rompu le dialogue. La dismute n'est qu'un grain de sable. Ma colère est dirigée contre moi-même.

Je ne sais pas dire stop. Je ne sais pas résister. Je ne sais pas arrêter d'espérer. C'est insupportable.

— Je veux arrêter de ressentir des choses pour elle.

— *Parce…*

— Je veux que ça s'arrête.

C'est décidé. Je ne veux plus souffrir. Le pansement doit être arraché d'un coup sec.

JANHVI

— Je crois que… Peut-être… On va y arriver… Je l'ai !

Sentir le pelage de Moutarde sous mes doigts pourrait presque me mettre la larme à l'œil.

Dégoulinante de transpiration mais soulagée, je l'enserre en douceur afin qu'elle ne puisse plus s'échapper. Puis j'entame une marche arrière précautionneuse.

Enfin, « marche arrière »… La bonne expression tiendrait plus de la « glissade ventrale ».

Après avoir ratissé le musée pendant plus de deux heures, demandé à fermer certains accès, m'être pris les foudres de tous les vigiles impliqués, avoir alerté une partie du public involontairement, refoulé une attaque de panique, évité Adele et subi les pleurs bruyants d'Amelia-Rose, j'ai fini par mettre la main sur la gerbille.

Ironie du sort, elle errait dans mon bureau depuis le début. Cachée sous un meuble. C'est un livre de biologie végétale datant de 1998, grignoté sur la tranche, qui nous a permis de repérer sa trace.

— Madame Janhvi ?

— Oui, je l'ai.

Je continue de glisser au sol, emportant des moutons

de poussière avec moi, avant d'apporter Moutarde à sa propriétaire.

— Merci, madame Janhvi, vous êtes la meilleure !

— Et surtout...

— Je parlerai pas à tantine, promis ! termine-t-elle, dans une leçon bien apprise.

Non que je lui ai fait répéter cette promesse une bonne vingtaine de fois depuis le début de nos recherches, mais quand même...

Je prends appui contre mon secrétaire pour décompresser, le temps qu'Amelia-Rose et Moutarde se retrouvent. L'animal semble avoir vécu cette épopée comme une épreuve ; il tremblote contre la poitrine de la fillette, depuis les pattes jusqu'aux oreilles. Il a même l'air un peu désorienté.

— Moutarde est bizarre, note aussi Amelia-Rose.

— Elle a dû avoir peur.

— Non, elle est pas comme d'habitude.

Elle fronce le nez, dérangée par sa nervosité.

— Les animaux sont comme nous, Amelia-Rose, ils ressentent les choses même mieux que nous. Moutarde s'est sûrement sentie seule pendant qu'on la cherchait, il faut lui laisser le temps de se remettre, la rassuré-je.

— Mais non ! Elle va pas bien, je vous dis !

Inutile de préciser que son joli sourire s'est de nouveau fait la malle.

En approchant, je réalise que la cage thoracique de la gerbille se soulève vite. Peut-être un peu trop pour que le mouvement soit normal, ou pour l'attribuer à du stress. Cette fébrilité expliquerait que je sois parvenue à l'attraper facilement.

— Je peux regarder ?

Amelia-Rose me laisse ausculter l'animal sans remettre en cause mes aptitudes inexistantes de soigneuse.

— Je n'ai pas l'impression qu'elle se soit cassé quelque chose...

— Il faut l'emmener chez le docteur, madame Janhvi, pour qu'il lui donne des médicaments.

— Il n'y a pas de docteur pour animaux ici.

— Alors trouvez-en un.

— Je ne...

— Trouvez-en un !

Je la fixe avec hébétement. Sa ressemblance avec Adele devient soudain frappante.

— Trouvez-en un, trouvez-en un, trouvez-en un, trouvez-en...

— D'accord ! D'accord, dis-je en lançant mes paumes en avant. Tu n'as pas besoin de le répéter, j'ai entendu.

— Je veux pas que Moutarde meure. Vous allez la mettre dans une cage en verre et la montrer à tout le monde dans votre musée !

Il y a bien un vétérinaire dont le prénom me vient en tête, mais lui demander une faveur ne me paraît pas franchement être l'idée du siècle. Pas en ce moment, en tout cas.

— S'il vous plaît...

D'un autre côté, laisser cette gerbille souffrir à cause d'une dispute sans aucun rapport avec sa santé ferait de moi une personne abominable.

— Madame Janhvi...

Les sanglots d'Amelia-Rose, qui opèrent un retour fracassant, mettent un point final à mes tergiversations.

Non, je ne peux pas laisser un animal et un enfant dans cet état-là.

— Suis-moi, on va voir le docteur.

***

L'arrivée à la clinique vétérinaire est digne d'une comédie burlesque.

Mon stress est pathétiquement élevé ; je sais qui se trouve à l'intérieur de l'établissement. Et j'ai une confiance minime en mon jeu de comédienne.

La main tremblotante d'Amelia-Rose dans la mienne, je foule le pas de la porte. Ma détermination, qui n'est pas au beau fixe, chute de façon prodigieuse quand de fortes odeurs de désinfectant me parviennent. Elles me rappellent la maison. La salle de bains, plus précisément ; les mêmes émanations traînent dans le bac à linge sale.

Erin, affairée derrière l'accueil, me remarque de suite.

— Bonjour ? me lance-t-elle comme une question.

Je rejoins le comptoir sous son air abasourdi.

Je ne rends jamais visite à Peter sur son lieu de travail. C'est un endroit que j'évite pour ses mauvaises vibrations : tout comme les hôpitaux, des malades déambulent entre les murs d'une clinique vétérinaire. Et par conséquent, des vies s'y éteignent. Je me sens oppressée quand la mort rôde autour de moi.

L'autre raison se trouve juste en face de moi.

— Bonjour, Erin. J'ai amené une gerbille, elle n'a pas l'air dans son assiette. Je suis consciente de ne pas avoir pris de rendez-vous, et je patienterai évidemment dans la salle d'attente le temps qu'il faudra, mais est-ce que tu penses qu'il serait possible de…

Elle m'arrête d'un mouvement de main.

— Va t'asseoir, je vais appeler Peter.

— Je te remercie… si Terence ou Spencer sont disponibles, ça m'ira aussi très bien.

Elle lève un sourcil.

— Je veux dire, si Peter est occupé, ça n'est pas la peine de le déranger.

— On est dans une clinique vétérinaire, Janhvi. Les vétérinaires sont toujours occupés dans les cliniques vétérinaires.

— Oui, bien sûr. Mais tu n'es pas obligée de… Enfin, tu as compris.

— Non, pas vraiment.

Elle mordille le bout de son stylo tout en me dévisageant, me réclamant implicitement la suite de l'explication.

— Je suis… Peter et moi ne sommes pas…

— Pas… ?

— Il est… Écoute, il y a une gerbille en jeu, éludé-je, mal à l'aise.

— Madame Janhvi, Moutarde fait des bruits trop bizarres !

— Jan ?

Tandis qu'Amelia-Rose se mord les lèvres, les yeux cloués sur la boule de poils recroquevillée dans sa main, Peter surgit de l'espace réservé au personnel.

À sa tête d'enterrement, je comprends qu'il est aussi contrarié par ma venue que par le fait d'avoir prononcé mon surnom ; il a dû sortir tout seul, par habitude.

Cette même habitude qui vient par ailleurs de briser l'une des lois relatives à la dismute : celle de ne pas adresser la parole à l'adversaire.

— J'ai retrouvé une gerbille sous un meuble, il y a une grosse demi-heure, lui dis-je. Elle respire un peu vite et je crois qu'elle est en état de choc.

Il m'observe, immobile, le bras toujours relié à la

poignée de la porte, comme si un courant d'air avait stoppé son élan.

Quelque chose dans son regard déverse de l'adrénaline dans mes veines. Je crois que je redoute sa réaction ; et s'il faisait demi-tour sans m'accorder un mot ?

Quand son visage pivote vers Erin, je déchante. Ils échangent un regard très bref, mais suffisant pour me percer un trou dans le cœur. Mes émotions recommencent à faire des leurs.

— Ton prochain rendez-vous arrive dans dix minutes, lui annonce-t-elle.

Peter accueille l'information avec une mâchoire crispée à l'extrême.

— Ça devrait suffire. Venez avec moi.

Et il nous fait signe, à la petite et à moi, de l'accompagner vers la salle d'examen.

Sa démarche est raide. Son aura, glaciale. Au-delà de notre discorde, je sens qu'autre chose se dresse entre nous. Un sentiment plus profond que la colère. Amertume ? Surmenage ? Le mur se compose d'une matière que je ne reconnais pas.

L'auscultation de Moutarde se déroule dans un silence inquiétant. Seules des questions d'ordre professionnel résonnent dans la pièce saturée de mauvaises ondes : « Où l'avez-vous trouvée ? » « Qu'a-t-elle mangé pour la dernière fois ? » « Est-elle sujette aux crises d'épilepsie ? » Je le regarde palper la gerbille sous tous les angles, plus troublée que jamais.

Sa froideur ressemble à de l'indifférence. Et ça n'est pas normal.

Ce serait à cause d'Erin ? Du fait qu'elle soit dans la pièce à côté et que ça le gêne ? Ou alors… ça vient de moi.

Tandis qu'il continue de glaner des renseignements auprès d'Amelia-Rose, l'inquiétude s'insinue en moi.

Habituellement, nos disputes sont futiles. C'est simple : on se prend la tête pour un rien, et on se rabiboche devant une série, le corps emmitouflé sous une couette et l'estomac rempli de *parathas*. Cette fois, j'ai l'impression désagréable qu'il manque une partie fondamentale à la querelle pour en arriver à la réconciliation. Mais laquelle ?

— Moutarde est juste un peu anxieuse et légèrement déshydratée. Tout va bien.

Le diagnostic posé, il rejoint l'ordinateur pour y rédiger son compte rendu ainsi que l'ordonnance. Son absence d'empathie rend Amelia-Rose nerveuse. Je m'agenouille à ses côtés afin de la rassurer, le temps qu'il termine.

En dismute ou non, il reste toujours aussi incompétent avec les enfants. Ça, au moins, ça ne change pas.

— Voilà. Il faudra donner ça à Erin, elle se chargera de délivrer les consignes d'usage, dit-il en faisant grincer les roues de sa chaise. Un peu de repos et Moutarde sera de nouveau sur pied.

— Sur patte.

Je me redresse, attrape les papiers qu'il me tend et ose un petit sourire.

— Moutarde n'a pas de pieds, ce sont des pattes, précisé-je.

Il n'apparaît pas même l'ombre d'un frétillement dans ses pupilles éteintes. J'ignorais que mon humour était aussi mauvais.

— Merci beaucoup, monsieur le docteur ! Tantine pourra pas me gronder ! intervient Amelia-Rose, insensible aux tensions ambiantes. Madame Janhvi, est-ce qu'on peut y aller ?

J'opine doucement. Elle s'échappe alors par la porte pour rejoindre le comptoir que sa taille minuscule l'empêche d'atteindre.

— Tu mettras les frais sur ma note, me dit Peter.

Le temps que je tourne la tête vers lui, il est déjà affairé à nettoyer la salle pour le prochain patient.

— Je paierai, réfuté-je. Ce n'est pas à toi de gérer ça.

— OK.

Un tic nerveux lui serre à nouveau la mâchoire. Comme mon surnom lâché dans le hall d'accueil, c'est un bel acte manqué.

J'en suis soulagée à un point inimaginable : je le fais réagir, même si c'est de façon négative.

— Merci pour Moutarde. Et… pardon.

Ses doigts se resserrent sur l'essuie-tout utilisé pour assainir la table d'auscultation. Ça ne dure qu'une seconde, à peine un clignement de paupières, mais je le remarque.

L'instant suivant, il a repris le nettoyage comme si de rien n'était.

— Pendant le *Read and Chill*, quand j'ai su que… Enfin, quand j'ai cru savoir pour Erin et toi, ça m'a mis un coup au moral, poursuis-je, poussée par un vent de franchise. Parce qu'on se dit normalement tout, non ? Et j'ai encore votre rupture en tête. Je n'ai pas compris pourquoi, sans prévenir, vous étiez de nouveau ensemble… alors je me suis énervée. Ça n'était pas la bonne réaction à avoir et je m'en excuse.

Mon honnêteté le fait enfin réagir.

Plongeant son regard glacial dans le mien, il laisse

planer un long silence entre nous. Bras croisés contre son torse. Air impénétrable. Il est rare que je me sente aussi rapetissée.

— OK.

OK ?

— OK comme « Je comprends et je te pardonne » ? Ou OK comme « J'ai entendu ce que tu avais à me dire mais la dismute tient toujours » ? demandé-je, douteuse.

— Tu étais agacée, tu t'excuses. J'ai saisi.

Je plisse les yeux, de plus en plus incertaine.

— Du coup, on se situe à quel barreau sur l'échelle de la réconciliation ?

— Si tu veux qu'on arrête de se prendre la tête, alors on arrête, répond-il dans un haussement d'épaules.

— Bien…

Cette trêve devrait être une bonne nouvelle mais le détachement qu'il affiche est si bizarre que je n'arrive pas à me réjouir.

— Tu n'as pas l'air dans ton état normal, Peter.

— Je suis au travail.

— Oui, bien sûr. Mais ça n'explique pas la distance entre nous, si ?

— Elle vient de la « dismute ». Ce nom est ridicule d'ailleurs, Leandro devrait plancher sur un nouveau terme.

Sur ce, il s'empare de l'essuie-tout usagé et recommence à lustrer son matériel avec une telle application que je comprends être de trop. Il lâche finalement :

— Tu as quelque chose d'autre à me dire ?

« Tout va bien entre nous ? » C'est la question qui me brûle les lèvres, celle que je lui aurais posée si je n'étais pas certaine qu'il attend mon départ.

— Non. Je te laisse, je vais raccompagner Amelia-Rose au musée. À ce soir ?

— À ce soir.

La porte claque sur cet étrange goût d'inachevé.

Au comptoir, les œillades d'Erin ne m'atteignent pas. Mon esprit est encore dans la salle d'examen.

— Au fait, merci pour l'invitation à l'avant-première de ton exposition, lance-t-elle tandis que je sors ma carte bancaire.

— Je t'en prie.

— Tu l'as fait par pure bonté d'âme ou parce que tu dois te racheter auprès d'un ami ?

Je règle le dû sous son regard scrutateur.

— Aucun des deux, éludé-je.

— Bien sûr.

Seuls les bruits mécaniques de la machine et le glapissement intempestif des chiens assis dans la salle d'attente se font entendre. Sa rétine brûlante continue de courir sur ma peau.

— J'apprécie Peter.

Je relève la tête, confuse.

— Peter est un ex, un collègue et un ami que j'apprécie, dit-elle sans se soucier des oreilles indiscrètes ni de mon air abruti.

— D'accord...

— Et, comme toute personne qui a un minimum d'empathie, je n'aime pas voir quelqu'un au bout du rouleau. Alors, si tu pouvais faire en sorte qu'il ne broie plus du noir par ta faute, ça m'arrangerait.

J'ignorais que la dismute avait eu des répercussions jusque dans les relations que Peter entretient avec ses collègues.

— On a eu un petit différend. Ça s'est apaisé, résumé-je. Devoir me justifier auprès d'elle me coûte un point d'orgueil.

— C'est ça, oui. Tu sais, Janhvi, je ne pense pas que tu sois méchante. On va dire que tu oscilles entre l'égocentrisme et la susceptibilité, et ce dernier point rend la plupart des gens indulgents envers toi. Perso, ça me file la nausée, mais soit.

Elle se pince les lèvres, comme une enfant userait de son innocence après une réflexion politiquement incorrecte.

— Mais par pitié, *par pitié*, apprends à observer ce qui se passe autour de toi au lieu de te focaliser sur ton petit nombril. Quand les choses ne vont pas bien, règle-les pour de bon. Tu mines le moral des troupes, c'est fatigant et ça m'empêche de te trouver des qualités. Tu peux reprendre ta carte.

La machine recrache le rectangle de plastique. Je le range dans mon porte-monnaie en silence, trop perturbée par ce discours pour y répondre avec la repartie requise.

Amelia-Rose, qui tire sur ma manche avec impatience, m'offre une excuse pour disparaître.

— Bonne journée, Erin.

En sortant de la clinique, ma boule au ventre a doublé de volume. Amelia-Rose et Moutarde s'installent à l'arrière de la voiture pendant que je tente de calmer la tempête de sentiments qui déferle en moi.

Tous les deux, et de deux manières différentes, m'ont confirmé aujourd'hui qu'ils n'étaient pas ensemble. Alors pourquoi est-ce que j'ai encore mal ?

Je croyais que mon mal-être provenait d'une espèce de jalousie déplacée envers Erin. Le nœud du problème se situe en fait ailleurs…

Dès qu'elle se dégrade, ma relation avec Peter affecte mon humeur. Qu'Erin soit impliquée ou non. Ce n'est pas juste un petit pincement au cœur qui se règle en quelques phrases. Loin de là. La blessure ressemble à une déchirure plutôt qu'à une égratignure. Ce qui veut dire que je réagis beaucoup trop fort, pour beaucoup trop peu.

Et ça, ce n'est pas bon du tout.

L'arrivée d'un texto me sort de mes pensées.

Message collectif : je rentre ce soir. J'aurai le décalage horaire dans les pattes. Si vous voulez préparer un truc pour fêter mon retour, je ferai semblant d'être surpris. Pas mal de choses à vous raconter. À tout à l'heure.

PS : Jan et Peter, réglez vos problèmes avant que je revienne.

— Madame Janhvi, on y va ?

Je démarre le moteur, absente. Que m'arrive-t-il ?

8

PARTITION DE FAUSSES NOTES

♫ *Trouble – Valerie Broussard*

LEANDRO

— Truffe au caramel et pointe de sel.

— *¡Madre mía !*

J'étouffe un soupir de plaisir en sentant la ganache fondre sur mes papilles. Finalement, je comprends pourquoi les pâtissiers sont si attachés à leur sel ; ce que j'ai en bouche entre directement dans la catégorie des orgasmes gustatifs.

— Alors ?

— C'est… *Bacanisimo* !

— C'est un mot positif ?

Je confirme, la main déjà dans la boîte pour attraper un autre chocolat.

Graham sourit. Les bras derrière la tête et le regard vissé au plafond de notre chambre, il n'a pas encore touché au paquet rapporté de Wick. Un avantage pour mon estomac, qui commence la journée avec une dose de chocolats digne de soigner un déprimé.

— Et donc, la femme qui t'a offert ça s'appelle Robyn ?

Il acquiesce.

— Robyn Ferguson, oui. Je n'en reviens toujours pas de l'avoir croisée après tout ce temps… Elle est surprenante. Un peu décalée. Je pense que vous vous seriez bien entendus.

— Ce sont de beaux compliments.

— Je crois que, quelque part, c'est elle qui m'a convaincu de parler à mes parents… C'est bizarre de donner sa confiance à quelqu'un si vite, tu ne trouves pas ?

— Elle a utilisé les bons mots au bon moment. Le hasard t'a tendu une canne à pêche et tu as bien fait de la prendre. La vie va parfois dans le bon sens, *papasito*.

Je suis heureux qu'il ait enfin pu discuter avec sa famille. Hier, nous avons eu droit à un récit détaillé de ses aventures écossaises. Les McConnel connaissent désormais la vérité : les émotions refoulées, la déception, le sentiment d'abandon, la colère… et tant mieux.

D'après moi, le cœur n'est pas un organe aux parois extensibles. Parfois, il a besoin de se purger, d'évacuer le négatif pour mieux laisser place au positif ; en acceptant de soigner son passé, Graham s'est autorisé à faire un pas en avant. Et pour ça, je suis incroyablement fier de lui.

Point bonus qui doit *absolutamente* être souligné : son père et lui semblent bien partis sur la voie de la réconciliation. D'après ce que j'ai compris, ils ont passé le reste du séjour à bricoler dans le potager familial afin de rattraper treize années de souvenirs manqués. Pour ce qui est de sa mère, elle reste plus énigmatique. Graham n'a fait que voler au-dessus du sujet.

— Tu as pardonné à Lesley ?

— J'ai pardonné à mon père, répond-il après une courte hésitation. Ma mère n'a pas voulu faire de premier pas, et j'estime que j'ai déjà beaucoup donné.

— Conclusion ?

— Si un jour elle décide de changer d'avis, je ne la

rejetterai pas. Elle est au courant, la balle est dans son camp.

Je l'observe du coin de l'œil. Sa barbe a gagné en épaisseur, là-bas ; elle ressemble à présent à une forêt d'automne si touffue que la clarté du matin ne passe pas au travers.

— Tu as l'air apaisé.

Ses lèvres forment un sourire.

— Je me sens mieux, admet-il. Par contre…

La truffe au cassis s'arrête au bord de sa bouche, tandis qu'il me jette un regard incertain.

— … Peter et Jan, on en parle ou pas ?

— Ah. *Sí.*

— L'ambiance est tendue entre eux, non ?

— Si tu savais…

Je ne fais qu'une bouchée de sa truffe. Il va me falloir beaucoup de force pour réussir à lui faire un résumé de l'étendue des dégâts petero-janhvesques.

— Tu préfères connaître l'histoire complète ou avoir la fiche résumée ?

— Va au plus drôle.

Je détaille alors la crise en reprenant le timbre de voix de Janhvi, celui qui crisse comme un perroquet en train de s'étouffer ; quand elle est énervée, ses cordes vocales montent dans les aigus.

Sans grande surprise, il éclate de rire. En amitié, Graham est doté d'une ironie à toute épreuve.

— Erin a vraiment un don pour se créer des problèmes ! Cette femme me fascine.

— Jan a eu une réaction disproportionnée.

— Elle est sensible, tu le sais bien. Et l'ex de Peter n'a jamais été une de ses proches.

— Tu n'as pas vu comment elle s'est emportée… C'était exagéré, Graham.

Il inspire longuement, le front plissé par des rides de réflexion.

— Peter et Janhvi n'ont jamais eu une amitié comme les autres, soutient-il. Tu es arrivé sur le tard, tu n'as assisté qu'à une partie de leur histoire. Ils ont toujours été un peu ambigus sur les bords.

— *Cómo así* ?

— C'est-à-dire que, par exemple, ils se donnaient la becquée à la cantine.

— La becquée ?

— Ils se donnaient à manger, si tu préfères.

Ma grimace l'amuse.

— Jan s'asseyait toujours à droite de Peter…

— Elle fait la même chose sur le canapé.

— Tu as remarqué aussi ? L'habitude, sûrement. Elle restait collée à lui et elle piochait dans son assiette. Un jour, Peter s'est moqué d'elle en lui disant qu'à ce niveau-là, autant qu'il la nourrisse lui-même. C'est devenu un jeu entre eux. J'étais ravi.

Il lève un sourcil désabusé.

— Et leurs baisers, ils datent aussi de cette époque ?

C'est l'une des caractéristiques de leur relation. Ces deux-là ont une passion pour les baisers : bouts de nez, fronts tendus, tempes battantes, joues rebondies ou mentons tremblants, ils se picorent le visage comme un couple en manque d'affection. Mais bizarrement, ils n'ont jamais touché à la bouche.

— Oui… Oui, je crois bien, acquiesce Graham. La période « ados boutonneux » les a un peu calmés, surtout quand Jan était en couple. Mais d'aussi loin que je me souvienne, ils étaient tactiles.

— Comment se fait-il qu'ils ne soient jamais sortis ensemble ?

— Peter est incapable de parler de ses sentiments et Jan est aveugle.

Il plonge la main dans le carton de chocolats pour en ressortir une praline recouverte d'amande et de noisette. Sa remarque me fait réfléchir.

— À quoi tu penses ? me demande-t-il.

— Au fait qu'on soit de mauvais amis…

— Toi, c'est sûr, tu passes ta vie à essayer de déterrer les secrets des autres. Tu es largement meilleur comme mari.

Il gobe la praline qui commençait à se désintégrer entre ses doigts avant de s'allonger sur le côté.

— Explique-moi à quoi tu penses, Nancy Drew.

Les rayons du soleil se frayent un chemin jusqu'à son corps dévoilé par la couette baissée. Graham McConnel n'apprécie pas les compliments, parle peu, a des pensées cyniques mais surtout, il est doté de muscles. Un torse parfaitement équilibré et capable de provoquer des AVC de la rétine.

À l'instant où je l'ai rencontré, collé aux roues de sa voiture, j'ai su que nous ne pourrions pas être amis. Un conflit d'intérêts aurait eu lieu entre mes désirs et la réalité ; mon imagination est trop déviante… Je ne suis pas capable de regarder un ami comme un ami quand des images d'abdominaux ruisselants d'eau salée m'assaillent l'esprit.

Tout ça pour dire que je savais. Au fond de moi, et dès la première seconde, j'ai su que Graham et moi avions une histoire à construire ensemble. Qu'en est-il de Peter et Janhvi ? Où se situent leurs limites ?

— Je pense que les bons amis participent dans l'ombre, déclaré-je.

— À quoi faire ?

Mon coup d'œil provocateur, dont il comprend le sens, ne le ravit pas du tout.

— Leandro, non... Ne t'immisce pas dans leurs affaires.

— Je veux juste m'assurer qu'ils ne se sont pas trompés de voie, *papasito* !

— Même si c'était le cas, tu n'as pas à ajouter ton grain de sel ! Laisse-les commettre des erreurs, ils sont assez grands pour les réparer seuls.

Mécontent, il se désolidarise de mon projet en se remettant à fixer le plafond avec obstination.

— Il existe une théorie selon laquelle les âmes sœurs ne peuvent pas se rejoindre d'elles-mêmes, rétorqué-je.

— Non, Leandro.

— Elles représentent chacune le reflet de l'autre, comme dans une glace : elles se voient, mais elles ne peuvent pas se toucher. Le seul moyen de les réunir, c'est de briser le miroir qui les sépare. Et pour ça, il faut une aide extérieure.

— D'où vient cette théorie ?

— De mon incroyable cerveau.

Il roule des yeux.

— Tu n'aideras personne ! souffle-t-il.

— Peut-être que Janhvi...

— Non !

— Mais tu es observateur ! Avec tes talents, on pourrait faire des recherches et... voir si mon hypothèse se tient. Nancy et Sherlock qui s'associent sur une enquête, qu'en dis-tu ?

— Tu me fatigues, Galeano.

— C'est un oui ?

Il enfourne un carré de chocolat noir en poussant un grognement, alors que mon sourire s'élargit. S'il ne le fait pas pour moi, ce sera une façon d'occuper son temps. De laisser définitivement le négatif derrière lui, comme l'échec de l'adoption, par exemple.

Les semaines qui s'écoulent dans le froid hivernal prennent la forme d'une investigation. *El procesador* est déterminé à accomplir sa mission. Alors, consciencieux, j'enregistre, je fouille, je note et je déduis.

Si Peter et Janhvi se disent être de nouveau les meilleurs amis de Dupont Circle, je n'en suis pas si sûr.

Leurs mains ne se frôlent plus. Leurs regards ne se trouvent plus. Et concernant les soirées passées devant la télévision à regarder leurs séries soporifiques, elles sont chaque fois annulées. Le pyjama à lamantins de Jan reste au placard à cause d'une surcharge de travail au Smithsonian, et apparemment, tous les animaux de Washington DC sont grippés puisque Peter passe son temps aux urgences vétérinaires. Leurs métiers sont devenus une excuse parfaite. Elle permet d'éviter tout contact.

— Ça n'apporte aucune preuve tangible, dément Graham.

Bien sûr, mon mari n'est pas de mon avis. Il refuse de croire que le cœur a ses petites cachotteries.

Selon son « flair d'enquêteur », cette atmosphère inhabituelle serait le résultat de la dismute : elle n'aurait pas été réglée à sa source – la source étant Erin. Or, comme Erin continue de travailler aux côtés de Peter, Janhvi patauge dans une flaque de mauvaise humeur. QED[1].

Je ne partage pas son point de vue. Pour moi, le problème vient de Peter.

— Il a changé, Graham. C'est devenu un robot.

Il est réglé comme une horloge. Ça n'aurait rien eu de dérangeant s'il avait choisi le bon fuseau horaire, mais ça n'est malheureusement pas le cas.

Disparu, l'homme qui organisait son agenda en fonction de Janhvi afin de profiter d'un moment privilégié avec elle. Enterré, l'ami qui proposait toujours son aide en cuisine. Envolé, le blagueur, le grossier, le créateur du code H et tout ce qui fait de Peter Pendleton un humain attachant.

Aujourd'hui, il est devenu cette espèce d'être apathique sans âme qui s'est construit une cage tout autour du cœur. Il ne reste à la maison que pour manger des plats préparés, se laver en sixième vitesse, porter des boxers moches et dormir.

Je ne reconnais plus la personne que je réveillais en pleine nuit pour annoncer des bonnes nouvelles.

— Ça ne prouve rien.

Assis dans la voiture dont le moteur est en train de chauffer, Graham jette un œil au rétroviseur.

— On a tous nos périodes, poursuit-il en revenant à moi. Il suffit que les mauvaises annonces s'enchaînent,

1. Abréviation du latin *quod erat demonstrandum*, synonyme de « CQFD », utilisé entre autres dans la langue espagnole.

qu'on tombe malade ou que les planètes soient mal alignées pour que le moral soit en berne.

— Son attitude est liée à Janhvi, ça n'est pas juste une question de moral.

— Tu n'en démords pas, hein ?

— Toute la vie de Peter tourne autour d'elle, Graham. Et tu veux me faire croire qu'elle n'est soudain plus concernée par ce qui se passe ? Je ne suis pas duc, dis-je en claquant la langue contre mon palais.

— Dupe.

Comme si l'univers entendait mes plaintes, nos deux colocataires quittent la maison. L'un derrière l'autre. Les yeux fixés au sol. Ils traversent rapidement l'allée pour nous rejoindre et s'installer à l'arrière du break familial.

Les portières claquent. Je n'entends bientôt plus que le grincement d'une ceinture ou le frottement d'un manteau contre les sièges, personne n'osant briser le silence qui règne.

Je ne peux pas m'empêcher de regarder Graham du coin de l'œil. Ça me vaut un « non » de la tête.

— Inutile de vous préciser que j'exige le plus grand professionnalisme pour aujourd'hui, lance-t-il à travers l'habitacle. Je vous ai annoncés comme mon staff.

— Trois assistants pour un seul musicien ? Ils vont s'attendre à la réincarnation de Johnny Cash, se moque Peter.

— Il fallait bien que je trouve un prétexte pour vous amener là-bas.

Janhvi ne rebondit pas. Elle dégage tellement de morosité qu'un nuage gris semble s'être coincé dans son gros chignon.

— Où va-t-on ?

— Federal Hill, répond Graham. Le client a eu une promotion, il veut fêter la nouvelle avec ses amis.

— Et il a engagé un guitariste ? s'étonne Peter.

— Tu veux manger des cocktails de crevettes gratuitement ou non ?

L'accusé s'adosse de nouveau au siège, muet.

De loin, nous collons à l'image idéale d'une famille qui se prépare à passer un bon moment. De près, on peut distinguer le contour des ombres qui nous recouvrent. Elles s'appellent Soupçon, Dissimulation et Hypocrisie.

Quand la voiture démarre, je suis persuadé d'une chose : rien ne va plus entre nous.

GRAHAM

Federal Hill fait partie de ces quartiers pittoresques de Baltimore. Entrelacé au port, il se compose de bars animés, de restaurants colorés et de salles de concert, desquels émane une population bobo.

Mark Hampton, mon client, habite dans l'un des immeubles qui se détache du ciel par son ossature en verre. Le hall du bâtiment, chic et luxueux, fait la part belle au raffinement.

— J'ai l'impression que des billets verts pourraient sortir des ficus.

Leandro admire la décoration avec envie. Je suis bien obligé d'admettre qu'à côté du marbre au mur, du bois au sol et des plantes plongées dans leurs pots transparents, notre maison ne fait pas le poids.

— Mark Hampton fait quoi, comme boulot ? s'interroge Peter.

Tous traînent une caisse, un ampli ou un sac saturé de câbles et de multiprises. Je n'ai pas besoin de tout ce matériel, mais pour justifier la présence de quatre personnes auprès de mon employeur du jour, il me fallait une bonne excuse. Les accessoires rendent le mensonge plus crédible.

— Aucune idée, réponds-je. Son mail disait qu'il avait « upgradé » au boulot, et que ça méritait « un peu de musique ».

On monte dans l'ascenseur, et tandis que la machine nous emporte au vingt-deuxième étage – le dernier –, chacun y va de son commentaire.

La propreté des lieux : dingue. Les miroirs : beaux. Le système de surveillance : un investissement de plusieurs centaines de milliers de dollars. Tous sont impressionnés, sauf Janhvi, dont les yeux vides de toute émotion restent accrochés à la porte métallique.

Elle me préoccupe un peu.

Si Leandro me rabâche la même histoire depuis des semaines, qu'il estime que le changement de Peter est à l'origine des tensions, moi, je suis plutôt concerné par le dépérissement de ma meilleure amie.

Janhvi n'est pas une taiseuse – un rayon de soleil râleur à la limite, je veux bien – et elle n'entre pas dans la catégorie des introvertis à tendance déprimée. Ça n'est pas dans son caractère. Pour qu'elle ait choisi le silence plutôt que la parole, c'est qu'un problème sous-jacent la bloque. Et qu'il la dévore de l'intérieur.

Je passe mon doigt sur sa joue pour attirer son attention.

— Ça va ? chuchoté-je.

— Ce serait plutôt à moi de te demander ça, dit-elle avec un sourire fatigué. Tu te sens d'attaque pour ton concert ?

— Personne ne se soucie du guitariste, on est juste une pièce rajoutée au mobilier. Niveau stress, je me situe à moins dix.

— Tant mieux, c'est bien.

Et elle se replonge dans l'étude passive de la porte de l'ascenseur, sans avoir répondu à ma question.

— Tu me le dirais si quelque chose te tracassait, hein ?

— Oui, bien sûr.

— Tu sais que je suis là, Jan. Et n'oublie pas que ma capacité à garder un secret est inversement proportionnelle à celle de Leandro : je suis l'oreille attentive idéale.

— Merci.

Le bip sonore fait office de point final. L'ascenseur stoppe sa course au ralenti, comme si la carlingue avait été amortie par une couche de coton.

Accompagnés d'un trop-plein d'affaires et d'une amie consumée par un démon inconnu, nous traversons l'étage vers la seule porte en vue. Elle s'ouvre sur un homme sec. Très sec. Et vraiment très, très fin.

Ses jambes ont l'air aussi solides que deux cure-dents, mais son regard sévère appuie son autorité. J'ai connu des gens comme ça par le passé, le monde de la musique grouille de profils similaires ; des managers qui ne paient pas de mine à première vue, tous nerveux et colérique, agacés quand les choses ne vont pas dans leur sens. En général, leur frustration est recrachée sur leurs musiciens, qui finissent alors par se battre par avocats interposés pour casser le contrat qui les relie.

Manager ou non, j'espère en tout cas que Mark Hampton fait exception.

— La sécurité m'a prévenu de votre arrivée, lance-t-il d'emblée, sans autre marque de politesse que ses sourcils froncés. Qui est le chanteur ?

— C'est moi. Bonjour, monsieur Hampton.

Il ne me remet pas malgré ma photo de profil affichée sur le site Internet. Son front se plisse un peu plus à mesure qu'il étudie mon apparence, comme si quelque chose chez moi le dérangeait. Mais, visiblement pressé, il se résout à me faire entrer. Belle entrée en matière.

À l'image de l'immeuble, le penthouse dégage une impression de richesse : des statues sont rangées sur les étagères de la bibliothèque, le salon en forme de fer à cheval a droit à des canapés matelassés, la télévision extralarge diffuse un feu de cheminée et le bar près des baies vitrées exhibe une impressionnante collection de bouteilles de whisky. L'antre du mâle alpha dans toute sa splendeur.

— Vous vous installerez dans le coin, là-bas.

Mark Hampton désigne un espace inoccupé dans le renfoncement de la pièce.

— C'est parfait.

Nous déposons les valises et amorçons rapidement la mise en place du matériel, les invités étant annoncés pour l'heure qui suit.

Au moment de sortir la guitare de son étui, j'entends Leandro jurer dans sa langue natale. Quelque chose que je lui ai demandé de ne surtout pas faire aujourd'hui.

— On avait dit pas de « *jueputa* », Leandro.

— Rien ne va plus du tout…

— On ne sait pas si les invités parlent espagnol. Retiens tes pulsions, s'il te plaît.

— Du tout, du tout, du tout…

Son regard vacille quand il se pose près du bar.

J'y repère un homme en costume chic et aux épaules de quarterback. Son verre de whisky ajoute un point supplémentaire à un charisme déjà suffisamment oppressant.

— Tu le connais ?

— Malheureusement, *sí*…

— Et je suis censé me méfier ?

J'aurais pu être jaloux si je ne savais pas Leandro pieds et poings liés par le mariage.

Sans me répondre, il interpelle Janhvi et désigne l'homme du doigt ; surprise, elle lâche alors les câbles et les jacks de ses mains pour jurer dans un anglais parfaitement compréhensible. C'est le jour.

Peter, lui, ne réagit pas. Comme moi, la carrure de cet homme ne lui évoque rien de plus qu'un peu de jalousie masculine.

— Qu'est-ce que vous avez ? Pourquoi vous le dévisagez comme ça ?

Leandro se racle la gorge et me demande :

— Ton Mark Hampton, il ne serait pas avocat, par hasard ?

— Je n'en sais rien, je l'ai déjà dit. Pourquoi ?

— Parce que Federal Hill se situe à Baltimore…

— Et donc ?

Mes neurones moulinent pendant que Peter pâlit, que Leandro déglutit, et que Janhvi s'immobilise.

— Janhvi ? C'est vous ?

L'homme approche d'elle, stupéfait par sa présence. Sa ressemblance avec l'acteur qui incarne Charles Brandon dans *Les Tudors* me saute aux yeux.

C'est là que je percute.

— Bord… ure.

Voilà donc le fameux George Town.

Je ne crois pas aux coïncidences. Elles ne sont qu'une réponse universelle aux faits qui n'ont pas encore trouvé d'explication sensée. Ceci dit, Robyn Ferguson et son mystère écossais ont versé un peu d'eau dans mon vin. Quant à George Town, il a achevé de me faire revoir mes principes.

La probabilité que mon client soit le meilleur ami de l'avocat pénaliste que la mère de ma meilleure amie considère comme son futur gendre, c'est… un coup du sort vraiment tordu.

Pendant les préparations et jusqu'à l'arrivée des premiers invités, je retiens mes envies de rire. Le cirque autour de cette situation délirante m'amuse un peu malgré moi. Leandro est persuadé que l'univers nous a envoyé un message crypté, mais je penche surtout pour de la malchance chronique.

— Je sens l'arrivée de quelque chose de mauvais, *papasito*.

Je m'installe sur le tabouret, le médiator coincé entre les dents, et je règle calmement la sangle de ma guitare.

— Ce problème n'en est pas un, Leandro. Tant que ça ne dégénère pas et que je suis payé pour ma prestation…

— Tu n'as aucun cœur…

— Et toi, tu en fais trop.

— Ce sont nos amis, Graham ! Ton cynisme dépasse le rendement !

— L'entendement. Que veux-tu que je te dise d'autre ?

Je retire le médiator de ma bouche et soupire.

— Que Janhvi a l'air d'avoir vu un fantôme ? Oui, c'est vrai. Que George lui tient la jambe et que ça a l'air de lui plaire ? C'est vrai aussi. Je suis même d'accord avec le fait que Peter ne ressemble pas à la bombe à retardement qu'il devrait être, et que c'est suspect…

Je hausse les épaules.

— Effectivement, la situation est bizarre. Mais je vais

devoir jouer pour les trois prochaines heures parce qu'on m'a embauché pour le faire. Pour les trois prochaines heures, je ne pourrai pas m'occuper d'eux. Le cynisme, c'est le seul moyen que j'ai trouvé pour ne pas me laisser polluer l'esprit par cette histoire.

Son regard surpris me fait réaliser ma froideur.

— Excuse-moi, Leandro. C'est juste que…

— Tu te fais aussi du souci pour notre famille, termine-t-il.

— Surtout pour Jan, oui.

Nous nous tournons vers elle. Ses vêtements bordeaux ressortent comme une tache de confiture de cerises près de l'écran qui pixellise des bûches en pleine combustion.

Je ne sais pas si elle est réellement heureuse de revoir George. Ses sourires me paraissent toujours aussi faux… Mais ils ne se sont pas quittés de l'heure, en tout cas. Leurs retrouvailles ont mis leurs activités respectives en pause, comme si le monde ne comptait soudain plus.

Ce comportement est troublant.

— Garde un œil sur elle, s'il te plaît.

— C'est déjà prévu, *sí*. Le gauche pour Jan, le droit pour Peter.

Lui se trouve près du comptoir de la cuisine, et en bonne compagnie. À le voir discuter avec une femme, je tombe des nues.

Les cheveux ondulés, les hanches généreuses et plutôt bien habillée, son interlocutrice dégage autant de pouvoir et d'aisance que ses homologues masculins. Sûrement la fragrance des gens qui plaident au barreau.

— Depuis quand Peter Pendleton joue dans la cour des séducteurs ? lancé-je, abasourdi.

Leandro pousse un long râle d'indignation.

— Ce n'est pas trop tôt : tu réalises enfin qu'il n'est plus lui-même !

Je lui accorde le point.

Mon observation dure le temps que Mark Hampton remarque l'absence de musique. Il claque des doigts pour me sommer de démarrer ma playlist dans la minute, ce que je fais avec l'esprit ailleurs.

Les craintes de Leandro sont en train de déteindre sur moi.

LEANDRO

La reprise de « Landslide » par Graham fait vibrer l'air du penthouse au rythme de sa guitare. Le regarder jouer est un privilège, mais le climat actuel est bien trop anxiogène pour que je puisse profiter de son spectacle.

Jan et George d'un côté. Peter et une inconnue de l'autre. Deux espaces distincts. Deux bulles bien séparées. Chacun vit dans son monde sans se soucier des réactions de l'autre. C'est une expérience inédite que je ne suis pas certain d'apprécier.

Depuis que je les surveille, je n'ai intercepté aucun regard en coin. *Nada*. Peter aurait pu se mettre à danser au milieu de la pièce avec une couronne de crevettes sur la tête, Jan n'aurait rien vu. Et si Janhvi s'était recouvert le corps de sauce cocktail, Peter l'aurait certainement confondue avec un objet du décor. Ils donnent l'impression de se moquer de leur amitié. Une amitié qui est en train d'atteindre un niveau critique de non-retour.

— Si vous n'avez rien à faire, allez servir des boissons.

La calvitie naissante de Mark Hampton apparaît devant moi ; je me rappelle soudain le rôle que je suis censé tenir aujourd'hui.

— Je suis l'assistant du guitariste. Je m'occupe du son.

— En restant planté là ?

— Je vérifie que l'acoustique est aux petits moignons. Pour que les convives puissent profiter de l'expérience... et en garder un bon souvenir.

Je fais un pas sur le côté puis tends l'oreille. Le visage de Mark n'émet pas d'émotion particulière, si ce n'est un profond dédain.

— Vous êtes conscient que mon métier repose sur ma capacité à discerner le mensonge de la vérité ? Songez à regarder votre interlocuteur droit dans les yeux quand vous mentez. Les boissons.

— *Sí señor.*

Reconverti en garçon de café, je me rends à la cuisine sans que personne y trouve à redire. Les serveurs me remarquent à peine, trop occupés à composer avec leurs propres obligations. Je deviens l'un des leurs à la seconde où un plateau m'est jeté dans les mains.

— Va ramasser ce qui traîne au salon.

La jeune femme qui me donne l'ordre file déjà parmi les convives dont le nombre ne cesse de gonfler. Soit Mark est ami avec le gratin de Baltimore, soit Baltimore a peur de Mark. Que ce soit l'un ou l'autre, cet homme a su s'entourer d'une communauté de bourgeois.

Je récupère des verres en cristal à peine entamés, des petits fours à peine goûtés. Certaines invitées laissent leurs foulards de marque sur les accoudoirs des fauteuils, comme de vieux mouchoirs usagés. J'en ai des palpitations.

— Qu'est-ce que tu fais ?

Peter plisse le front à la vue de mon plateau qui déborde de vaisselle. Sa voisine, grande, brune et dépourvue du charme solaire de Janhvi, me considère avec attention.

— Je donne un coupe-main à Mark. Vous connaissez Mark ? me renseigné-je auprès d'elle.

— Un quoi ?

— Il voulait dire un « coup de main », intervient Peter.

— Ah ! c'est gentil de votre part, dit-elle. Et non, je ne connais pas cet homme, je suis juste ici pour les huîtres Rockefeller.

Je la fixe sans comprendre.

— Je plaisante ! Mark est un collègue de travail. Et vous ? J'ai cru comprendre que votre talent dans l'assistanat des guitaristes n'était qu'une façade ? Peter m'a dit que vous… d'accord. À votre tête, je n'étais pas censé savoir ça, se reprend-elle.

Je me tourne vers Peter, offusqué.

— Tu lui as révélé notre couverture ? !

— Ne vous en faites pas, je sais garder un secret, c'est même une déformation professionnelle, assure la femme.

No puedo creerlo… Il est incroyable !

Peter Pendleton peut cacher ses sentiments à sa meilleure amie pendant plus de vingt-deux ans, et ce, sans qu'une goutte de sueur vienne perler sur son front, et, à côté de ça, il est capable de révéler notre couverture à une inconnue au bout de dix minutes, tout en sachant qu'il pourrait causer du tort à Graham ? Quelque chose ne fonctionne pas, là-haut !

— Vous… vous sentez bien ?

La femme m'observe, perplexe. J'imagine que de la fumée me sort par les oreilles.

— Très bien, *sí*. Peter : Graham te demande.

Je le fixe droit dans les yeux, avec insistance. Espérons que le conseil de Mark Hampton soit efficace.

— Il ne sait pas où est son médiator fétiche, prétends-je. Il joue avec celui de secours depuis tout à l'heure et ça ne lui convient pas.

— Son médiator fétiche ?

À son air contrarié, je comprends que mon mensonge ne tient déjà plus la route.

— Son médiator fétiche, *sí*. Tu voudrais bien le lui apporter ?

— Je n'ai aucune idée de l'endroit où il aurait égaré son « médiator fétiche », Leandro.

— J'ai déjà cherché et n'ai rien trouvé, peut-être qu'un cerveau frais donnera de meilleurs résultats.

Ses narines grossissent comme les naseaux d'un taureau.

— Bien.

Toujours sans donner de crédit à mes paroles, il s'excuse auprès de « Debbie » et s'en va rejoindre le guitariste. Les deux risquent de me le faire payer cher, mais tant pis. Je dois intervenir. La situation ne peut plus durer.

Dans cette optique, je me tourne vers la grande brune. À nous deux, *señora Rockefeller.*

— Debbie… Je peux vous appeler Debbie ?

— Je n'y vois aucun inconvénient.

— J'aimerais vous présenter quelqu'un, Debbie. Elle adore la mode. Je pense qu'elle aurait beaucoup à apprendre de vous.

Et sans transition, je la conduis au salon, où Janhvi et George s'entretiennent. S'ils nous accueillent avec le sourire, je perçois un soupçon de déception chez Superman ; il semble se rembrunir.

— Que fais-tu avec ça ? me demande Jan, étonnée par le plateau qui se trouve toujours en équilibre sur ma paume.

— Il tente de faire croire à Mark que serveur et assistant technique ne sont qu'une seule et même profession, intervient Debbie.

— Mark doit être ravi : ça lui fera un salaire en moins à verser à la fin de la journée, note George.

Je me tourne vers lui, un sourire plaqué aux lèvres.

— Vous êtes également un de ses amis ?

— Moi et Mark ? Qui n'apprécierait pas de passer du temps avec un homme dont les deux seules qualités se résument à l'égoïsme et au penchant pour la débauche ?

— Mark est l'un des associés de notre cabinet, explique Debbie, le sarcasme en moins.

— Et en tant que tel, il s'octroie le droit de nous forcer à fêter sa prodigalité quand bon lui semble. Il mériterait des mains aux fesses, si vous voulez mon avis.

— Ne parle pas de lui comme ça, George, il a des oreilles partout.

— Il sait ce que je pense de lui, ne t'en fais pas.

— Peut-être, mais j'apprécierais que notre collaboration se poursuive. J'ai un appartement à payer et une garde-robe à entretenir.

Peter s'invite parmi nous pendant que Mark se fait tailler un nouveau pantalon.

Janhvi en gagne de la raideur. Elle ne semble plus tellement à l'aise dans sa belle tenue bordeaux.

— Reprenez, ne vous souciez pas de moi, dit Peter, non sans me tuer du regard.

Debbie, décidément poussée par le besoin viscéral d'intervenir, présente alors Peter à l'assemblée, comme si Janhvi n'était pas sa meilleure amie, et que George ne représentait pas une menace. Honnêtement ? Si le cœur de mes amis n'était pas en jeu, j'aurais éclaté de rire.

— Vétérinaire ? répète George. Je me suis occupé d'un

vétérinaire il y a quelques années, il vendait des boîtes de Clenbuterol au marché noir. C'est un médicament utilisé pour les chevaux, si je me souviens bien.

— Les chevaux asthmatiques, confirme Peter. Je suppose que le composant était impliqué dans la contrebande de produits minceur. Le sujet est connu chez nous.

— C'est exact.

— C'est un produit très nocif pour l'organisme. Je suis ravi que ce criminel ait terminé derrière les barreaux.

— Il est plus en liberté que jamais, répond George, amusé. L'inverse aurait voulu dire que j'ai mal fait mon travail. C'était mon client, mon rôle était de le défendre.

Le sourire de Peter tressaille.

— Félicitations pour votre victoire, dans ce cas.

— Merci, Peter.

Le silence préoccupant qui s'abat entre eux nous rend aussi nerveux et mal à l'aise que Janhvi dans sa tenue bordeaux.

— Et sinon, il paraît que vous appréciez la mode ? lance Debbie à Janhvi, après un raclement de gorge.

— Non, pas du tout.

Aleluya. Mon plan fonctionne.

L'ambiance se détériore au cours de la conversation. Chaque parole se couvre de cynisme. La patience du camp adverse est mise à mal.

Peter et George n'écoutent plus qu'eux. Ils échangent des anecdotes sur leurs métiers respectifs et utilisent des mots techniques qui me déclenchent un mal de tête démentiel. Code juridique contre code déontologique. Ma maîtrise de la langue reçoit plusieurs fois un uppercut en pleine figure ; ils cherchent à prendre l'ascendant sur l'autre avec les neurones plutôt que les poings, à l'image d'une guerre civilisée conduite par deux ego surdimensionnés.

Janhvi et Debbie, elles, tentent de s'intéresser à la musique, à l'apéritif, au plateau que j'ai fini par rapporter à la cuisine… mais aussi aux études à suivre pour accéder au barreau, à la complexité des expositions du Smithsonian, aux pointures actuelles des littératures indienne et américaine, et plus généralement à tout ce qui leur vient en tête, pour conclure par un raclement de gorge systématique.

Elles n'ont pas le plus petit point en commun. Leur échange est *absolutamente* catastrophique.

— … vous pratiquez peu d'opérations chirurgicales.

Mes yeux se fixent à nouveau sur George. Il toise Peter avec son arrogance de superhéros bien coiffé.

— On limite les traitements invasifs tant que possible, oui, lui répond posément le vétérinaire.

— Votre travail consiste donc à soigner des animaux domestiques, du type chien ou chat, ce qui revient au travail effectué par un médecin généraliste. Vous n'avez jamais pensé à pousser vos études afin de vous spécialiser ?

Peter affiche un sourire de bête sauvage.

— Les huit années passées à étudier me permettent aujourd'hui de sauver des vies ; combien de temps faut-il pour faire gagner un criminel à son procès ?

— Moins. Mais le talent est inné, il n'a pas besoin d'apprentissage.

— On devrait peut-être voir si Graham s'en sort, intervient maladroitement Janhvi.

Sa demande est oubliée sitôt que George relance Peter sur la « simplicité » de son métier.

— Par là, j'entends que vous n'avez pas vraiment de cas de conscience, dit-il. Un avocat doit défendre les droits de son client, qu'il soit du bon ou du mauvais côté de la barrière. En toute objectivité, je pense que ça s'avère un peu plus épineux que de jouer au bon samaritain.

— George, souffle Debbie.

— Quoi ?

— Votre amie tente de rappeler votre condescendance à l'ordre, j'ai l'impression.

— Peter, soupire Janhvi.

— Quoi ?

Les notes de « Live in a Hiding Place » qui volent dans le séjour n'apaisent pas le conflit qui grossit entre les deux hommes. Graham gratte les cordes de sa guitare avec un œil dans notre direction. Dans *ma* direction.

J'imagine que je peux dire *adiós* à la dégustation de chocolats dans le lit.

— Nous ne sommes pas chez nous, insiste Janhvi, le regard ancré dans celui de Peter pour la première fois de la journée. Nous ne pouvons pas… On est censés être les assistants de Graham.

— Vous devriez écouter Janhvi, dit George. Elle a raison, vous ne faites qu'ajouter de l'huile sur le feu.

— Ce n'est pas ce que j'ai dit…

— Arrête, George, tu crées des tensions inutiles, lance Debbie. Ta réaction est puérile.

— Puérile ? Je t'en prie. Nous savons tous les deux pour quelle raison tu as accepté de venir ici aujourd'hui.

— Je te remercierai de ne pas évoquer le sujet. Peter, vous venez ?

Dans cette cacophonie inattendue, je remarque la naissance d'une lueur incandescente dans les yeux de Janhvi. Un petit crépitement. Tout petit. Vraiment minuscule, mais aussi rougeoyant que la braise d'un dangereux feu de joie.

Dios… La proximité entre Debbie et Peter ne lui plaît pas. Elle est bel et bien possessive !

Ravi, je me tourne vers Graham pour le lui faire savoir, mais le regard qu'il braque sur moi est si orageux que je referme ma bouche aussitôt.

— Suivez Debbie, Peter, ça vaudra mieux pour tout le monde.

Le conseil de George ne passe pas. Du tout. Il fait même tressauter la mâchoire de mon ami, ce qui, à titre informatif, correspond chez lui au dernier signe qui précède une perte de contrôle.

Sentant la situation m'échapper, je pose une main tranquillisante sur l'épaule de Peter.

Je n'imaginais pas que quatre adultes sensés tomberaient dans un piège aussi banal que la jalousie. Je fais vraiment preuve d'une virtuosité épatante pour les problèmes.

— Ne gâche pas la journée de Graham, *parce*.

À sentir la contraction de ses muscles sous mes doigts, je ne suis pas certain qu'il l'entende de cette oreille.

9

LE TEMPS D'UNE NUIT

♫ *Sour Patch Kids – Bryce Vine*

JANHVI

Peter perd rarement le contrôle de ses émotions.

Déjà au collège, à l'époque où je sortais avec Parker Sanders, sa sérénité faisait pâlir les plus flegmatiques. Il ne prenait jamais la mouche quand un professeur nous imposait un contrôle surprise. Les cantinières l'adoraient parce qu'il mangeait des légumes bouillis sans se plaindre de l'odeur infecte qui s'en dégageait. Mieux encore, il répondait par un sourire à chaque fois que Parker lâchait « *Ave Caesar, morituri te salutant !* » en entrant dans la salle du cours d'histoire... Personne ne supportait la passion de mon petit ami pour la Rome antique, ni ses habitudes étranges du mardi matin, celles qui consistaient à se prendre pour un gladiateur. Peter, lui, acceptait.

Il acceptait et il soutenait. C'est comme ça qu'il fonctionne.

Aussi, je ne reconnais pas la lueur agressive qui transperce actuellement son regard. George éveille une part cachée de sa personnalité, celle faite de pulsions et de secrets.

L'ambiance se tend, si bien que Leandro pose une main sur son épaule, avant de lui murmurer un mot à l'oreille.

Sûrement une parole apaisante. Au même moment, les notes de guitare s'interrompent au milieu du morceau.

J'imagine que Graham sent lui aussi les mauvaises vibrations, et elles l'inquiètent assez pour mettre ses obligations de musicien en pause.

— Allez *parce*, viens, entends-je Leandro chuchoter.

Peter finit par pivoter sur ses talons, non sans un dernier regard pour George. Mes amis s'éloignent de nous avec Debbie sur leurs talons.

Trop d'incompréhensions commencent à percer dans notre groupe. J'ai de plus en plus de mal à anticiper les réactions des uns et des autres, au point de croire que Peter aurait été capable d'en venir aux mains. C'est ridicule, non ? *Oui, bien sûr que ça l'est...*

— C'est un homme charmant.

George avale une gorgée de son cocktail avec l'œil pétillant. Cette prise de tête a l'air de l'amuser.

— Il n'est pas comme ça, d'habitude.

— Je n'en doute pas.

— Je veux dire, Peter est éduqué. Il est ouvert d'esprit, compréhensif et calme. Il n'a pas tenté de vous manquer de respect, il s'est juste défendu.

Le silence me force à quitter mes amis du regard. George me contemple avec une impassibilité curieuse.

— C'est vous qui le défendez, observe-t-il.

— Je vous demande pardon ?

— Malgré les tensions qui crépitent manifestement entre vous, vous êtes en train de prendre son parti.

— Vous ne l'avez pas épargné, en même temps.

— Pour une fois qu'un adversaire intéressant se tenait devant moi, je n'allais pas me priver !

George est un joueur. C'est une remarque que je me

suis faite au cours du dîner chez mes parents, et elle se confirme ici : il s'amuse dans sa façon d'échanger avec les gens. Il les taquine pour les pousser dans leurs retranchements. Il joue à l'avocat véreux, à l'homme orgueilleux et il joue sans doute avec les femmes. C'est une manière comme une autre d'avancer dans un monde d'adultes pour qui veut cacher son cœur d'enfant.

— George, il faut que je vous dise quelque chose.

— Je vous écoute.

— Vous feriez un petit ami vraiment merdique.

La surprise défroisse son visage.

— C'est ce qu'elles m'ont toutes dit ! admet-il en riant. Il faudrait que je songe à me remettre en question, un de ces jours !

— Restez vous-même. Vous n'attirerez jamais la bonne sans être honnête.

— Et puis, il paraît que les petits amis horribles font de bons amis.

— Tant qu'ils ne sont pas des ex, oui.

— Dans ce cas, nous cochons toutes les cases.

Je mets un instant à comprendre son insinuation.

— Est-ce que vous me demandez d'être votre amie ? fais-je, stupéfaite.

— Ça vous dérangerait ?

— Je ne sais pas. La dernière fois qu'on m'a posé cette question, je devais avoir sept ans et demi.

Absolument pas gêné par cette proposition pleine de candeur, il attend patiemment ma réponse.

— Oui, George, j'accepte d'être votre amie, dis-je alors.

Il sourit, les yeux brillants d'une étincelle que j'ai du mal à interpréter, puis il scelle notre accord en terminant son verre d'un trait. Ce mélange d'assurance et de malice me fait vite oublier l'idée qu'il puisse exister une once d'innocence chez cet homme. Il vient littéralement de m'amadouer.

— Vous êtes fourbe, j'espère que vous le savez.

— Ça fait partie de mes qualités, oui. Et j'en ai une autre, encore plus intéressante.

— Laquelle ?

— Je suis observateur.

Il pose son verre vide sur le plateau d'un serveur qui serpente entre les invités, puis complète à voix basse :

— Si vous n'aviez pas été là, Peter ne m'aurait jamais tenu tête aussi longtemps. Vous lui direz que je m'excuse pour la bousculade, bien qu'elle ait été nécessaire. Je vous laisse, Debbie est seule avec Mark, ça n'annonce rien de bon. Ah ! et je suis impatient d'assister à votre exposition. C'était un plaisir, Janhvi, à bientôt.

Il rejoint l'avocate qui, bras croisés, écoute Mark Hampton, lui-même nerveux. La silhouette charismatique de George se mêle à leur conversation tendue avec une juste dose d'impertinence.

Va jouer au sauveur, Superman.

Cherchant mes amis du regard, je les retrouve dans le renfoncement où Graham a installé son tabouret. Ils font de grands gestes, se pointent simultanément du doigt, comme si une centrale nucléaire avait explosé et qu'il fallait à présent désigner l'imbécile qui a appuyé sur le gros bouton rouge.

— ... pas notre faute !

— Mark est venu me voir à trois reprises pour me demander de « tenir mes assistants » ! suffoque Graham, alors que je les rejoins.

— Il se passe quoi ?

Ce dernier soupire de désarroi.

— Il se passe que le propriétaire de ce penthouse refuse de me payer la prestation.

— Quoi ? Mais pourquoi ?

— Parce qu'on manque de professionnalisme, me répond Peter.

L'air renfrogné, il évite mon regard, préférant braquer son attention sur l'humeur volcanique de l'Écossais.

Voir Graham dans cet état mériterait une photo souvenir.

— Mark a deviné qu'on n'a jamais travaillé dans le monde de la musique ? supposé-je.

Les zones d'ombres s'éclaircissent. Je réalise que Graham n'a pas arrêté de jouer parce qu'il a vu l'accrochage entre Peter et George, mais parce qu'on lui a demandé de quitter cet endroit sans le salaire qui allait avec. Forcément, ça agace un peu.

Je comprends aussi que les garçons ne se battent pas, ils essaient de contenir la frustration de leur ami, qui n'arrête plus de répéter combien cette décision est complètement arbitraire et totalement injuste.

Debbie réapparaît au moment où le visage de Graham atteint la couleur mature d'une aubergine.

— Je suis désolée, j'ai essayé de le faire changer d'avis mais…

— Nous devons partir, conclut Leandro.

— Tu n'as pas signé de contrat qui stipulerait le versement obligatoire d'une certaine somme, même en cas de litige ? se renseigne Peter.

— Je ne lis jamais les petites lignes, rétorque Graham. C'est déjà assez compliqué de se faire embaucher, alors j'évite de négocier les clauses.

— Je le répète sans cesse à mes clients : ne pas prendre acte de tous les détails d'un contrat, c'est une erreur à ne surtout pas commettre, déplore Debbie.

— Vous ne pouvez vraiment rien faire ?

— Mark est dans son droit, dit-elle à Peter. Et comme vous n'êtes pas de véritables assistants… Disons que le mensonge ne plaide pas en votre faveur.

Nous sommes entourés d'avocats qui alimentent le cercle amical de Mark Hampton. Essayer de négocier reviendrait à se retrouver au milieu d'une attaque groupée de piranhas. Nous n'avons aucune chance.

Graham, qui arrive au même constat, finit par observer un long moment de silence. Il lutte afin de ravaler sa colère. Debbie semble avoir de la peine pour lui.

— Comptez sur moi pour vous engager dès que j'aurai besoin de vous, promet-elle.

Sincère gentillesse ou tentative pour se faire bien voir ? Je ne sais pas. Les femmes qui gravitent trop près de mes amis me font toujours douter de leurs intentions.

Debbie reste près de Peter le temps que nous ayons rassemblé les affaires, et cette vision ne m'enchante pas. Seules des bribes de leur discussion m'arrivent aux oreilles, des mots aussi anodins que « plaisir » et « échange », mais chacun d'eux appuie sur mon sternum à m'en couper la respiration.

Voilà pourquoi j'évite mon meilleur ami depuis des semaines. Pour ça. Pour l'oppression désagréable qui se forme dès qu'il se retrouve avec une femme. Que ce soit la livreuse qui apporte le carton de la nouvelle machine à café à la maison, la serveuse de la trattoria qui a ouvert sur Connecticut Avenue le mois dernier ou une avocate fringante, je subis les assauts de la jalousie à une fréquence infernale.

La logique m'a abandonnée. Je suis fichue. Bonne pour embarquer sur un brise-glace et aller vivre en autarcie avec les éléphants de mer d'Antarctique.

Malgré la réconciliation post-dismute, j'ai été incapable de reprendre où nous nous étions arrêtés. Les câlins sur le canapé ne sont plus d'actualité. J'ai peur que notre proximité ne me fasse un peu trop plaisir. Que je culpabilise d'apprécier son odeur. Que ses bras me réchauffent ou que ses baisers platoniques me tordent le ventre. En résumé, je suis tétanisée par les réactions de mon corps. Alors, je fuis. L'instinct de survie.

Le penthouse est quitté dix minutes plus tard, dans une ambiance morose. Graham et Mark ne prennent pas la peine de se souhaiter les banalités d'usage. Et si George m'accorde un salut de la main, Debbie dédie le sien à Peter.

Ne mélange pas tout, Janhvi. C'est une brûlure d'estomac, rien d'autre.

Dans l'ascenseur, personne ne parle. Les portes se referment dans un lent mouvement de métal huilé. Les étages sont annoncés par une sonnette numérique. Je m'efforce de ne pas me laisser aller à mes émotions.

— J'ai volé une bouteille de champagne.

L'annonce de Leandro flotte dans la cabine aseptisée.

— Elle est sous ma veste, ajoute-t-il d'une voix bredouillante. Vous pensez que Mark Hampton a installé des caméras chez lui ? Parce que je suis à une phalange de petit orteil de faire une crise d'angoisse.

Un silence de plomb suit sa remarque.

— C'est la première fois de ma vie que je vole quelque

chose, et c'est de l'alcool. Je ne sais pas ce que ça raconte sur moi.

— Probablement que tu ne crains pas ton karma, dis-je.

— Ou que tu as un problème d'addiction, tente Graham.

— Ou que tu as bon goût, renchérit Peter.

L'ascenseur poursuit sa descente.

— Vous croyez qu'il a prévenu quelqu'un ?

— Il a dû appeler la police, opine Peter.

— On t'attend sûrement à la sortie de l'immeuble, confirme Graham.

— Quelle est la peine de prison encourue pour braquage de champagne ? demandé-je.

— Au moins trois mois. Peut-être plus, ça dépend de la marque. Tu as dérobé quoi, Leandro ? Veuve Clicquot ? Moët ?

— Dom Pérignon.

— Ouh !

Peter et Graham émettent un long sifflement, avant de grimacer. Leandro, qui comprend enfin, lève les yeux au ciel.

— *Dios*... Vous m'insupportez quand vous faites ça !

Nos rires étouffés l'accompagnent jusqu'à la voiture. Le son infuse une douce tiédeur dans mon cœur.

Le faux pas du penthouse laisse quelques traces chez Graham, mais elles s'effacent dès que les critiques à l'encontre de Mark Hampton fusent dans l'habitacle. Parfois, extérioriser sa colère permet de retrouver plus vite le chemin du bonheur.

Je jette plusieurs coups d'œil à Peter pendant le trajet. Comme un automatisme, une impulsion. Ce besoin de regarder son profil n'a pas lieu d'être, mais je vérifie quand même que tout est toujours à sa place, depuis la ride imprimée sur son front au puzzle de grains de beauté sur ses joues.

C'est nouveau, tout ça. Cette insatisfaction grandissante. L'impression de défier des interdits pour un bête regard ou une simple pensée.

Peter a toujours été soigneusement rangé dans la case de l'amitié fraternelle. Il y a installé ses affaires plus de vingt-deux ans en arrière et il ne m'est jamais venu à l'esprit qu'il pouvait migrer ailleurs.

Ce n'est pas cohérent. Ce changement me perturbe au plus profond de mon être.

— Graham, tu voudrais bien me déposer au musée, s'il te plaît ?

Ses prunelles interrogatives m'observent à travers la fente du rétroviseur.

— Maintenant ? Il va bientôt faire nuit.

— J'ai une tonne de travail en retard pour l'exposition. Je le rattraperai plus vite en étant sur place.

La proximité de Peter entraîne une anarchie dangereuse dans mes pensées.

Alors une fois encore, j'opte pour la fuite.

PETER

Graham et Leandro insistent pour accompagner Janhvi à l'intérieur du Smithsonian ; je crois qu'ils ont trop regardé *La Nuit au musée* et qu'ils s'attendent à voir courir des statues de marbre dans les allées.

— On sera discrets, lui assure Leandro.

— Ce n'est pas la question... Vous n'avez pas de badge, Huston ne vous laissera pas entrer.

— Huston t'adore !

— Peut-être, mais...

Elle ne résiste pas longtemps. Depuis un moment, Jan a arrêté de défendre ses intérêts ; négocier ou tenir tête, que ce soit pour le choix du repas ou le roulement du matin dans la salle de bains la plus spacieuse, ça ne fait plus partie de ses impératifs. Elle s'efface. Elle laisse couler. Et avec moi, elle n'intervient même plus du tout.

Les portières claquent les unes après les autres. Je me contente de faire un signe de la main depuis l'intérieur de la voiture, l'envie de crapahuter entre des momies et des crânes flétris ne me faisant vraiment pas envie.

Comme Leandro l'a prédit, Huston les laisse entrer dans l'enceinte ; Janhvi a un effet adoucissant sur cet homme. Ils s'engouffrent rapidement à l'intérieur pour se faire engloutir par la carcasse du bâtiment. Démarre pour moi une longue, une très longue attente.

Mes pensées sont occupées par un paquet de réflexions parasites.

Mark Hampton et sa calvitie naissante. Les invités plus pompeux qu'une famille royale. Les huîtres Rockefeller. Debbie Montgomery. George Town.

Une flamme me remonte dans le cou.

George.

Cet homme dépasse tous les Cole Roston de la planète. Là où l'ex de Jan pouvait se montrer aussi stupide que l'oiseau kakapo – lequel est menacé d'extinction à cause de son manque de neurones –, la finesse d'esprit de George mérite un minimum de respect de ma part. C'est pour ça qu'il est redoutable.

J'ai transgressé ma ligne de conduite en entrant dans son jeu, et je le regrette amèrement. Sa présence a suffi à raviver toutes les émotions que je m'étais efforcé d'enfouir. Exaspération. Rancœur. Colère. C'est un peu comme si je bataillais depuis des semaines pour éteindre un immense brasier avec le pied, et qu'il débarquait d'un coup avec la bouche en cœur, des bûches et un fichu briquet. Le bonheur. Je n'ai pas supporté qu'il me parle, qu'il me regarde. Qu'il lui parle, qu'il *la* regarde.

Chaque fois que je tente de contrôler mes émotions, elles m'explosent en pleine figure et éclaboussent tout ce qui se trouve autour. Je suis une foutue bombe à retardement…

Le temps défile et s'allonge sans que les trois énergumènes réapparaissent. C'est en explorant le véhicule à la recherche du champagne – une envie soudaine de noyer des cellules grises fatiguées de trop réfléchir – que je m'aperçois du vice caché de Graham et Leandro.

— Ces enfoi...

Ils sont partis avec la bouteille.

Connaissant la passion inexistante de Graham pour les lieux de culture, j'aurais dû me douter qu'il n'avait aucune intention de se la jouer Ben Stiller sous le plafond voûté du Smithsonian...

— Cette bande de...

N'en pouvant plus, j'abandonne le break familial pour les rejoindre.

Huston, en haut des escaliers, m'accueille avec une main sur la hanche et l'autre vissée sur sa matraque télescopique. Si Janhvi ne disait pas de ce vigile qu'il est « aussi sympa qu'une baleine bleue », je serais beaucoup moins à l'aise.

— Bonsoir, Huston.

Conforté par sa corpulence vraiment massive, il me barre l'accès à la porte d'entrée.

— Je suis Peter Pendleton, un ami de...

— ... Mlle Thapar, je suis au courant, oui.

— Elle est entrée ici il y a un moment avec...

— ... M. Galeano et M. McConnel.

— C'est ça. Et ils ne sont...

— ... toujours pas ressortis.

— Je me demandais si...

— Non, tranche-t-il.

Loin de baisser les armes, je lui souris.

— Je suis conscient de ne pas avoir de badge, mais vous me connaissez bien, Huston.

— Pas du tout, non.

— Vous m'avez déjà croisé plusieurs fois. Je récupère

Janhvi après le travail de temps en temps. Je suis une personne de confiance. Un type bien.

— Vous n'entrerez pas, monsieur Pendleton.

— Même si je vous soudoie ?

— C'est une plaisanterie ?

— Absolument, oui.

Je déglutis, le son résonnant dans le silence de la nuit.

— Écoutez, je...

— Je vous ai dit non ! s'impatiente-t-il.

— Que vous ont promis Leandro et Graham pour que vous les autorisiez à passer ? Vous leur faites un traitement de faveur.

— Rien que vous ne puissiez me donner.

— De l'alcool ?

Ses yeux se plissent à tel point qu'ils ne forment plus que deux fentes suspicieuses.

— Vous insinuez quoi ? Que vos petits camarades ont fait entrer de l'alcool dans l'enceinte du Smithsonian ?

Ce sursaut de sévérité me donne l'impression d'avoir de nouveau quatorze ans. À l'époque, nos professeurs jouaient souvent la carte de la menace dans l'espoir qu'on dénonce nos amis ; que ce soit Janhvi, Graham ou moi, personne n'a jamais trahi les secrets du groupe. Liés comme les doigts de la main, dans la vérité comme dans les problèmes.

— Non, prétends-je, le souvenir me rappelant de protéger mes amis. Par contre, j'aimerais vraiment leur mettre la main dessus parce que je les attends depuis plus de deux heures, et que ce délai m'a, entre autres, permis de me déshydrater, de refaire trois fois le monde, et de rédiger une plainte imaginaire contre le concessionnaire qui a vendu un break aux sièges beaucoup trop rigides à mes amis. Je suis à deux doigts de la crise. Huston, je vous en prie, laissez-moi passer.

Au point où j'en suis, l'idée de m'agenouiller ne me traverse pas seulement l'esprit : je la considère sérieusement.

Le vigile doit sentir ma détresse car son expression change ; d'autoritaire, elle passe à résignée.

— Si Mlle Thapar n'est pas au département marin, vous la trouverez avec Henry.

Et il s'écarte pour me laisser passer.

— Je vous remercie, soufflé-je, soulagé.

Une fois à l'intérieur, je tombe d'emblée sur l'énorme éléphant que Janhvi vénère.

Henry ne déloge pas son amour pour l'océan de la première place du podium, mais c'est auprès de ce gros pachyderme qu'elle vient se ressourcer après une longue journée de travail. Huston n'a pas besoin de me le dire, c'est un secret que ma meilleure amie m'a confié il y a longtemps.

Les lieux, quasiment déserts, ne transmettent pas la même énergie qu'en pleine journée : les conversations ne résonnent pas sous la rotonde, les enfants ne crient pas, les vigiles ne défendent pas de toucher le verre et l'absence de bruits de pas ne donne pas l'impression qu'une colonie de fourmis a envahi les lieux pour une tentative de putsch.

Tout est paisible. Exactement comme Jan le décrit.

Poussé par la curiosité, je me perds dans les différentes sections.

Le hall des dinosaures et ses squelettes colossaux, maintenus dans les airs par des câbles en acier. Le hall des mammifères, une salle monumentale où des spécimens aussi incroyables que le rhinocéros blanc collecté en 1909 par Theodore Roosevelt – merci au panneau d'information – sont protégés par d'immenses vitres. Je découvre aussi le hall des origines humaines, qui retrace six millions d'années au travers de fossiles de crânes et de squelettes, avant d'atteindre le hall de l'océan.

La silhouette de Jan se découpe dans une salle où tous les éclairages tirent vers le bleu.

Une plongée à six mille lieues sous les mers. Les écrans géants, accrochés à plusieurs mètres du sol, partagent des images silencieuses de bancs de poissons. Des baleines, des calamars, des mâchoires de Mégalodon et des coraux sont mis en avant derrière des vitres qui réverbèrent la lumière des spots. Si des nageoires me poussaient d'un coup sur le corps, je trouverais ça parfaitement normal.

Je reviens sur Janhvi avec un petit sourire.

Concentrée, elle tapote un stylo contre ses lèvres. Son chignon est défait et elle a le regard fixé sur un animal dont le nom m'échappe. Elle nage clairement dans son élément.

— Phoenix.

Elle tourne brusquement la tête.

— L'un des animaux de ce hall s'appelle Phoenix, mais je ne me rappelle plus lequel, dis-je. Tu m'en as parlé le jour de ta rencontre avec Adele. On a discuté pendant plus de quarante minutes au téléphone, tu étais persuadée que tes chances de travailler dans ce musée avaient été réduites à néant à cause de ce « vieux tyran ».

Sa bouche disparaît dans un pincement. Échanger avec elle est devenu… laborieux, depuis la dismute. Quelque chose d'inexplicable s'est coincé entre nous. Comme une gêne. De mon côté, parce que j'essaie de m'en tenir au plan qui est celui d'une amitié sans ambiguïté. Du sien, parce qu'elle m'évite le plus possible.

— C'est la baleine, dit-elle en pointant l'index vers le plafond.

Un mastodonte d'une bonne dizaine de mètres tient en apesanteur au-dessus de nos têtes.

— Les scientifiques étudiaient ses migrations depuis 1987. Elle vivait au large des côtes de Géorgie, mais on l'a retrouvée plusieurs fois au Canada, dans la baie de Fundy. Phoenix, c'est un prénom qui marque sa capacité à se remettre des épreuves : elle a été gravement blessée par un filet de pêche en 1997. Après deux ans à vivre emmêlée à lui, elle a réussi à s'en sortir, mais des cicatrices sont restées sur sa queue.

— Une survivante, résumé-je.

— Comme beaucoup de mammifères marins, oui.

Le silence absorbe les secondes qui suivent. Par où commencer ? Que se raconter ? Il y a un vrai abcès à crever, mais je ne sais pas de quelle façon m'y prendre sans gâcher tous les efforts engagés ces dernières semaines. J'ai déjà fauté avec George. Hors de question de rechuter dans la même journée.

— Pourquoi tu n'es pas resté dans la voiture ? me demande-t-elle, le regard en biais, coupant le fil de mes réflexions.

— Leandro et Graham ont embarqué le champagne avec eux.

— Dans le musée ? Ils ne m'ont rien dit…

— J'étais venu pour leur rappeler que l'alcool se partage, mais mes jambes m'ont porté jusqu'ici à la place.

— Mince… Tu penses avoir perdu ou gagné au change, du coup ?

Ses iris noirs pénètrent dans les miens avec malice. C'est inédit. J'y vois aussi un peu de pudeur.

— Ça dépend… Tu comptes réciter l'historique de tous les fossiles présents dans la salle ?

— Tu en ressortirais avec des étoiles plein les yeux.

— Après la meilleure sieste de ma vie, je confirme.

Elle croise les bras contre sa veste bordeaux.

— Je ne suis pas un somnifère, Peter. Donne-moi un fan de pétanque et je te le transforme en activiste des fonds marins au bout de deux jours. J'ai plein d'histoires incroyables à raconter.

— D'après Graham, ces histoires en question sont capables d'endormir un homme de corpulence moyenne en six minutes et cinquante secondes.

— Graham n'a pas de tact.

— Son absence de diplomatie ne t'a jamais vexée.

— Non, c'est vrai. Mais je me ferai un plaisir de lui faire une lecture détaillée de la progression vers les pôles et de la migration en altitude des espèces marines dès demain, pile pendant sa gueule de bois. Et ça, crois-moi, c'est bien soporifique !

— Ta bonté d'âme m'émerveillera toujours.

Le sourire qu'elle esquisse diffuse un peu de chaleur en moi. Aussi bête que ça paraisse, cet échange me fait du bien.

— Jan, je suis désolé pour aujourd'hui, dis-je, poussé par la légèreté qui revient entre nous.

Elle cligne des paupières, surprise par le changement de sujet.

— Quoi ? Non, il n'y a rien de… Tu n'as rien fait.

— J'ai agi comme un imbécile avec George, si. Et je n'aurais pas dû. J'ai tendance à me prendre pour ton grand frère, et ça donne ce genre de scène où je me sens obligé de tester l'homme qui te tourne autour. C'est une malformation amicale que j'essaie de gommer, mais ça prend un peu de temps.

— Peter... pour la énième fois : George ne me tourne pas autour. Il m'a demandée en amie.

— Sur les réseaux ?

Elle se pince les lèvres, amusée.

— Non, dans la vraie vie. C'est une longue histoire, mais je peux te promettre qu'à aucun moment il n'y a eu de paroles ambiguës entre nous. Il ne m'intéresse pas. Enfin, pas comme tu as l'air de le penser.

Je crois qu'elle est sincère. Leandro aurait sûrement un doute, mais il ne sait pas que Janhvi est incapable de me mentir et en même temps de me regarder dans le fond des yeux. En vingt-deux ans d'amitié, ses tentatives n'ont jamais abouti.

— OK, acquiescé-je, soulagé.

— Tu n'auras pas à me traîner dans un autre de tes codes H. Pas avec lui, en tout cas.

— Tu me vends du rêve...

Elle m'envoie aussi un poing dans l'épaule. Vieux réflexe. Par automatisme, j'attrape sa main avant qu'elle ne s'échappe.

C'est en sentant la chaleur de sa peau contre la mienne que je réalise combien son contact m'a manqué. À partir de là, tout remonte à la surface.

La torsion dans le ventre. La tension dans la nuque. La frustration dans le cœur.

Mes nerfs s'électrisent un à un. Un coup d'adrénaline. Je n'ai pas le temps de comprendre ni de juguler l'afflux d'émotions. Deux coups d'adrénaline. Je déglutis. Trois coups d'adrénaline. Je suis foutu.

J'ai passé des semaines à me battre pour ne pas rechuter, et quelle bataille utile… Parce qu'à la seconde où elle me touche, toutes mes putains de convictions volent en éclats.

JANHVI

Quand Peter se met à sourire, je perds le contrôle de la machine censée obéir à mon cerveau.

Ma gorge se serre. Mon sang pulse. Mes jambes deviennent cotonneuses et mon ventre se met à picoter. Mon corps entier déraille…

Comment résister à un sourire pareil ?

— Ça fait tellement longtemps qu'on ne s'est pas touchés qu'on a l'air de deux empotés, chuchote-t-il.

Je prends alors conscience de nos positions : immobiles, au milieu de la section marine du musée. Et sa main qu'il a gardée dans la mienne. Est-ce qu'il sent le « truc » indéfinissable qui relie nos deux paumes, lui aussi ?

— Tu crois que la dismute a cassé quelque chose ? demandé-je du bout des lèvres.

— Tu as l'impression qu'on est cassés ?

— J'ai le sentiment qu'on est différents.

Mon constat le fait réfléchir.

— Je pense plutôt que je suis redevenu moi-même, admet-il.

— C'est-à-dire ?

— Le Peter Pendleton que tu connais depuis toujours.

— Alors pourquoi j'ai la sensation que…

— Que quoi ?

… *Que mon cœur va exploser ?*

Aussitôt la pensée formulée, je la refoule au plus profond de moi. Elle n'a pas de sens. Elle ne devrait pas exister.

Je me compose un air serein et me détache de ses doigts. Le manque est immédiat. Alors, et pour ne pas flancher, je me raccroche à la vision du cœlacanthe installé derrière une vitre, juste à côté de lui. La bouche ouverte du poisson fossilisé m'aide à penser à autre chose.

Peter sait lire dans mon regard, une aptitude qui ne me rendrait vraiment pas service en ce moment ; il n'est pas question d'avouer qu'à l'inverse de lui, je ne pourrai plus être la Janhvi d'avant. Celle qui n'était que son amie.

— Rien, oublie. Une petite visite virtuelle, ça te dit ? J'aurais bien besoin d'un avis extérieur, histoire de savoir si l'exposition donne envie ou s'il faut que je recommence tout à un mois de l'avant-première.

Désinvolture et légèreté. *Sois désinvolte et légère.*

Si mon comportement le rend sceptique, il ne dit rien. Ni quand je me racle la gorge, ni quand le sang vient me réchauffer les joues.

— Montre-moi ce que tu as dans le ventre, Thapar.

Il me suit sans rechigner au travers d'un hall dont l'organisation n'est pas finalisée. Les pièces choisies sont encore à la zoothèque, toujours sous bâche pour le moment. Je le guide donc au cœur d'une exposition imaginaire. Elle n'existe pour l'instant que dans mon cerveau et sur les multitudes de plans que j'ai créés. Un univers fictif, mais pour lequel je me bats depuis mon arrivée au Smithsonian.

— Là, il faut que tu visualises un immense compteur

numérique. Les visiteurs seront obligés de passer en dessous pour entrer.

— Il comptabilisera quoi ?

— Le plastique qui se déverse dans l'océan en temps réel : deux cent cinquante kilos par seconde.

— Super. C'est joyeux.

— Au départ, je voulais remplir la pièce de matière biodégradable : à l'aide de souffleuses, tout l'espace aurait été recouvert jusqu'à l'étouffement pour symboliser l'asphyxie des fonds marins. Mais Adele trouvait l'idée trop extrême, donc on a coupé la poire en deux.

— Je vois…

— Et là-bas, dis-je en pointant la cage de verre qui renferme la mâchoire du Mégalodon, il y aura un guichet avec plusieurs cartes à piocher. Le visiteur pourra choisir de découvrir l'exposition selon différents points de vue : flore marine ou faune marine, avec un ajout spécifique pour les oiseaux.

— Les oiseaux ?

— Ils sont aussi victimes de la pollution des océans, je t'en ai déjà parlé. Neuf décès toutes les cinq minutes. Les évoquer est indispensable.

Lui parler de l'impact du réchauffement climatique, du déséquilibre de la chaîne alimentaire qu'il entraîne, de l'atteinte au cycle du carbone, de la mort des récifs coralliens, et plus généralement d'une véritable apocalypse environnementale me permet d'oublier la tension dans ma nuque.

Durant mon monologue, son regard s'accroche à mon visage. Il en étudie chaque détail dans un silence attentif, depuis l'extrémité de mon front jusqu'à la pointe de mon menton. C'est très troublant.

Je sais qu'il m'écoute, mais sa curiosité a de quoi déconcentrer ; je m'emmêle plusieurs fois dans mes explications. Je finis même par bafouiller, ce qui le fait de nouveau sourire.

— Ne te moque pas, j'essaie de te vendre mon sujet ! lui rappelé-je, de moins en moins à l'aise.

— Tu es en train de perdre tes moyens. Et pour ton information, c'est adorable.

— De me voir patauger ?

— De constater que tu tiens tellement à ton exposition que le fait d'en parler à un ami t'intimide. Tu accomplis même l'exploit de bégayer ! Je suis impressionné.

Impressionné ? Moi, je suis pétrifiée. Plus je tente de me raisonner, plus mon cœur cafouille.

— C'est bien ce que tu fais, Jan.

Tandis que je lutte pour réguler mon pouls, il affiche un calme absolu. Une véritable force tranquille contre une tempête en devenir.

— Cette exposition fonctionnera, j'en suis sûr. Je suis fier de toi.

— Merci, Ross.

Sa lèvre remonte dans un tic nerveux ; il n'appréciera décidément jamais ce surnom.

— En parlant de Ross : j'ai su que tu avais invité Erin à l'avant-première, rebondit-il.

— Comme quoi…

— Tu as changé d'avis à son sujet pour en arriver à un tel revirement ?

— Disons que j'apprends à me modérer. Erin fait partie de ton entourage, il fallait bien que je lui propose une place à l'avant-première.

Le soupçon dans ses iris me laisse penser que j'ai manqué de conviction.

— Il y a autre chose...

— Rien, non.

— Si. Je suis sûr qu'il y a autre chose.

— Je deviens plus mature, c'est tout. Et si tu te demandes pourquoi, la réponse est simple : Erin ne sera jamais ma meilleure amie, mais je fais des efforts pour concilier mes réticences et tes espérances. La vie d'adulte, ça fait voir le monde de façon plus philosophe.

— Non. Il y a encore autre chose.

Il me rejoint en une enjambée. Les battements de mon cœur s'accélèrent, et je me mets à regretter l'absence de ventilateur dans la pièce. *Que fait-il aussi près, bon sang ?*

— Pourquoi tu as invité Erin à ton avant-première, Jan ?

— Parce que j'essaie d'être une bonne amie, je viens de te le dire.

— Ou tu as fait quelque chose que tu regrettes.

— Que... Hein ? Non.

— Si. Je le vois dans ton regard. Et pour contrebalancer ton karma, tu as accompli une bonne action derrière.

Je le fixe, perdue.

— J'ai raison, c'est ça ? L'invitation d'Erin n'a rien à voir avec ta théorie sur la maturité.

— J'ai aussi pensé à mon exposition, oui, c'est vrai... Il faut des gens pour que le bouche à oreille fonctionne.

— Et tu t'es dit qu'une assistante vétérinaire avec qui tu ne t'entends pas t'aiderait dans ce sens, conclut-il, sceptique. Je croyais que, hormis tes proches, Adele Bobberson attendait uniquement la présence du gratin de DC.

Prise au piège, je laisse planer un blanc entre nous. Il me fixe avec une inflexibilité qui m'empêche de me défiler.

Le mal-être m'inonde. La tension gagne encore du terrain. Et bientôt, la vérité toque à mes lèvres.

— Jan ?

Non. Je ne peux pas.

Si j'ouvre la bouche, je ne pourrai plus faire marche arrière. Fini. Je lui révélerai mon secret, et comme il possède suffisamment de neurones performants, il comprendra vite que notre amitié ne pourra plus durer. Du moins, sous la forme qu'elle a aujourd'hui.

Je ne peux pas, non.

— Dis-moi ce qui se passe, s'il te plaît.

Il me prend par les épaules. Son menton s'abaisse pour mieux m'observer. Je lutte contre les mots qui tiennent absolument à sortir et lui s'enfonce encore dans mes prunelles, les fouille sans relâche. S'il continue, il découvrira la vérité tout seul.

Je ne peux pas.

Mais je n'ai pas le choix.

— J'étais jalouse.

Le souffle court, je déglutis. Mes tempes se mettent à brûler sous la pulsion du sang qui s'y déverse.

— Je suis retournée te voir après la course caritative et je vous ai vus tous les deux en train de discuter. Tu avais l'air proche d'elle et ça m'a rendue… jalouse, dis-je en tâchant de paraître calme. Quand je suis retournée à mon bureau, j'ai préparé la liste des invités pour l'exposition, mais je n'arrêtais pas d'y repenser. Ça me polluait la tête. J'ai invité Erin parce que c'était ce qu'il fallait faire, ça faisait de moi quelqu'un de « bien ». Mais en vérité, ça m'a déchirée de l'intérieur.

Je ne réfléchis pas à la manière dont l'explication est transmise ; maintenant que la purge a commencé, elle doit impérativement se terminer.

— Ça a été encore plus douloureux et violent que ce que je ressentais chaque fois que je la croisais à la maison. Parce que cette fois, tu n'étais plus en couple avec elle. Cette fois, il n'y avait plus que toi. Toi qui avais peut-être envie de revivre une histoire perdue. Ce « peut-être », cette possibilité, je ne l'ai pas supportée.

Tout ce que je distingue se résume à deux iris brillants, qui me fixent à travers la pénombre bleutée du hall.

— Continue, murmure-t-il.

— Après avoir invité Erin, j'ai compris que quelque chose n'allait pas chez moi. La colère ne partait pas. Et j'étais toujours aussi jalouse. Je me détestais de ne pas avoir le comportement « normal » d'une amie, et je me suis mise à t'en vouloir de me faire ressentir ça... Alors, j'ai envoyé un message à George.

Ses sourcils se froncent davantage.

— Pour quoi faire ?

— Pour l'inviter, lui aussi. Parce que Leandro n'arrêtait pas de dire que George et moi avions des atomes crochus et...

C'est là. Là, à cet instant précis, que mon cœur s'arrête momentanément de battre.

— ... et parce qu'en règle générale, tu n'aimes pas les hommes qui m'approchent.

Lui avouer que j'ai tenté de le rendre jaloux avec une méthode hasardeuse fait redescendre mon niveau de maturité à celui d'une gamine.

Adele Bobberson et sa liste d'invités VIP m'offraient

l'excuse idéale, et j'en ai profité. J'ai voulu piquer mon meilleur ami à travers un autre. J'ai agi comme une idiote.

— Ce qui en est ressorti au final, c'est de la culpabilité. Beaucoup, beaucoup de culpabilité. J'ai eu tort. Je te demande pardon, Peter.

Je m'en veux terriblement.

L'amitié de Peter, j'y tiens depuis toute petite, et ma jalousie ne date pas d'hier. Erin en représente le point culminant, mais la plupart des filles et des femmes qu'il a fréquentées n'ont fait que nourrir ce sentiment. Mon amitié a toujours fonctionné de cette façon. Bizarrement. Avec cette part de possessivité.

Sauf que je ne pensais pas que ce défaut muterait un jour. Qui l'aurait cru ? Je l'aimais comme un frère et soudain, du jour au lendemain, tout a changé. Ses sourires sont devenus plus lumineux. Ses regards, plus intenses. Sa présence, plus suffocante. Je n'ai jamais demandé à ce que mon regard se modifie, ça n'était pas sur mon agenda de vie. *Et pourtant…*

Fébrile, j'attends sa réaction.

Son visage ne donne aucune information. Je n'arrive ni à lire ses traits, ni à savoir ce qu'il compte faire. Vu sa tête, il se peut même qu'il n'ait pas entendu mes aveux.

C'est dans ce mélange de peur et d'incompréhension qu'il empoigne ma nuque.

Je déglutis.

Quand il se penche vers moi, une brûlure immédiate passe dans mon bas-ventre. La distance entre nous se réduit. Mon corps se tend. Et, alors que ses lèvres sont sur le point de toucher les miennes, il dévie de sa trajectoire.

Son menton se lève.

Et il m'embrasse.

Sur le front.

Sa bouche s'imprime sur ma peau pendant de longues secondes, aussi chaude et réconfortante que ma déception est abyssale.

— Je ne t'en veux pas, me glisse-t-il à l'oreille.

Je m'efforce de sourire. Au moins, il m'a pardonné. *Comme si ça suffisait...*

Des bruits de pas se réverbèrent contre les murs. En voyant les garçons débarquer, Peter se détache doucement de moi, comme si j'avais la fragilité du verre.

— On essaie d'éviter Huston depuis tout à l'heure, quelqu'un lui a dit qu'on avait introduit de l'alcool dans le musée !

Peter répond une phrase que je n'entends pas et les rejoint, tout sourire.

Une vérité dérangeante s'impose à moi pendant que je l'observe : la franchise ne m'a pas soulagée. J'ai eu beau livrer mes émotions et ma culpabilité sur un plateau d'argent, je me sens toujours aussi mal.

10

L'EXPOSITION

♫ *Silly Happy Wild – Tanika Charles*

GRAHAM

— Et celui-là ?

Leandro balaie mon costume du regard pour y traquer le plus petit défaut. Une couture abîmée, un fil qui pend, une tache indélébile… Je guette son verdict, impatient. Le jeu des essayages n'a jamais été une passion chez moi.

Téléphone contre l'oreille, il finit par rejeter ma tenue d'un vague mouvement de la main, et retourne aussi vite à sa conversation.

— *No. La exposición sobre la vida marina… Jan está muy preocupada por el impacto de…*

Je jette les vêtements sur le lit d'un geste désespéré, au-dessus de l'énorme pile qui s'accumule depuis un bon moment.

Le désordre règne dans notre chambre. Au sol. Sur les meubles. Partout. Pendant que j'observe l'ampleur de la catastrophe, un nœud papillon se permet même de glisser le long de notre halogène. L'espagnol de Leandro, lui, continue de flotter dans la pièce.

L'avant-première débute dans une heure et personne n'est prêt.

Jan a quitté la maison très tôt ce matin, dans un état de surexcitation qui ne présageait rien de bon. Une cafetière n'aurait pas été plus nerveuse. Le stress et la fatigue accumulés au fil des semaines ont transformé son visage ; au moment de lui souhaiter bonne chance, elle arborait des valises violacées sous des yeux injectés de sang. Les nuits passées à peaufiner les derniers détails de son exposition ont eu raison d'elle.

— *... informaciones que se publican en el sitio web, mamá...*

Alors que je passe ma penderie au crible – pour la énième fois –, Leandro fait les cent pas. Ses parents ont reçu un carton d'invitation de la part du Smithsonian, mais le voyage depuis la Colombie était trop pénible à mettre en place. Ils ont décliné la proposition tout en promettant à Janhvi de trouver un moyen pour découvrir son travail, coûte que coûte. Et c'est à Leandro de leur fournir le moyen en question.

Depuis une vingtaine de minutes, il tente d'expliquer à sa mère que le site Internet du musée diffusera bientôt le contenu de l'exposition. Le problème étant que Rosmary Galeano ne comprend pas tout aux nouvelles technologies ; le message met un peu de temps à passer.

Je finis par choisir une veste de smoking dont les manches m'arrivent à peu près aux poignets, une chemise propre et une paire de chaussures neuve. C'est le mieux que je puisse faire. Adele Bobberson et son snobisme devront s'y faire.

Une silhouette passe dans le couloir alors que je boutonne ma chemise.

Peter.

Comme moi, il n'est qu'à moitié habillé. Et comme Leandro, il paraît débordé.

— Qu'est-ce que tu fais à cet étage ? demandé-je, surpris.

— J'ai besoin de votre salle de bains.

Il me faut un instant pour remarquer l'asymétrie sur son visage.

— Problème de rasoir électrique ? dis-je, captivé par le large rectangle sans poils perdu au milieu d'un début de toison, sur son menton.

— Ou de courant dans la salle de bains. Ne ris pas, ce n'est pas le jour.

— Comme si… Notre salle de bains est toute à toi, Ross.

Je le vois à peine passer la porte qu'un juron explose à travers le couloir.

— Tout va bien ?

— Il y a une fuite !

— Quoi ?

— Une fuite, putain ! Une putain de saloperie de fuite de merde à la con !

Même Leandro arrête momentanément de s'expliquer au téléphone.

De l'eau stagnante recouvre effectivement le sol de la pièce que je rejoins au pas de charge. Une flaque s'étend depuis le tapis de bain jusqu'aux chaussettes de Peter.

Un Peter à l'humeur bestiale. Il a dû se lever du mauvais pied.

— Il faut éponger, dis-je.

— On va finir par être en retard, grogne-t-il.

— Personne ne sera en retard, décrète Leandro.

Il nous dévisage tour à tour, l'air plus grave que jamais. La voix étouffée de sa mère, qui hurle contre son épaule, ne semble pas l'inquiéter, à peine le déranger. Quand il lève le menton, je comprends pourquoi.

El procesador a pris possession de lui. La machine infernale de l'organisation est de retour.

— Le numéro du plombier est accroché sur la porte du frigo. Graham, appelle-le immédiatement.

J'acquiesce. Quand un Galeano distribue des ordres en temps de crise, on obéit. Pas de discussion.

— Le temps qu'il arrive, tu changeras de chemise : crème ou beige, mais pas indigo, c'est une faute de goût impardonnable. Peter…

— Je suis là.

— … prends mon rasoir, les piles fonctionnent encore. Tu mettras de nouvelles chaussettes, il y a plusieurs paires à la buanderie, dont une mauve. Janhvi aime le mauve. Et n'oublie pas de te coiffer, tu as l'air d'un hérisson sur le point de se faire tirer dessus par un chasseur.

— Et l'eau dans la salle de bains ?

— Je m'en occupe.

— Tu comptes te préparer quand ? demandé-je.

— Quand j'aurai fini de réparer vos bêtises. D'autres questions ?

Nous gardons le silence.

— Personne ? OK. Il nous reste vingt-deux minutes avant de quitter cette maison, pressez-vous. Et Peter…

Celui-ci, le bras déjà tendu près du lavabo où gît un rasoir, lui adresse un regard interrogateur.

— … si tu t'avises encore une fois de cumuler cinq injures dans une même phrase, j'invite ma mère pour les prochaines vacances.

***

Tout se déroule dans l'urgence la plus confuse. À l'arrivée du plombier, la maison n'est qu'anxiété et panique.

La buanderie essuie le passage d'une tornade : Peter y retourne une partie du mobilier pour dégoter sa fameuse paire de chaussettes mauve. Pendant ce temps, je me brûle le pouce au fer à repasser – ma seule chemise beige se trouvait dans le panier à linge, écrasée sous trois semaines de lessive propre. Leandro finit par raccrocher au nez de sa mère, faute d'arguments et de patience. Il déclenche alors un conflit international.

Pendant que la tuyauterie de la salle de bains est démontée, Rosmary Galeano sature nos lignes téléphoniques.

Que ce soit mon portable, celui de Peter ou même le fixe, elle nous inonde de messages où son indigne de fils est traité de tous les noms. Enfin, c'est ce que je déduis, d'après le ton employé.

— Son accent s'est nettement amélioré, dis-je en écoutant le mot sur mon répondeur.

J'enroule en même temps mon pouce blessé dans un sparadrap, quand Leandro me fait signe de raccrocher.

— Je la rappellerai plus tard, laisse-la gazouiller.

— S'égosiller.

Il noue sa cravate et retrouve le plombier aux prises avec les canalisations.

— On doit partir dans quatre minutes, *señor.* Vous en êtes où ? Vous avez bientôt terminé ?

L'homme, contorsionné sous le meuble du lavabo dans un angle improbable, pousse un long grognement. Ses genoux traînent dans l'eau salie par des liquides dont je préfère ne pas connaître la composition. Rien que pour ça, je ne jugerai pas sa mauvaise humeur.

— Sais pas. Faut voir comment c'est là-dedans, tout est bouché…

Leandro me jette un coup d'œil accusateur. Je suis le plus poilu de nous deux, c'est un fait.

— Et vous pensez que le souci pourra être réglé d'ici trois minutes et trente-cinq secondes ? relance-t-il.

— Je vais essayer, m'sieur. Mais faut pas se leurrer, c'est mal parti.

Les sonneries des téléphones reprennent de plus belle. Je termine de soigner mon doigt quand Peter débarque à nouveau à l'étage.

Ses cheveux gominés le mettent plus en valeur que d'habitude, mais la nervosité tire ses traits à lui donner un air malade. La panique qui grandit en lui depuis ce matin commence à atteindre des proportions inquiétantes.

— Tu vas devoir te détendre, lui dis-je. Jan comptera sur toi pour la calmer. Et dans ton état, tout ce que tu réussiras à faire sera d…

— J'ai un contretemps.

Le teint blafard, il me tend sa main. J'y découvre son bipeur. Mon cœur en rate un battement.

Après la fuite, l'urgence vétérinaire ?

— J'ai déjà envoyé un texto à Janhvi pour la prévenir, ajoute-t-il. Je vais me débrouiller pour vous rejoindre avant la fin du discours mais je serai sûrement en retard.

— Tu es remonté pour me dire ça ?

À cet instant seulement, je remarque le blouson qu'il tient sous son bras. Et dans sa seconde main, l'éclat métallique de son trousseau de clés. Il était déjà en route pour la clinique.

Pourquoi a-t-il fait demi-tour alors que son message a bien été transmis à Jan ? Pourquoi perdre du temps à me prévenir ?

— Dis-lui que je ne serai pas long, Graham. Il se peut qu'elle ne voie pas mon texto.

— Peter, qu'est-ce que…

— Dis-lui bien que je ne serai pas long, d'accord ? À moins qu'il y ait un problème vraiment, vraiment majeur pendant l'opération, je ne serai vraiment, vraiment pas long.

Il s'échappe par les escaliers, me laissant perplexe. La cadence vertigineuse de ses pas claque contre la charpente de la maison jusqu'à la dernière marche.

J'aurais bien une explication en tête et qui justifierait son comportement mais… *Il ne ferait quand même pas ça aujourd'hui, si ?*

— Peter !

Leandro, toujours coincé entre le plombier et son téléphone, me regarde rejoindre l'escalier sans comprendre mon empressement.

— Peter, attends !

Sur la frise chronologique d'une vie, il a clairement choisi la pire journée. Et, le connaissant, il n'a rien préparé. Si mes doutes sont fondés, il agira donc sur un coup de tête. Une idée débile. Profondément, complètement et résolument stupide.

Arrivé en bas des marches, j'ai déjà la bouche grande ouverte. Je suis prêt à hurler son prénom une troisième fois pour qu'on ait une discussion – aussi brève soit-elle. En tant qu'ami de longue date, je ne peux pas le laisser partir au combat sans lui avoir donné mes conseils au préalable. Le premier, et le plus important, étant de ne surtout pas partir au combat aujourd'hui.

Sauf qu'il a déjà ouvert la porte d'entrée.

Et que derrière la porte d'entrée, il y a quelqu'un.

Et que ce quelqu'un disperse aussitôt toutes mes pulsions philanthropiques.

— J'espère que je ne vous dérange pas. Je suis désolée de débarquer à l'improviste, ça n'est pas dans mes habitudes. Leandro et vous auriez quelques instants à m'accorder, s'il vous plaît ? C'est assez important.

Peter, accroché à la poignée, me lance un regard interrogatif. Il n'avait pas encore fait la connaissance de Wanda Lynch.

C'est chose faite.

Les mains jointes et le sourire embarrassé, la tante de Danielle ressemble à un imprévu. Au plus inattendu et improbable des imprévus.

JANHVI

Pour lui redonner de l'éclat, je frotte consciencieusement la surface du compteur numérique avec un chiffon. Il faut que ça brille. Qu'on puisse distinguer son propre reflet à plus de cinq mètres, et ce, sans même avoir à plisser les paupières.

Astiquer, polir, récurer, déblayer, assainir, désencombrer, curer et peaufiner entrent dorénavant au panthéon des verbes les plus employés de mon vocabulaire. Une équipe qualifiée a été dépêchée par le Smithsonian ce matin, afin d'offrir une propreté immaculée à l'établissement… mais à cause du stress, j'ai fini par arpenter les lieux avec une serpillière dans une main et un chiffon dans l'autre pour supprimer toute souillure, bavure, tache, poussière, crasse ou autres résidus de matière en décomposition.

L'angoisse me donne un surplus d'énergie.

Je devrais être en train de réviser mon discours, celui que la vingtaine de journalistes parquée sous la rotonde principale attend avec une impatience vorace. Au lieu de ça, je frotte un compteur numérique, perchée sur une échelle de chantier volée aux taxidermistes.

Tout va bien. Tu n'es pas stressée. Ces gens ne

souhaitent pas la fin de ta carrière. Tu n'as pas à avoir peur. Sois forte. Et indépendante. Et arrête de trembler, bon sang...

Je m'accroche au bord de l'échelle, à bout. Les secousses nerveuses qui agitent mes doigts ont colonisé tout mon corps au fil de la journée. Elles atteignent maintenant mes genoux, qui claquent l'un contre l'autre à en menacer mon équilibre.

— Tu devrais descendre, tu vas te péter une vertèbre.

La voix de la raison ?

Je me tords la nuque pour repérer l'intrus. Vues du ciel, les allées complexes de l'exposition s'apparentent au réseau tortueux d'un labyrinthe. C'est une tache turquoise, juste en bas de l'échelle, qui me signale la présence de Deepankar.

— Tu n'es pas censé être ici, les lieux sont surveillés, dis-je en entamant une descente prudente.

— Ma et Bapu discutent avec le type qui garde l'entrée. Il a pas capté que j'étais passé. T'as le vertige ? T'as vraiment une sale tête.

Mes jambes flageolent et je m'expose à une chute mortelle. Ma pâleur est justifiée.

— Maman et papa sont déjà là ? demandé-je sans relever son ironie.

— Tu crois que je suis venu comment ? J'ai pas encore le permis, tu te rappelles ?

À l'évidence, j'ai même oublié comment penser.

Ça n'est qu'une fois au sol que j'inspire à pleins poumons. Retrouver mon petit frère m'offre – étrangement – un peu de réconfort. Avec ses vêtements colorés et son air de blasé compulsif, il est à mille lieues de mes préoccupations. Ça me permet de relativiser. Un peu.

— Pourquoi tu me regardes comme ça ? Tu fais flipper...

Son froncement de sourcils m'attendrit malgré moi.

— Je suis contente de te voir, c'est tout.

— Bah arrête. Les airs mielleux sur toi, c'est moche.

— J'espère vraiment que tu finiras par gagner en maturité un jour, Deep, dis-je en frottant ma robe de cocktail.

— Big Deep.

Il effectue un tour sur lui-même, comme pour analyser l'espace, avant de revenir à moi.

— Où sont tes amis ?

— Lesquels ?

— Les Trois Mousquetaires. Je les ai pas vus dans la salle. Je voulais demander un truc à Graham... Il joue toujours de la guitare ?

— En quoi ça t'intéresse ?

— Tu crois qu'il serait OK pour qu'on fasse un truc ensemble et qu'on le poste sur YouTube ? J'ai eu une idée de fou la semaine dernière, je suis sûr que ça pourrait marcher !

Il dégaine le sourire solaire des Thapar, celui dont mes parents abusent. Aujourd'hui, le mien n'est pas aussi généreux, et pour cause...

Sa question me rappelle une mauvaise nouvelle : Peter m'a laissé un message tout à l'heure, m'indiquant qu'une complication le retenait à la clinique vétérinaire.

— Graham et Leandro devraient arriver d'une minute à l'autre, rétorqué-je, acculée par un rebond de morosité.

Bien sûr que je n'en veux pas à un vétérinaire de faire son travail. Peter a des urgences, il les honore, c'est un homme bien. Il n'empêche qu'un sentiment d'abandon refuse de me quitter depuis la lecture de ce texto.

Je vais devoir faire mon discours officiel sans lui.

J'avais prévu de me raccrocher à son regard au cas où la panique m'engloutirait. À ses prunelles noisette réconfortantes. Un peu comme la bouée qui empêche le naufrage.

— T'as vraiment pas l'air dans ton assiette, remarque Deepankar.

— J'ai juste le trac, ne t'en fais pas.

— C'est à cause de tous les gens en costard qui se traînent un appareil-photo autour du cou, là-bas ? dit-il en pointant la rotonde du pouce. Je trouve ça cool, moi.

— Cool ?

— Tu rameutes des vautours, tu réalises un peu ? C'est grave stylé !

— Ils ont été invités par le musée, Deep. Et théoriquement, ils sont ici pour découvrir l'exposition temporaire. Ce n'est pas moi qui les intéresse.

— Si tu n'étais pas là, ils ne seraient pas là non plus.

— Belle analyse. Très profonde.

— Ce que je veux dire, espèce d'ingrate, c'est que tu es à l'origine de tout... Tu as commencé par soûler Ma et Bapu avec tes baleines et tes phoques. Puis, j'ai fait l'honneur à la famille Thapar de venir au monde, et *tu* as décidé de m'habiller avec des bodies « Je suis un bébé qui sauve la planète »...

— Ça n'est arrivé qu'une fois, tempéré-je.

Encore aujourd'hui, une certaine fierté ressort au souvenir de ce cadeau d'anniversaire. Les petites jambes potelées de Deepankar remuaient comme des saucisses dans son vêtement bleu marine. Il était à croquer.

— Ensuite, tu as embarqué Peter, Graham et Leandro dans ton délire, enchaîne-t-il. La famille, les amis... tout le monde se tapait tes documentaires, tes explications, et tes crises de colère quand Truc autorisait des forages de pétrole en Arctique ou que Machin tuait des saumons sauvages à cause de ses barrages… T'es la sœur la plus rasoir de la galaxie.

Il hausse les épaules, comme si le portrait dressé ne piquait pas mon ego… *rasoir ?*

Qui a dû regarder *Shaka Laka Boom Boom* en boucle quand il était petit, sous prétexte que les « vieux » dessins animés sont les meilleurs ? Ce gamin n'a aucune reconnaissance.

— Au final, tu t'es mis le plus gros musée du pays dans la poche. Et là, en ce moment, y a des journalistes qui veulent prendre des photos de toi. Tu n'as jamais lâché l'affaire et ça a payé. Ça me fait un peu mal de le dire, mais pour ça, t'es plutôt un bon exemple.

Par principe de précaution, il se recule d'un pas. Deepankar sait que les effusions sentimentales peuvent aboutir à des câlins, et il déteste ça.

— Avec un discours pareil, je ne t'en voudrais presque plus d'exister, dis-je, le coin de la bouche relevé en un petit sourire.

— Ça n'était pas une déclaration, calme-toi.

— Tu m'admires, Deep, ne dis pas le contraire.

— T'es chiante.

— Je t'aime aussi.

Il roule exagérément des yeux, avant de m'annoncer qu'il rejoint les parents.

— Au moins, eux, ils n'ont pas attrapé le boulard !

Sa silhouette dégingandée se confond avec l'obscurité diffuse de la salle. Rassérénée par ses paroles, et avec ce qu'il me reste de courage, je reprends alors mes occupations.

Je tente désespérément de dissimuler l'échelle des taxidermistes derrière un rideau quand un mouvement attire mon attention.

Une envolée de tissu. Des éclats de vert et de rouge qui se déplacent. Des doigts qui scintillent. Un cou qui croule sous une rivière de pierres ostentatoires. Quant aux oreilles, elles s'étirent sous le poids de deux mastodontes composés d'émeraudes et de rubis.

Je reste figée un instant, subjuguée par l'allure d'Adele. Si elle voulait ressembler à un cake aux fruits confits, c'est réussi.

— Vous transpirez, Janhvi.

Son inspection minutieuse de mon allure me fait me reprendre aussi vite.

— La journée a été longue, dis-je en effleurant la racine de mes cheveux, sur laquelle elle pose un regard dédaigneux.

— Vous ne devriez pas vous montrer sous ce jour.

— Je...

— N'oubliez pas que notre réputation est en jeu.

Elle sort un mouchoir de sa pochette en perles. Et tandis que je m'éponge, son œil intraitable effectue un examen méthodique de la pièce.

Rien ne lui convient.

Les lumières ? Trop tamisées. Le socle du poisson-ogre ? Pas assez large. Les allées ? Horriblement étroites. Les commentaires passent de simples remarques à des critiques cinglantes et subjectives. Celles dont elle est friande.

Je perds ma patience par petits fragments. Peut-être

parce que la journée est réellement très longue. Ou alors, parce que je touche le fond. Son arrivée fanfaronne équivaut à la goutte de trop.

Au moment où elle s'attaque à mon fabuleux compteur numérique, je sens des tremblements naître dans ma mâchoire.

— Je continue de penser que ce point est anecdotique. Très gadget.

Ses paupières clignent sous l'épaisse couche de maquillage. Mon sang, lui, se met à bouillir.

— Un enfant seulement y trouverait son compte, et encore... quel genre d'enfant ? On se le demande bien.

Mes veines battent à un rythme trépidant. Leurs saccades me font presque craindre l'explosion de mes tempes.

— Vous auriez mieux fait de le retirer. Ça dénote.

— Il est trop tard, madame Bobberson.

— Pas si vous m'aviez écoutée. Votre obstination finira par vous coûter cher. Enfin, s'il n'est pas déjà trop tard.

Le gloussement qui fait onduler les rides de son cou a raison de moi.

Tandis qu'elle pivote, déjà en route pour le prochain sarcasme, je sens le barrage se rompre. D'un coup.

Tout ce qu'il retenait de frustrations, de non-dits, d'injustices et d'inégalités se déverse dans un tsunami cataclysmique ; la vague remonte depuis mon estomac. Glisse dans mon œsophage. Et elle parvient à ma bouche, qui s'ouvre sous l'effet du trop-plein.

— Vous êtes une peau de vache.

Ses petits yeux vicieux s'écarquillent.

— Je vous demande pardon ?

— Vous êtes une peau de vache, répété-je, le corps

anesthésié par l'adrénaline. Une vraie peau de vache, je veux dire. Le genre de vieille dame aigrie qu'on étrangle dans ses rêves, mais qui revient à la vie pour nous courser à travers la forêt. Vous êtes le massacre à la tronçonneuse, la sorcière qui donne la pomme, le fantôme dans le placard, le boulet au pied… Vous êtes… Vous êtes insupportable !

Mon cri du cœur a l'air de lui débloquer la mâchoire, qui pend misérablement au-dessus de ses bijoux hors de prix.

— Je défends cette exposition corps et âme depuis des mois parce qu'elle prône des valeurs qui me sont chères, enchaîné-je, inarrêtable. Je me fiche de la prestance des invités ou du prestige des journalistes. Ce qui m'importe, c'est qu'elle donne envie à au moins une personne, à *une seule* personne de s'intéresser au merdier qui a lieu sous l'eau en ce moment ! Vous comprenez ou pas ? Je ne veux pas qu'elle plaise à une certaine « classe » de la population ni qu'elle fasse la une d'un magazine élitiste. Je voudrais juste qu'elle touche, là, dans cet organe qu'on appelle le cœur. Et avec un peu d'espoir, qu'elle émerveille assez un enfant pour qu'il ait envie de défendre la nature quand il deviendra grand. Exactement comme j'essaie de le faire malgré votre acharnement à me mettre des bâtons dans les roues !

Je ne sais pas si mon cœur bat encore ni si mes poumons respirent toujours. Je ne sens plus rien. Ma vision se couvre d'un voile blanc tandis que ma voix chevrote. Malgré tout, j'insiste :

— La réputation du musée n'est pas mon problème, Adele ! Je fais ce métier pour rendre fière la petite fille que j'étais, pas pour recevoir les faveurs d'un monde qui n'est pas le mien. Je suis... Je suis grave stylée !

Je reprends mon souffle face à ma supérieure qui semble bloquée en arrêt sur image. Apparemment, j'ai endommagé Adele Bobberson.

Dévisagée le temps d'une éternité, je finis par me racler la gorge.

Va-t-elle me virer maintenant ou attendra-t-elle la fin de l'avant-première ? Quel est le délai raisonnable pour présenter ses excuses ? Si je me mets à rire, est-ce qu'elle croira à une farce ?

Soudain, une de ses paupières tressaute. Symptôme d'un AVC ? La réplique du mouvement à l'œil droit élimine aussitôt cette hypothèse.

— Madame Bobberson, je...

Les secondes s'égrainent dans une ambiance électrique. Puis, sans prévenir, elle prend le chemin de la sortie et me laisse décontenancée.

— Écoutez...

Ses talons enfoncent une épine d'anxiété dans ma poitrine à chaque claquement qui les rapproche de la porte. Ça n'est qu'une fois la poignée dans la main qu'elle daigne tourner la tête vers moi.

— Enfin, vous comprenez. Il était temps.

Une ride craquelle le coin de sa bouche, dans une tentative insensée de sourire.

— Ne vous laissez jamais marcher sur les pieds, Janhvi. Vous avez les armes pour aller loin. Aussi loin que moi, peut-être même plus. L'exposition débute dans dix minutes, soyez prête.

Sidérée, je continue de fixer la porte bien après sa

disparition. *Un compliment ?* Depuis sa bouche, il sonne comme la consécration d'une carrière.

Alors, le stress qui torturait le fond de mes entrailles se matérialise de manière étrange.

J'éclate de rire.

C'est un rire nerveux. Bruyant. Il ricoche en moi, sur moi, dans l'air et sur chaque objet de mon exposition, pendant que le vacarme au niveau de la rotonde principale s'intensifie.

Dans cet état de nerfs calamiteux, je n'ai envie que d'une chose : voir Peter.

PETER

La porte à double battant s'écarte et se referme dans un grincement. Le courant d'air apporte avec lui des odeurs d'anesthésiant et de désinfectants javellisés.

— Alors ?

Erin se décroche du mur à l'instant où elle m'aperçoit. L'inquiétude rend sa démarche rigide ; elle n'a pas déstressé depuis l'arrivée du dogue argentin, ce que je peux comprendre.

La chienne a été déposée à la clinique dans un sale état. La rencontre entre un animal et un véhicule motorisé ne fait pas souvent bon ménage.

— Elle devrait s'en sortir. Clayton applique le protocole postopératoire, il faudra impérativement la garder sous surveillance constante toute la nuit.

— Super… Je transmettrai le message à l'équipe suivante.

Je jette les gants dans la poubelle, retire masque et calot, et enlève en vitesse la casaque salie par les projections de l'opération.

— Il est quelle heure ? demandé-je en me dirigeant vers le lavabo.

À ma suite, Erin vérifie sa montre.

— 20 h 40. Tu es en retard.

— Je sais. Je voulais savoir à quel point.

Je nettoie mes bras avec l'énergie du désespoir. Le Smithsonian se situe à vingt minutes du cabinet, les jours où la circulation est clémente. Débarquer là-bas avant la fin du discours de Jan, lequel devrait débuter d'ici quelques instants, ressemble très franchement à une mission impossible.

— Tes cheveux…

Tandis que je réfléchis au meilleur itinéraire à prendre, l'expression d'Erin passe d'inquiète à consternée. Ma coiffure a l'air de lui donner des nausées.

— Tu as mis du gel ?

— Oui, pourquoi ? Ça fait trop ?

— Non, c'est…

Elle pointe du doigt le miroir accroché près des casiers. Un seul coup d'œil me suffit à comprendre pourquoi mon assistante vétérinaire perd ses mots : entre mon calot et la transpiration, j'ai reproduit la version capillaire du big bang.

— Merde…

Et mes tentatives d'aplatissement ne servent strictement à rien.

— J'ai une brosse de poche, si tu veux. Elle est dans ma voiture, je peux…

— Pas le temps.

Rien ne va depuis ce matin. Je ne sais pas quel mécanicien a planté son doigt dans la machine, mais il ne s'est pas loupé !

Agacé par les peluches de gel qui s'accrochent comme des cloportes à mes mèches, je finis par prendre une décision radicale.

— Peter, qu'est-ce que tu… Attends, tu ne…

Erin continue de bégayer pendant que je me tords en deux pour asperger ma tête sous le robinet d'eau froide.

— Ta dignité s'échappe par la bonde…

— Garde tes remarques, grogné-je, le sang me montant au crâne.

— C'est ridicule, tu es *déjà* en retard !

— Oui, et je ne veux pas l'être plus !

— Qu'est-ce que ça change ? Elle fera son discours devant la haute, que tu sois là ou non…

L'eau fluidifie mon gel. Le mélange de liquides coule sur ma peau pour descendre jusqu'à mes paupières, puis mes yeux. L'irritation qui suit me fait pousser un juron. Sur l'échelle de la douleur, je n'avais pas ressenti ça depuis le jour où un perroquet gris du Gabon a confondu mon index avec une cacahuète en coque.

— Ça change tout, soutiens-je, les yeux consumés par la brûlure.

— C'est sûr, oui. Maintenant, tu es trempé et tout rouge. Tu auras l'air de quoi, là-bas ?

Une serviette, du moins quelque chose qui y ressemble, apparaît sur le rebord du lavabo. Je me tamponne le visage et explique :

— Janhvi a besoin de moi. Dans notre vie, dans notre groupe, il y a une fille sensible qui a du mal à surmonter ses émotions, et un garçon qui absorbe les mauvaises ondes pour lui permettre de mieux respirer. Ce type, c'est moi ! dis-je, agacé de devoir me justifier. Je dois être à ses côtés, c'est tout.

— Graham et Leandro ne…

— Ils ne sont pas non plus au musée.

— Comment ça ? Ils sont où ?

— Il me manque une partie de l'histoire pour pouvoir te répondre.

J'ai laissé mes amis avec Wanda Lynch sans connaître la cause de sa venue à Dupont Circle. Mon bipeur exigeait un départ précipité, et je lui ai obéi.

Leandro a eu beau m'envoyer un SMS – que j'ai lu avant d'entrer au bloc –, il n'a pas mentionné les motivations de cette femme. Il faisait juste allusion au retard que Graham et lui auraient ce soir.

Janhvi sera seule. Toute seule, bon sang…

Au moment de concrétiser l'un des projets les plus importants de sa vie, aucun de ses meilleurs amis – dont l'un se vante d'être un foutu *procesador* – ne sera capable de tenir son rôle. Elle va nous haïr jusqu'à la fin des temps.

— Je rêve…

Le cri étouffé d'Erin me rappelle son existence.

— C'est pas vrai…

L'ahurissement fige son visage dans une moue interloquée. J'en immobilise mon bras, qui s'enfonçait à l'intérieur de mon casier pour saisir ma veste de costume.

— Quoi ? lancé-je, douteux.

— Tu vas le faire, c'est ça ?

Elle sourit et poursuit :

— C'est pour ça que tu es aussi tendu… Parce que tu vas le faire !

— Je ne vois pas de quoi tu parles.

— À d'autres, Pendleton ! Je serais presque déçue d'avoir une garde ce soir… La vache, il va le faire !

Ses yeux reflètent autant de curiosité que de moquerie. Graham a eu le même regard tout à l'heure, avant que je quitte la maison. Ces deux-là ont une perspicacité surdéveloppée.

J'enfile la veste, esquive ma collègue et ses questions indiscrètes, avant de repasser par l'accueil pour livrer les recommandations de soins relatives au dogue argentin.

— Tu lui diras bonsoir de ma part ! lance Erin, sur le pas de la porte.

— C'est ça !

Je cours à la voiture et démarre pied au plancher.

Le trajet me paraît interminable.

Mes yeux me brûlent tellement que je dois faire un effort surhumain pour distinguer la route à travers mes larmes. L'eau qui goutte sur ma veste a pris l'odeur repoussante du gel chimique. Je n'arrête pas de penser à Graham et à Leandro, à l'exposition, à Jan, au retard que j'accumule… Mon cerveau baigne dans ses pensées agitées. Quant aux feux rouges interminables, aux embouteillages sans fin et aux klaxons impatients, ils n'arrangent pas la boule d'anxiété qui grossit tout au fond de mon ventre.

Lorsque le Smithsonian perce enfin dans un coin du ciel, je suis à deux doigts de rendre ma bile.

Une poignée d'invités recouvre les marches, le temps d'une cigarette. L'élégance est de mise ; les tenues sont faites de soie et de velours. Richesse et luxe, avec une petite pointe d'aristocratisme, s'il vous plaît. Les regards désapprobateurs sont nombreux sur mon chemin : entre mes yeux enflammés et les queues de rat gélifiées plaquées sur ma peau, je fais vraiment tache dans le décor.

Je suis dévisagé depuis le bas des marches jusqu'à la présentation de l'invitation à Huston. Et si le vigile se montre moins méprisant que le reste des invités, je constate tout de même une certaine méfiance de sa part.

— Excusez-moi de vous poser la question, monsieur Pendleton, mais… avez-vous pris des substances illicites ? Je ne peux pas vous laisser entrer si vous n'êtes pas dans votre état normal.

D'accord, je vois.

Je me pince les lèvres.

— J'ai sauvé la vie d'un dogue argentin.

— Quel rapport ?

— Aucun, je tente de vous amadouer.

Pour dissiper ses soupçons, j'ajoute :

— C'est mon gel pour les cheveux, Huston. J'ai mis du gel avant de sauver le dogue argentin, qui est tiré d'affaire, au passage. Il a coulé dans mes yeux, d'où leur rougeur. Le gel, pas le chien. Le chien va bien, il n'est pas rouge. C'est moi qui suis rouge, enfin mes yeux. Je peux entrer ?

Il me rend le carton d'invitation après une brève hésitation, puis s'écarte pour me laisser passer.

La rotonde principale s'est vidée. Les invités se sont volatilisés en laissant les lieux dans un état postapocalyptique ; il ne reste que les débris d'un gigantesque apéritif, des coupes de champagne et des plateaux sales posés sur des dessertes, comme si une nuée de criquets affamés était passée par là.

Mes intestins se tordent à l'idée d'avoir raté le discours ; je cours jusqu'au département marin, en souffrance, avant que le crépitement des flashs lumineux ne me fasse souffler.

— Merci…

Je rejoins la foule tassée au point de départ de l'exposition, en partie soulagé.

Les journalistes sont nombreux, bien plus que je l'imaginais. D'après Janhvi, une dizaine de professionnels avaient répondu présents à l'appel ; j'en compte pas moins d'une vingtaine ce soir.

Quand je croise les regards de Simran et Guransh Thapar, je baisse poliment la tête. Deepankar, le petit frère de Janhvi, se tient plus en retrait. Il a l'air d'avoir poussé d'un coup… et de s'ennuyer comme un rat mort. S'il n'accorde aucun regard à sa sœur, je le fais bientôt pour deux.

Du mauve. Elle a choisi une robe mauve. Sa couleur « porte-bonheur ». Un sourire me vient.

Elle l'a décrété l'année de ses quinze ans, après avoir dormi chez moi. Elle n'avait plus de vêtements propres pour les cours du lendemain matin, et elle s'est donc servie dans mon armoire. Le même jour, sa prof de chimie a donné un contrôle surprise – oxydoréduction, je me souviens encore du sujet. Janhvi a obtenu la meilleure note de sa classe, et elle a toujours été persuadée que ce coup de chance était dû au T-shirt mauve qu'elle portait.

Bien sûr, elle ne m'a jamais rendu ce vêtement qui est devenu son porte-bonheur ; le tissu s'est détendu, élimé et déchiré au fil des années. Sa mère était scandalisée qu'elle ose aller à la fac avec une « horreur pareille sur le dos ».

— … prendre le temps d'ouvrir les yeux. L'océan a un « effet modérateur » sur le climat. C'est-à-dire qu'il absorbe le surplus d'énergie qui vient des gaz à effet de serre, et ça, à un pourcentage infiniment plus élevé que les continents en sont capables. Mais absorber la chaleur, ça veut aussi dire se réchauffer : la température des eaux marines augmente, ce qui cause des dommages majeurs sur leur dynamique et les écosystèmes qu'elles abritent.

Mon cœur bat avec une force sourde contre ma cage thoracique.

Les regards sont unanimement tournés vers elle. Pourtant, je ne suis pas certain que les invités mesurent vraiment leur chance d'être là. Est-ce qu'ils perçoivent la femme passionnée sous cette robe ? Est-ce qu'ils remarquent l'assurance dans sa voix et la conviction dans ses yeux ? Moi, je ne vois que ça.

— ... changement au niveau de la salinité. L'océan qui augmente en température, ça implique plus de vapeur d'eau, donc plus de pluie, et, fatalement, plus de gaz à effet de serre. Le cercle est vicieux...

Elle balaie l'assemblée des yeux en prenant le temps d'observer chaque invité.

— Je pense que vous l'aurez compris : l'un des joyaux les plus bruts, les plus mystérieux mais aussi l'un des plus indispensables de la nature se trouve...

Ses iris se figent soudain dans les miens.

Je suis là, Jan.

— ... se trouve menacé.

La dernière fois que je suis venu au musée, je cherchais une bouteille de champagne. À la place, j'ai trouvé une confession. La sienne.

Je ne sais pas quand sa façon de me voir a changé. L'élément déclencheur m'échappe encore, même si j'ai passé des nuits entières à bâtir des théories. La jalousie ? Une piste, oui, peut-être. Une idée comme une autre. Le fait est que ces derniers temps, les sentiments de Janhvi ont dévié de la trajectoire prévue, et je suis bien placé pour savoir combien ce changement désarçonne.

Son amour était amical. Le mien, secret. Ensemble, on avait créé un équilibre, une balance qui permettait à notre relation de fonctionner. Pour que notre amitié dure, il lui fallait mon silence et ses œillères. Sans l'un des deux, elle était vouée à l'échec.

Janhvi a perdu ses œillères il y a quelques semaines. Elle me l'a fait comprendre. Et l'idée l'a effrayée.

S'acclimater, ça demande du temps. Il faut trouver les réponses aux « Pourquoi ? », faire taire les peurs apportées par le « Et après ? » Et ça, je ne peux pas le faire à sa place. C'est à elle de décider si elle veut rester sur la nouvelle trajectoire, ou si elle préfère retrouver la sécurité de l'ancienne.

Ces derniers temps, je suis donc resté en retrait. Elle avait besoin d'espace pour réfléchir.

Mais ça ne change rien pour moi, car je serai toujours là pour elle.

Je suis là, Jan.

Tandis qu'un petit sourire me vient, elle vacille. Peut-être que mon message passe en silence.

Elle oublie les regards braqués sur elle. Me fixe. Intensément. C'est le flash d'un appareil-photo qui la rattrape.

— C'est un... une... Pardonnez-moi. Je disais donc que nous sommes toutes et tous responsables de... du devenir de la vie marine. Et que chacun, à son niveau, peut éveiller les consciences. C'est avec cette pensée en tête que j'ai créé cette exposition. Avec... Avec l'aide inestimable du Smithsonian, de mes collègues, et bien sûr de Mme Adele Bobberson, nous avons mis sur pied un monde miniature, fait d'eau et d'êtres vivants, une représentation schématique de ce qui se passe actuellement sous le niveau de la mer. Je vous invite dès à présent à vous avancer, et à choisir la peau que vous souhaitez revêtir pendant la durée de votre voyage.

Elle se place à côté du distributeur, celui dont elle m'avait fièrement parlé l'autre soir, tandis qu'une file d'attente s'allonge devant elle.

Un petit sourire continue de flotter sur mes lèvres quand j'arrive à sa hauteur pour récupérer mon ticket.

— Faune marine. Tu as été géniale, murmuré-je.

— Ça n'était que le discours, tempère-t-elle. Il reste encore les grandes parties de l'exposition à commenter. Comment s'est passée l'urgence à la clinique ? Rien de trop grave ?

Ses bras sont hérissés de chair de poule. Je la sens nerveuse.

— Tout devrait rentrer dans l'ordre.

J'attrape sa main que je serre dans la mienne. Elle tressaille légèrement.

— Il faudra qu'on parle, Jan. Après ton exposition.

— De quoi ?

— De beaucoup de choses. De ta robe.

— Ma… Qu'est-ce qu'elle a ?

— Elle est mauve.

— C'est un problème ?

— C'est un aveu. On se voit tout à l'heure.

Je la libère et m'éloigne avant que d'autres questions lui polluent l'esprit.

Une fois que l'exposition démarre, je reste à l'écart. Jan porte la casquette du guide, elle offre des précisions scientifiques et des réponses passionnées aux curieux qui courent après les détails. Aux questions se joint bientôt la lumière des appareils photo. Et si l'ambiance est bonne, je lui trouve une anomalie. Et pas des moindres…

— Qu'est-ce que vous faites, les gars…

Graham et Leandro ne sont toujours pas là, et leur silence radio commence à m'inquiéter. Si Janhvi ne semble pas avoir pris conscience de leur absence, dès que l'adrénaline arrêtera de faire effet, je peux parier que sa joie redescendra de dix étages.

Au tiers de l'exposition, je tente de prendre des nouvelles du couple, mais mes deux textos envoyés ne reçoivent pas de réponse.

L'heure tourne et l'instant fatidique approche. *Après l'exposition*, je lui ai dit. Encore faudrait-il que le moment s'y prête…

La moitié, puis les trois quarts de l'exposition passent devant mes yeux, quand Leandro prend enfin le temps de me contacter. Je suis d'abord soulagé d'apercevoir son nom sur l'écran, mais je déchante aussi vite.

Son SMS, aussi concis soit-il, me coupe les jambes.

— Salut, Peter. Dis, t'aurais pas vu Graham ? J'aurais un truc à lui demander.

Deepankar, que je n'ai pas entendu arriver, me jette un regard débordant d'espoir.

— Quoi ?

— C'est pas ultra-vital, mais ça m'arrangerait de le voir maintenant.

— Hein ? Oui.

— Oui ? « Oui » quoi ? Oui, tu l'as vu ? Il est où ?

Je pose une main sur son épaule en sentant mon cœur battre dans ma gorge. Tout mon corps s'est rigidifié. La panique me saisit.

Janhvi. Où est Jan ?

— Oh ! Peter ? Tu m'entends ? Vous êtes tous tarés dans votre groupe, ma parole...

Du mauve. Où est le mauve ? Je me mets à disséquer l'intégralité de la foule, pour finir par trouver une tache de couleur près de la cage en verre qui renferme un calamar géant. Mes jambes flageolantes m'y mènent dans la douleur.

Le temps qu'elle termine la clarification d'un point sur le régime alimentaire des baleines auprès d'un homme, puis qu'elle épilogue sur la survie des larves de poisson avec un autre, j'ai l'impression qu'il s'est passé plus d'un quart d'heure.

— Peter... ça va ?

J'inspire. Une part de moi est consciente que d'annoncer une chose pareille à un moment pareil, ça n'est pas recommandé. Son sang-froid risque d'éclater en un bon milliard de débris. Mais l'autre part sait pertinemment qu'elle me passerait les mains autour du cou si je gardais l'information pour moi.

Alors, j'inspire. Encore une fois. Et je dépose mon téléphone dans sa paume.

Son visage se décompose aussi vite que mon cœur arrête de battre.

LEANDRO

Je soupçonne le fantôme de Murphy et sa satanée loi de s'être installés à Dupont Circle. Rien de plus logique ne pourrait justifier la tempête d'imprévus qui déferle au-dessus de nos têtes en ce moment même.

L'empire des canalisations rompues et des tantes qui réapparaissent sans prévenir s'est ligué contre nous.

— Asseyez-vous, je vous en prie.

Tandis que Graham invite Wanda dans le salon, je tente de me calmer.

Le dernier contact avec la tante de Danielle remonte au rendez-vous organisé chez elles, il y a maintenant plus de cinq mois. Même si la déception et la douleur que le refus de l'adoption m'a fait ressentir se sont estompées avec le temps, je n'arrive pas à regarder cette femme complètement dans les yeux.

Nous avons avancé, Graham s'est purgé, j'ai digéré. C'est vrai, mais... sa présence ne fait pas remonter le plus agréable des souvenirs.

— J'ai l'impression de déranger, je...

— Ne vous inquiétez pas, nous avons quelques minutes devant nous, la rassure Graham.

Falso. C'est faux.

Le planning méticuleux que *j'ai* mis en place nous autorise encore trente-sept petites secondes de perdition avant de devoir admettre que nous n'arriverons pas à l'heure au musée. *El procesador* refuse de manquer le début du discours de Janhvi. Ça ferait de nous des amis déplorables.

La sympathie de Graham n'est pas la bienvenue. Je suis ravi qu'il ait des bonnes manières, mais ce n'est vraiment pas le moment de les montrer.

— En fait, nous avons quelque chose de prévu, interviens-je.

— Mais on vous écoute, ajoute Graham, la mâchoire serrée.

Wanda affiche un sourire. Il est gauche et me tend un peu plus, mais je fais l'effort de ne pas le montrer. Plus vite elle nous expliquera la raison de sa venue, plus vite nous pourrons partir, je suppose…

— Je me suis permis de demander votre adresse à Molly Ashmore, entame-t-elle. Elle était dans votre dossier, mais comme le temps a passé, je me suis dit que vous aviez peut-être déménagé. Ça n'aurait pas été bien pratique, je vous l'avoue.

Ainsi, notre assistante sociale est au courant de sa visite. Je suis surpris qu'elle ne nous ait pas passé le mot. Surtout, qu'elle ait accepté de faire une exception : nous ne sommes plus sur la liste des adoptants de Danielle aux yeux de l'agence. Nos contacts ne devraient plus être possibles.

— Pourquoi vouloir nous voir ? demandé-je. Pourquoi maintenant ?

Elle prend le temps d'inspirer avant de me répondre.

— Danny et moi avons beaucoup discuté. Depuis

le début de sa grossesse, je la pousse à m'expliquer ce qu'elle ressent, à me dire les choses. C'est important, vous comprenez ? Elle est encore jeune et pour son bien, je pense qu'il est préférable qu'elle ne garde pas en elle ce qui la dérange. Elle a souffert avec la perte de sa mère, vous savez.

Elle nous détaille brièvement le passif de sa nièce. Une enfant qui a appris à intérioriser plutôt qu'à dialoguer.

— Danielle garde la douleur en elle. Et, si on lui demande de s'y confronter, elle se débrouillera pour tourner la chose sous l'angle de l'humour. Certains trouvent ce comportement immature, mais je ne suis pas bien d'accord avec eux. Pour moi, c'est un moyen de se protéger. Quand on a souffert, on se crée des barrières avec les moyens du bord, pourvu que les matériaux soient assez solides.

— Vous êtes l'un de ces matériaux.

Elle acquiesce à la remarque de Graham.

— J'essaie, oui.

Et d'une voix adoucie, elle explique :

— Je lui donne des conseils. Je la soutiens. Bien sûr, je ne remplacerai jamais sa mère ni son père, mais je veux qu'elle sache que je resterai toujours à ses côtés.

— C'est une chance, concède Graham.

— Il m'arrive parfois d'en douter…

Je regarde ma montre tandis qu'elle émet un petit soupir.

— Quand l'agence d'adoption l'a contactée afin de lui présenter votre dossier, ma nièce n'a pas hésité un instant. Elle a été touchée par votre métier de musicien, vous imaginez bien.

L'éternel charme du guitariste… Graham remportera

toujours toutes les victoires grâce à sa musique, même face au plus compétent des pharmaciens. *Una injusticia.*

Mon mari reçoit le compliment avec modestie, comme d'habitude.

— Le point allait en votre faveur dès le départ, nous dit Wanda. Votre dossier lui plaisait un peu plus à chaque nouvelle lecture, et je peux vous assurer que nous avons passé des soirées entières à décortiquer vos vies. J'espère que vous ne nous en voulez pas trop.

— Pas du tout, non.

— C'est normal, acquiescé-je.

— Danny tenait à vous rencontrer parce qu'elle avait senti une connexion. Quelque chose qui ne s'explique pas. Elle aimait l'idée que vos amis vivent avec vous, qu'une famille soudée entoure le bébé. Après tout, la relation que vous entretenez avec Peter et Janhvi montre l'importance que vous donnez aux liens du cœur. Le sang n'entre pas en ligne de compte, et ça la confortait dans son choix.

La nuit abaisse son rideau sur l'extérieur. La lumière des lampadaires traverse les fenêtres du salon, comme autant de petites touches de chaleur au milieu d'un désert sombre. C'est un peu le sentiment que me donne le discours de Wanda Lynch : de petites touches d'espoir au milieu d'une étendue plongée dans les ténèbres.

D'instinct, je glisse ma main dans celle de Graham. Il la serre doucement.

— C'était vous.

Il lui adresse un regard troublé.

— C'était vous, n'est-ce pas ? répète-t-il dans un murmure. L'explication que Danielle m'a donnée sur son lieu de travail, celle qui justifiait son refus… Elle venait de vous.

Wanda confirme.

— Après notre soirée à la maison, Danielle était euphorique. Elle vous apprécie… Nous vous apprécions toutes les deux. Je suis sincère.

— Alors pourquoi…

— J'ai eu peur pour elle, avoue-t-elle. C'est idiot maintenant que j'y pense, oui. J'ai aussi eu peur pour le bébé. Il y avait plusieurs options, plusieurs possibilités, et je me suis dit que la plus simple était celle qui suivait le chemin le plus… traditionnel.

J'ai l'impression qu'un bâton me frappe l'arrière du crâne. *Combien de fois allons-nous encore devoir nous justifier ?*

— Pourquoi ne pas nous en avoir parlé, Wanda ? Ces questions méritaient d'avoir une discussion. Nous sommes adultes, nous aurions pu nous asseoir autour de la table et… je ne sais pas, échanger.

— J'avais peur de vous manquer de respect. Je pensais bien faire sur le moment.

— Alors, vous avez convaincu votre nièce que nous ne valions pas la peine de poursuivre l'aventure avec elle ? D'après moi, ça n'est pas une bonne chose à faire, non.

Graham me serre la main à en faire blanchir ses jointures. Pour lui, quelle que soit l'intensité de la douleur que l'on ressent, il vaut mieux la conserver à l'intérieur. L'enfouir si profond qu'elle ne pourra plus jamais accéder à la lumière du jour. C'est sa manière de fonctionner.

Sauf qu'enterrer une graine, c'est risquer de la laisser germer. Puis de la voir se propager. Et finalement, de constater qu'elle a contaminé tout le sol. Il le sait mieux que moi. C'est bien pour cette raison qu'il a traversé un océan après treize années de silence. Pour nettoyer son sol contaminé.

Moi, je ne veux pas de cette souffrance. Je veux jardiner les bonnes graines.

— Je ne comprends pas ce qui vous a poussée à venir ici, insisté-je, la voix chargée de ressentiments. Si ce sont des excuses que vous voulez nous faire, allez-y, mais ne remuez pas le poignard dans la poitrine.

Wanda garde le silence. De mon côté, je tente de ne pas obéir à mon instinct, qui me dicte de la faire sortir d'ici, de récupérer les clés de la voiture, et de pousser le moteur du break pour foncer au Smithsonian.

Nous ne devrions pas l'écouter.

Au lieu d'être assis dans notre salon face à la femme qui nous a condamnés, nous devrions applaudir notre meilleure amie qui se fait encenser par un public conquis. Je devrais boire du champagne avec l'élite des muséologues, entouré de baleines géantes et de poulpes gluants. Graham devrait hocher de la tête sans comprendre un seul mot de l'exposition. Peter devrait baver devant la robe mauve de la femme qui est très certainement celle de sa vie.

Voilà le plan. *Dios…* Mon planning ne prévoyait pas de place pour une tante rongée par les regrets !

Contrarié, je finis par me lever.

— Je suis désolé, Wanda, mais il faut vraiment que…

— Attendez.

Elle se met à fouiller dans son sac à main. Ses gestes sont précipités, maladroits. Elle en sort un petit carnet de notes, à la couverture souple.

— Où avez-vous eu ça ?

La question ne vient pas de moi.

— Qu'est-ce que c'est ? demandé-je, déboussolé par la réaction de Graham.

Il a perdu ses couleurs. Son blanc laiteux habituel a pris la teinte d'une pêche bien mûre. Une pêche sur le point de faire un malaise. Une pêche sous le choc.

— Avant de demander votre adresse, j'avais déjà parlé avec Molly, reprend Wanda. En réalité, c'est votre assistante sociale qui a contacté Danielle en premier, il y a quelques jours. Elle souhaitait nous parler de vous.

— Nous n'avons pas été mis au courant…

— Non, et c'était volontaire. La personne qui a demandé ce contact exigeait que les choses soient faites discrètement, au cas où ça n'aboutirait pas. Elle ne voulait pas donner de faux espoirs.

Graham fronce les sourcils. Les miens sont froissés comme un bonnet de douche. Je ne comprends plus rien à rien.

— Je connais ce carnet, dit-il, obnubilé par l'objet en question.

— Je n'en doute pas, oui. Tenez.

Graham s'en empare avec délicatesse, comme s'il manipulait un trésor.

Quand il l'ouvre, je tressaille. La première page me permet immédiatement d'imbriquer une pièce de compréhension dans un puzzle confus.

— C'est une photo de toi…

Je reconnaîtrais « bébé Graham » les yeux fermés.

Dodu comme un poulet, il n'a que quelques mèches sur son crâne. Son sourire donne à ses joues l'allure de deux ballons de football. Il a déjà l'air solide malgré son très jeune âge.

À droite de l'image sont annotés une date et un lieu. « Wick, 1990 ». L'encre du stylo a un peu bavé sur le papier texturé.

— C'est l'un de nos albums de famille, articule-t-il en le feuilletant.

L'image suivante présente un bébé aussi roux que joyeux. Ses grands yeux rieurs observent la personne derrière l'appareil-photo. Il est tellement mignon que je me retrouve à sourire comme un idiot.

— Mes parents voulaient emmagasiner le plus de souvenirs possible. Les enfants qui grandissent trop vite, la peur d'oublier certainement… Mais comme on manquait d'albums, ils collaient les photos dans des cahiers ou des carnets. Je me rappelle celui-là, c'est le plus ancien. C'est à Molly Ashmore qu'il a été transmis ?

Wanda confirme.

— Elle l'a reçu par courrier, oui. Il était accompagné d'une lettre. Un long mot, qui lui demandait de faire parvenir le carnet à Danielle.

Nous redressons tous les deux la tête.

— Envoyer mon album de famille à Danielle ? s'étonne Graham. Pour quoi faire ? Quel intérêt ?

— Je me suis posé les mêmes questions. C'est Danielle qui a compris la démarche en premier, pour tout vous dire. Vos parents voulaient lui montrer combien vous comptiez, Graham. Malgré le temps qui passe et les divergences de pensée, vous êtes resté leur enfant et vous le serez toujours. Ça ne changera jamais. C'est du solide. C'est ce que ma nièce avait besoin de savoir, que vous êtes fait de liens solides. Et inconsciemment, c'est aussi ce que j'attendais.

Elle prend une petite inspiration.

— Par ma faute, Danny redoutait que le bébé ne puisse pas avoir de « vraie » famille : pas de week-end chez les grands-parents, pas de Noël et de cadeaux, ni de gâteaux donnés en cachette… C'est moi qui lui ai mis ces idées en tête. J'ai appuyé sur ce point précis puisqu'il était le seul à pouvoir faire pencher la balance. Sauf que le carnet ainsi que la lettre ont changé la donne.

De plus en plus fiévreux, j'ai du mal à trouver les mots. Ma bouche devient pâteuse. Mon cœur hésite entre battre trop peu ou trop vite.

— Qu'essayez-vous de nous dire ? demandé-je.

— Vous, vos amis et vos parents… Vous êtes présents les uns pour les autres. Prêts à vous soutenir, même quand treize ans de non-dits vous séparent. Il me semble qu'on ne peut pas donner de meilleure définition au mot « famille ».

Elle coule une œillade à Graham.

— La lettre informait de votre voyage en Écosse.

— Mon père a été généreux dans ses explications, constate-t-il, assommé par les confidences qui s'enchaînent.

— Votre père ?

— J'ai renoué les liens avec lui pendant le voyage, oui. Je ne pensais pas qu'il écrirait quelque chose sur notre famille et qu'il aurait le cran de vous l'envoyer… Ça m'étonne de lui, pour être franc. Nous ne sommes pas très démonstratifs chez les McConnel.

Wanda semble surprise.

— Graham… la lettre n'a pas été rédigée par votre père.

Enfouissant la main dans son sac, elle en ressort une enveloppe épaisse, tachée et abîmée aux coins. Elle a dû être manipulée de nombreuses fois.

— Elle a été écrite par une femme. Le mot est signé de la main de Lesley McConnel.

Le corps de Graham s'immobilise.

Je pourrais sentir le courant électrique qui se propage depuis le papier, qu'il attrape avec prudence, jusqu'à son cœur, qui tremble de devoir admettre l'évidence : la vie fait parfois bien son travail.

L'écriture de sa mère, élégante et délicate, remplit la lettre au recto, au verso, et sur les feuilles restantes. C'est un roman épistolaire. Une longue, très longue histoire de pardon, d'erreurs, et peut-être aussi un peu de rédemption.

— Je n'y crois pas...

Graham fait défiler les paragraphes avec incrédulité.

— Tu lui avais laissé la porte ouverte, tu te souviens ? dis-je.

Il semblerait qu'elle ait fini par entrer.

Quelque chose au fond de moi se met alors à briller. Une toute petite lumière, cachée entre deux organes. Elle était éteinte depuis longtemps.

Par ses coups durs, par ses expériences, la vie m'a fait comprendre qu'il valait parfois mieux avancer dans le noir. Ça permet de ne pas regarder la réalité. Sa beauté comme sa laideur. Ses plaisirs comme ses difficultés. Quand le danger devient invisible, on finit par l'oublier et la peur disparaît. C'est un moyen comme un autre de se protéger.

Après le refus de Danielle, j'avais accepté que la toute petite lumière n'irradie plus. Je n'avais plus d'espoir ? Ça m'évitait la déception. Je n'aurais pas de belle-famille ? J'évitais les problèmes. Je n'aurais jamais d'enfant ? *Bueno...* pas grave.

Wanda Lynch m'apporte la preuve que rien n'est définitif.

Les avis ne sont pas figés. L'évolution est possible. Elle vient d'appuyer sur l'interrupteur, tout simplement.

— Tout ça… ce n'est pas moi qui aurais dû vous le dire, fait-elle en se levant.

Elle joint les mains au milieu du salon grignoté par l'obscurité.

— Danielle m'a chargée de le faire à sa place. Elle s'excuse de ne pas avoir pu se déplacer, le moment était mal choisi. Elle tenait aussi à ce que je vous dise combien vos qualités sont nombreuses. Donc : Graham et Leandro, vous êtes des hommes formidables. Loyaux. Aimants. Courtois. Sensés. Humbles. Tolérants. Et…

Elle regarde Graham en amorçant un sourire.

— … Et elle aimerait que vous ameniez votre guitare. Si ça ne vous ennuie pas, bien entendu.

— Ma guitare ? répète-t-il, confus.

— Votre guitare, oui. Il paraît que la musique adoucit les mœurs. Celles des adultes comme celles des enfants.

— « Adoucir les morses » ?

— Attendez… Quoi ?

— Qu'est-ce que ça veut dire ?

Graham écrase ma main dans la sienne avec une telle force qu'une grimace me pousse sur le visage. Ça doit être négatif.

— Danielle est à l'hôpital en ce moment, annonce Wanda. Nous étions en route pour Dupont Circle quand elle a perdu les eaux. Je l'ai conduite au service de maternité du Sibley Memorial avant de faire demi-tour.

Madre mía. Ce n'est pas négatif.

— Vous… C'est… Elle…, bredouillé-je.

— Je l'ai conduite à l'hôpital, oui.
— Elle… Des…
— Danielle est sur le point d'accoucher, c'est ça.
— Et vous… Dans… Le…
— Je suis ici pour vous prévenir, comme le veut ma nièce. C'est un peu précipité, je suis bien d'accord, mais la vie a décidé qu'il devait en être ainsi. Si vous le voulez bien, Danielle souhaiterait que vous deveniez les parents adoptifs de sa fille.

La nouvelle résonne dans ma tête.

Et dans ma cage thoracique.

Dans mon cœur.

Dans celui de Graham.

Dans le séjour.

Partout.

Une fille ?

— Vous… Est-ce que ça veut dire que… on est…

Graham bafouille à son tour. À l'évidence, nous avons oublié de brancher nos neurones.

Une fille ?

— Êtes-vous prêts à devenir ses parents ? simplifie Wanda.
— Est-ce que nous…
— Oui.

Graham se met à sourire comme si le soleil vivait en lui.

— Oui ! Oui, je suis on ne peut plus prêt ! répète-t-il, d'une voix pleine et assurée. Tu entends, Leandro ? Danielle est sur le point d'accoucher et… Tu es d'accord ? Tu te sens prêt ?

Je note qu'il n'était pas aussi enthousiaste à notre mariage. Cependant, mon sourire finit par accompagner le sien.

Une fille. Madre mía... ¡Una princesa !

— *¡Claro que sí !* Bien sûr que je le suis ! m'exclamé-je.

— À la bonne heure ! se réjouit Wanda. Je ne voudrais pas vous presser mais il faudrait se rendre à la maternité au plus vite. Je pense que vous aimeriez être là pour la naissance...

Graham se lève d'un coup.

— Je vais chercher la voiture !

Monté sur un ressort, il se précipite déjà vers l'entrée, un bras tendu vers la commode pour y prendre les clés.

— Non, ta guitare ! m'écrié-je, rassuré qu'*El procesador* n'ait pas complètement disparu. Je m'occupe de la voiture !

Manteaux, chaussures, étui à instrument, trousseau... un bouillonnement de désorganisation a lieu. Au milieu, plantée comme une *piñata*, Wanda nous regarde courir avec les lèvres pincées par l'amusement.

Tout va bien.

Rien ne va.

Je vais être père. Papa. *El padre Leandro.*

Dios... Il faut que je prévienne Peter et Janhvi.

JANHVI

— Excusez-moi.

Un sourire de circonstance aux lèvres, je dépasse un journaliste. Puis un second.

— Excusez-moi. Pardon.

Mes mains se posent tantôt sur l'épaulette d'un costume, tantôt sur les reliefs d'une broderie de qualité.

Je ne sais pas si ma perception de l'environnement a changé ou si les lieux ont vraiment rétréci, mais la densité de monde me dérange. La masse grouillante de visages, de rictus et de regards en coin me fait frissonner.

Je sens un début de nausée. Et malgré mon obstination, je ne parviens pas à trouver la personne que je cherche.

— Janhvi.

Mon bras est retenu en arrière. Le visage inquiet de Peter se détache du tumulte.

— Tu es sûre de ce que tu fais ?

— Je ne sais pas ce que je fais, rétorqué-je.

— Tu cherches Adele.

Ma patronne. Oui. C'est ça. Il faut que je parle à ma patronne.

Je lance un regard à travers la pièce, dans l'espoir d'apercevoir un cake vert et rouge. Le brouhaha des invités forme un toit bruyant au-dessus de l'exposition. Mon ouïe se perd. Mes yeux se perdent aussi, attirés par des pierres brillantes, des coiffures impressionnantes et des pièces de musée rarissimes. Tous mes sens me lâchent.

— Eh.

Peter pose ses mains de chaque côté de mon visage. Leur tiédeur me rassure le temps d'un sourire.

— Détends-toi.

— Je panique, Peter…

— Moi aussi. C'est normal.

— Tu as lu le message de Leandro ?

— Oui, Jan.

— Ils vont devenir parents.

Le prononcer à voix haute fait prendre une autre ampleur à la nouvelle.

Graham et Leandro sont à deux doigts de passer du statut de maris à celui de pères. Comment faire face à une annonce pareille ? Mon cœur a envie de hurler, mes poumons de rugir et mes larmes de couler. Si je n'étais pas entourée d'une flopée d'âmes insensibles dont le moindre retour négatif pourrait sérieusement nuire à ma carrière, je serais déjà partie depuis longtemps.

Peter continue de me rassurer, mais je vois bien que son sourire n'atteint pas ses yeux. La situation l'inquiète autant que moi.

— Ils vont devenir parents, répète-t-il, comme pour se convaincre.

— Comment ça se fait ?

Ce matin, je les ai abandonnés à leur dispute. Ils se battaient devant leur penderie, afin de choisir la paire de chaussures qui conviendrait le mieux pour l'événement. Et ce soir, ils me disent être en route pour la maternité du Sibley Memorial. Il y a une faille spatio-temporelle, ce n'est pas possible autrement.

— Wanda Lynch est passée à la maison tout à l'heure, au moment où je partais pour la clinique. J'imagine qu'elle doit y être pour quelque chose.

— La tante de Danielle ? Pourquoi tu ne me l'as pas dit ?

— Parce que je ne connaissais pas la raison précise de sa venue. Et parce que je ne voulais pas te perturber pendant ton discours.

Mon discours. Oui. C'est vrai. Je devais faire un discours.

Reprenant conscience de mon environnement, je me remets à étudier les alentours. Peter m'arrête en obligeant mon regard à se concentrer sur le sien.

Il ne cligne plus. Ne bouge plus. Il fait en sorte que je retrouve, quelque part dans le chaos, un semblant de solidité.

— Janhvi, il faut que tu te décides. Tu veux rester ici jusqu'à la fin de ton exposition ou tu préfères rejoindre la maternité maintenant ?

Je suis amoureuse de toi.

La pensée jaillit d'un coup. Sans prévenir. Comme si la situation n'était déjà pas assez bancale.

Je mets un instant à me reprendre.

— Je ne sais pas… Les gens…

— Les gens sont occupés avec ton exposition. Tu n'as pas à te soucier d'eux. Concentre-toi plutôt sur tes envies. Qu'est-ce que tu veux ?

Toi.

Je refrène la pulsion qui me crie de supprimer les – trop – nombreux centimètres qui séparent nos bouches.

Hors de question. Ce n'est pas l'endroit et encore moins le moment.

Mais je devine son souffle sur ma peau. Je vois l'étincelle qui éclaire son regard. Les odeurs de bois de santal et de désinfectant me traversent bientôt les narines, rendant à mes sens toutes leurs fonctions.

En sa présence, je redeviens moi-même. Lutter contre ça n'est pas humain.

— Janhvi…

Il était censé me parler de ma robe mauve. Je dois encore présenter un exposé sur l'érosion de la chaîne alimentaire. Le voyage au travers de mon exposition n'est pas terminé. Adele est introuvable… Le monde tourne dans le sens inverse des aiguilles d'une montre, et tout ce dont j'ai envie, c'est d'embrasser mon meilleur ami.

J'ai muté. Je suis devenue la princesse empaffée des contes de fées.

Quelle horreur… Cette image abominable fait office de déclic.

Peter perçoit mon regain de confiance. Je cesse de trembloter entre ses mains. Je trouve même la force de m'arracher à son regard. Un jour sûrement, cet acte sera vu comme une prouesse.

— Adele. Je dois prévenir Adele.

Et, parce que me comprendre entre dans les talents extraordinaires de Peter Pendleton, il n'argumente pas. Sa tête effectue seulement un mouvement approbateur.

— Je vais préparer la voiture. Je t'attends devant les marches.

Il décroche ses mains de mes joues, sa silhouette se fondant aussi vite dans le rassemblement hétérogène de tenues soignées. Après une profonde inspiration, je plonge à mon tour dans la cohue.

Les recherches bobbersoniennes sont dignes d'un jeu de cache-cache grandeur nature, lequel inclut ma pâtisserie de patronne et sa connaissance approfondie des lieux ; il est tout simplement impossible de lui mettre la main dessus.

Je dépiaute le département marin avec une loupe à la place des yeux, sans résultats. Je visite aussi les toilettes publiques. Mais rien. Je m'aventure au cœur de la rotonde principale, je dépasse Henry et ses larges oreilles, je demande des informations auprès de chaque vigile croisé… Même Huston déplore l'absence de notre dragon.

— La dernière fois que je l'ai vue, elle flânait dans le hall des momies égyptiennes, m'informe-t-il, au bout d'une dizaine de minutes d'errance de section en section.

— « Flânait » ?

Adele se déplace. Adele se hâte. Adele marche d'un pas déterminé, mais Adele ne flâne pas. Le terme lui convient si peu que j'en ai un froncement de nez.

— Elle avait l'air d'assez bonne humeur, oui. Vous devriez inspecter le second étage, elle s'y trouve peut-être encore.

Je le remercie et fonce rejoindre l'angle du musée réservé à la civilisation antique. Un endroit où nous, travailleurs de l'océan, ne nous rendons jamais. Des serpents momifiés et des statuettes funéraires gonflent la formidable collection mise en valeur par des éclairages subtils.

Les invités n'ayant pas accès à cette section de l'établissement, des cordons de séparation ont été ajoutés, de sorte à prévenir toute intrusion. Pourtant, et à ma plus grande surprise, je distingue Adele Bobberson près des sarcophages.

Son sourire guilleret me pétrifie.

Elle se promène avec plaisir. Elle a l'air… *joyeuse* ?

La personne qui l'accompagne doit y être pour quelque chose.

— Impossible…

L'incrédulité me serre les boyaux à la vue de George.

Avec son costume aux rayures grises, il se fond parfaitement dans l'ambiance cryptique des lieux. Les taches de lumière s'étalent sur ses épaules solides. Sa désinvolture naturelle inverse les rôles à merveille : vu d'ici, un novice jurerait que Town est à la tête du musée, et qu'Adele lui sert de faire-valoir.

J'étais tellement stressée pendant mon discours que je n'ai pas prêté attention à lui. Pour être franche, je n'avais d'yeux que pour Peter.

Consciente que le temps me manque, je m'élance vers eux. Tant pis pour la gêne. Je n'ai pas le choix, il faut que j'informe Adele de mon départ. C'est auprès de Graham et Leandro qu'est ma place.

George est le premier à me repérer. Ses lèvres frémissent sous l'effet d'un sourire. Il revient ensuite à Adele, dont le regard pétille comme deux émeraudes.

— Voyez-vous, son sarcophage a plus de trois mille ans. Tentkhonsu appartenait vraisemblablement à une famille de l'élite thébaine.

Inutile de préciser qu'elle n'est pas spécialiste en égyptologie. Loin de là. George remarque d'ailleurs mon air sceptique. Je ne comprends pas à quoi elle joue… Nous échangeons un regard interrogateur, avant que, d'un signe discret de la main, il me demande de ne pas approcher.

Il ne serait quand même pas en train de séduire ma cheffe, si ?

Non, vraiment, les ficelles de cette journée sont tirées par un usurpateur. Mais l'avantage, c'est que ma patronne est laissée entre de bonnes mains…

Comprenant que mon absence ne la dérangera pas, je recule prudemment. Ce qui se passe au hall des momies égyptiennes reste au hall des momies égyptiennes.

Je traverse le musée en trombe et rejoins Huston avec une tension sur le point d'exploser des records. Saisissant l'urgence, le vigile me fait passer le portique de sécurité dans la précipitation.

— Et l'inauguration ? Vous n'êtes pas censée…

— Graham et Leandro vont avoir un enfant !

Je n'entends pas sa réponse, pousse le système rotatoire et disparais dans la fraîcheur du dehors.

L'excitation est telle que je me mets à sourire. Je dévale les marches avec une main tenant ma robe, et l'estomac brouillé par un condensé d'angoisse et de joie entremêlées.

— Je vais être marraine ! dis-je à Peter, qui, prévoyant, a laissé la porte passager de sa voiture entrouverte.

Je m'engouffre dans l'habitacle avec le cœur en émoi. Le pot d'échappement pétarade dans la foulée. Je mets un temps fou à attacher ma ceinture tandis que le moteur nous élance à pleine puissance sur le macadam.

— Aux dernières nouvelles, les sœurs de Leandro étaient devant toi sur la liste, dit-il avec amusement.

Lui aussi irradie d'une excitation et d'une joie inédites. Toutes les molécules qui virevoltent dans l'air sont comme accordées sur la même onde électrique.

— C'est nous qu'il a contactés en premier pour annoncer la nouvelle, Peter.

— Tu ne peux pas le savoir.

J'observe son profil souligné par un méli-mélo de lampadaires et d'étoiles.

— Ces choses-là se sentent, assuré-je. On est une famille.

L'arrivée au Sibley Memorial se fait avec une discrétion équivalente à celle d'un banc de galathées pélagiques à la recherche de plancton. C'est-à-dire aucune.

Que ce soit sur le parking, à l'entrée des urgences ou à l'accueil du pôle maternité, nous dérangeons tout le monde. C'est à force de demander le chemin au personnel soignant – qui n'en peut plus de soupirer – que nous finissons par retrouver Graham et Leandro.

Tous deux assis sur les chaises plastifiées d'un couloir informel, ils fixent un point imaginaire devant eux.

Leurs doigts sont entrelacés. Leurs expressions, spectrales. Ils ont l'air d'une gravure de marbre ; incroyablement belle, mais terrifiante d'immobilité.

— Alors ? !

La voix portante de Peter les interpelle.

La mine de Leandro, défaite, me fait comprendre qu'il n'est pas en état de communiquer quoi que ce soit. De fait, et malgré une expression tout aussi épouvantable, c'est Graham qui prend la parole.

— Wanda est avec elle, nous dit-il. Elle est en salle de travail. Ils disent que ça peut prendre du temps, je ne sais pas ce que ça signifie.

— Une fille…

— Ça veut dire que le travail a commencé, interviens-je, perturbée par l'air vraiment fantomatique de Leandro.

Ce n'est pas dans ses habitudes. Du couple, il est en général le plus à même de gérer les crises.

— On va attendre longtemps, vous croyez ? Je me sens un peu bizarre, continue Graham, déphasé au possible. Mes doigts… ils sont engourdis. C'est normal ou pas ? Ça fait ça à tout le monde ?

— Une fille…

Peter et moi échangeons un regard préoccupé.

— Vous avez bu avant de venir ? leur demande-t-il.

— Hein ? Boire ? Pourquoi ? On aurait dû ?

— Une fille…

— L'alcool n'est pas recommandé, si ? Je n'ai pas lu de livres sur l'arrivée d'un bébé. Je devais faire une commande sur Internet mais il y a eu le refus. Ça n'était pas prévu. Enfin, si, mais pas comme ça… J'ai des raideurs dans la nuque, la lune est pleine ?

Ils sont juste morts de peur.

Leandro continue de répéter les deux seuls mots restants de son vocabulaire, pendant que Graham déverse un flot de paroles surprenant pour un homme généralement si laconique. Il évoque des douleurs insolites à des endroits improbables. Le lobe de son oreille droite et la plante de son pied gauche sont manifestement problématiques.

En silence, je me dirige vers la chaise battante à côté de l'Écossais. Peter, lui, s'installe près de Leandro.

— Oui, ce sera une fille, confirme-t-il en passant un bras autour de ses épaules. Tu as des prénoms en tête ? J'ai des idées vraiment géniales, mais j'hésite à te les donner.

— Elle va bientôt naître, *parce*… Un petit humain va

naître. Avec des jambes. Des bras. Des doigts… Peut-être des cheveux !

— C'est une étape du processus, effectivement.

— Comment c'est possible…

— Tu veux un cours de biologie humaine ? Je suis plus calé sur la gestation des animaux de compagnie, mais ça ne doit pas être bien différent.

Je laisse Peter rassurer son ami et me concentre sur mon voisin ; Graham observe à présent ses pouces. Les phalanges, qu'il agite frénétiquement, semblent lui causer du souci.

— Ils sont rouges, tu ne trouves pas ?

J'attrape ses mains pour les envelopper dans les miennes.

— Tu n'es pas malade, murmuré-je. C'est juste le stress qui te perturbe un peu. Tout va bien.

— Tout va bien ?

— Tout va bien, promis.

Il me pose d'autres questions, auxquelles je réponds avec le maximum d'empathie.

Des secondes, des minutes, peut-être même des heures passent dans ce couloir. Nous voyons défiler des blouses roses et des blouses blanches. Des visages fermés et des éclats de rire. Des brancards amènent des femmes sur le point de donner la vie, quand d'autres hurlent à en fissurer les murs.

Au bout d'un moment, Leandro et Graham se taisent. Le perroquet colombien somnole à moitié sur l'épaule de Peter, quand mon hypocondriaque compte silencieusement le nombre de carreaux alignés au plafond.

Au milieu de ce tableau surréaliste, je perçois un filet de voix.

— Je pense tout le temps à toi.

Les mots mettent du temps à se frayer un chemin jusqu'à ma conscience.

La main de Graham se réveille. Je lui lance un regard surpris, décontenancée par l'intervention de Peter, et pour savoir s'il a bien entendu la même chose que moi... Mais ses yeux restent rivés aux dalles de plâtre du plafond. À côté de lui, Leandro s'est rigidifié. Peter reprend :

— La nuit est un cas à part. On ne peut pas « penser » aux personnes qui nous sont chères quand on dort. Elles débarquent sans prévenir. Toi, tu as le chic pour intervenir dans mes rêves... Il y a quelques mois, tu as interrompu la procédure d'ablation d'un kyste sur un lévrier mâle. Tu es entrée dans la salle d'opération sans t'être nettoyée. Le champ n'était plus stérile, l'animal est décédé sur la table.

Un jet d'adrénaline se propage dans ma cage thoracique. *Il se passe quoi ?*

— Une autre fois, tu étais à la maison. C'était en été, au mois d'août. Tu portais le T-shirt qui sert maintenant à Leandro pour nettoyer ses pinceaux. Le bleu, tu t'en souviens ? Il t'allait tellement bien qu'au moment où je me suis réveillé, je souriais encore.

Un sourire perce aussi dans sa voix.

La brûlure qui s'accentue atteint désormais ma poitrine.

— Je rêve souvent de toi. Sûrement parce que je pense souvent à toi. Tu es gravée dans ma tête.

Graham libère avec précaution sa main de mon emprise, non sans un soupir.

— Je savais bien qu'il choisirait le pire moment...

Les chaises émettent alors une succession de grincements. Il y a du mouvement.

Une déglutition. Un froissement de costume. Plusieurs

secondes s'égrainent avant que Peter ne s'agenouille devant moi.

Respirer me fait tout à coup un mal de chien.

— Qu'est-ce...

— Tu es ma meilleure amie, Janhvi. Tu es la fille pour qui j'ai volé le CD de Faith Hill au centre commercial de Brambleton. Tu es l'intrépide avec qui j'ai appris à faire du skateboard. Tu es l'insupportable qui m'a forcé à aimer les manchots empereurs et celle qui m'a convaincu d'acheter une voiture à faible émission de CO_2.

— Peter...

— Ma vie a toujours été mêlée à la tienne. J'ai grandi avec toi, je me suis forgé avec toi. J'ai haï les mêmes profs que toi et j'ai été jaloux de tous les garçons qui t'approchaient d'un peu trop près. Parce que tu es ma meilleure amie. Et parce que je t'aime.

Le coin de sa bouche se soulève en un sourire.

— J'avais tout prévu pour ce soir. La tarte miel-amande est dans le frigo. Il y a un bouquet de bégonias dans ta chambre. Je me suis rendu à la librairie de Capitol Hill la semaine dernière pour dévaliser les rayons sur les animaux et l'environnement... Ça m'a coûté un bras, et le libraire est sans doute le type le plus antipathique qui soit. Bref, je voulais attendre la fin de ton exposition...

Ses doigts glissent dans mes mains rendues moites par ses aveux.

La sincérité qui émane de ses prunelles me suffit ; il pourrait arrêter de parler, ici et maintenant, ça ne m'empêcherait pas de saisir le fond de ses pensées.

— Tu es... la meilleure chose qui me soit arrivée. C'est ce que ta robe mauve m'a rappelé. Je suis amoureux de toi, Janhvi Thapar. Je ne t'aime pas comme un ami. Je t'aime tout court. Toi. Ce qui te compose. Ce que tu aimes. Ce que tu es. Ça n'a jamais été autrement.

Malgré la pagaille émotionnelle, mon cœur accomplit l'exploit de rester intact. Pas d'explosion, bien que ses battements n'aient jamais été aussi désordonnés. Il doit être solide. Ou alors, il sait.

Il sait que la personne en face est la bonne.

Il sait que Peter s'est occupé de lui pendant des années, qu'il l'a rafistolé avec patience et rapiécé avec soin. Qu'il l'a aimé malgré ses bosses et ses fêlures. Sa confiance en lui est d'ores et déjà absolue. À quoi bon résister plus longtemps ?

Poussée par l'élan, je plonge sur sa bouche.

Enfin.

Peter me récupère de justesse, son sourire s'élargissant tout contre moi, pour se mêler au mien et nous emporter dans une dimension où le bonheur se veut plus immédiat. Plus réel.

— Moi aussi, murmuré-je.

Il était là. Tout ce temps où j'ai couru jusqu'à l'épuisement après des hommes qui n'étaient pas pour moi, que j'ai passé à espérer des histoires magiques, il se trouvait juste ici. Si la vie voulait me donner une leçon sur la nécessité de garder les yeux ouverts, c'est réussi.

— Ça y est !

Des bruits de pas s'immiscent dans ma bulle. Je me détache à contrecœur de Peter, consciente que les hôpitaux tolèrent moyennement les effusions, mais nos yeux refusent de rompre le lien. La lueur des siens est incandescente.

M'aime-t-il comme je l'aime ? Sommes-nous prêts ? Dans quoi nous embarquons-nous ? Ce sont autant de questions auxquelles je n'ai pas de réponses. Le précipice est au bord de mes pieds. Mais je n'ai pas peur. Non. Pas avec lui.

Deux cœurs pour une seule histoire. Comme nous avons toujours été.

Une femme longe le couloir dans la précipitation. Son arrivée provoque le réveil définitif de Graham et Leandro, qui se lèvent avec la crispation mécanique de deux machines rouillées. Je ne sais pas ce qu'ils ont vu de la scène – probablement tout – mais l'heure n'est plus aux airs moqueurs. Ils sont captivés par l'arrivée tonitruante de celle que je suppose être Wanda Lynch.

— Elle est arrivée !

Elle pose les mains sur ses genoux, essoufflée.

— Olivia est arrivée et elle va bien. Danielle et Olivia… vont bien.

Des cris étouffés s'envolent dans le couloir. Et, dans un joyeux fouillis, des bras se prennent, des sourires s'échangent, des félicitations éclosent et des larmes coulent pour de bon.

C'est un moment dont je me souviendrai. Une scène qui s'écrit à l'encre indélébile sur une page importante de ma vie.

De notre vie.

Nous nous étions promis l'amitié, et le contrat n'a été qu'en partie respecté. Chacun de nous a été à l'origine de plusieurs actes de désobéissance : amour, mariage, secrets… Est-ce que nos liens ont été endommagés pour autant ? Au contraire. Ces transgressions n'ont fait que les renforcer.

Finalement, écouter son cœur est primordial. Même quand sa proposition consiste à s'engager sur un petit chemin tortueux et inconnu alors que la grande autoroute confortable patiente à côté.

Nous avons choisi d'être nous-mêmes et ça n'a pas toujours été simple. Mais, au bout du compte, c'est une voie qui mène au bonheur. Le plus important est là.

11

L'ÉPILOGUE

♫ *Les gazouillis d'Olivia*

GRAHAM

Vingt mois plus tard

— Là, tu vois, c'est le deuxième estomac. On l'appelle le bonnet. La vache a quatre estomacs, ce n'est pas comme nous. Elle, elle mange de l'herbe, et l'herbe, c'est difficile à digérer. C'est pour ça que la nourriture passe dans plein de poches différentes. Pour être mieux digérée. Tu comprends ?

Je remue les patates douces avec un œil sur Peter. Ses paroles traversent la cuisine remplie d'odeurs mais n'atteignent pas vraiment leur destinataire.

Olivia ne le regarde pas. Elle préfère tirer sur son collant en laine, et jouer avec les craies dont il s'est servi pour dessiner l'estomac d'une vache sur le tableau de jeu.

Enfin, techniquement, elle les mange.

— On ne met pas les craies de parrain dans sa bouche, Vivi.

Je sais qu'elle m'entend. Elle a retenu son surnom il y a un bon moment, et le pédiatre nous a assuré qu'elle avait l'ouïe d'une chouette. Si les craies continuent d'être rognées comme des manchons de poulet, c'est un choix personnel de sa part.

Disons qu'elle a du caractère. Et qu'elle n'aime pas recevoir de conseils sur son alimentation.

— Peter, sa bave est bleue.

Il quitte le tableau des yeux en continuant de l'éduquer sur la mastication des ruminants.

— Le troisième estomac s'appelle le feuillet, dit-il en lui essuyant la bouche avec le revers de sa manche.

— Feu... et ?

— Le feuillet, oui. Regarde, je l'ai dessiné juste là. Tu as vu comme parrain est doué pour le dessin ? Avoue que tu n'as jamais vu un feuillet de vache aussi beau de toute ta vie.

— Il veut toujours qu'elle devienne vétérinaire ?

Danielle lève un sourcil à l'attention du duo. Son visage est couvert d'éclaboussures de sauce aux airelles. Je lui tends un torchon en confirmant :

— Ça n'a pas changé.

— Il est conscient qu'elle n'a même pas deux ans ? Il devrait peut-être commencer par lui apprendre à prononcer le mot vache avant de s'aventurer dans la tuyauterie interne, non ?

— Vivi est précoce, d'après lui.

Peter est convaincu que le cerveau de ma fille est rempli de petits neurones très performants depuis qu'il l'a vue s'asseoir toute seule à six mois. Une immense fierté. Leandro, qui a aussi assisté à ce moment « *absolutamente* incroyable », a pris quatorze photos de l'événement. Je ne peux pas oublier le chiffre puisqu'elles sont toutes accrochées sur la porte du frigo.

— À ce rythme-là, elle aura un doctorat à la sortie de la maternelle ! se moque Danielle.

— C'est déjà prévu.

— Tu plaisantes ?

— Même pas. Leandro a acheté un costume pour cette occasion mardi dernier, justement. Il est rangé dans le compartiment EIC de notre penderie.

— « EIC » ?

— Événements d'importance capitale.

Elle penche la tête sur le côté, de plus en plus perplexe.

— Et… il y a quoi d'autre dans ce compartiment ? Tu ne m'en as jamais parlé…

— Oh ! je préfère rester discret sur nos troubles du comportement. Leandro a prévu une tenue pour chaque moment de la vie de Vivi : premiers pas, premier spectacle, sauvetage de la planète, vol spatial, investiture…

— La routine, quoi.

— Tout ce qu'il y a de plus barbant.

Je ne lui révélerai pas que j'ai construit le même système de mon côté de la penderie. Nous reprenons la préparation du repas après un regard complice.

L'arrivée d'Olivia dans nos vies a traumatisé *El procesador.* Il est devenu infaillible. Deux fois plus prévoyant. Il peut maintenant faire face à toutes les éventualités sur les trente prochaines années : chaque événement a son costume. Chaque imprévu, son plan B. Chaque problème, son Leandro.

Pendant que ma fille s'entraîne à soigner des panses de vaches imaginaires, je m'affaire avec Danny en cuisine. De la purée de patates douces traîne à côté du pain de maïs, des *spoon rolls*, du gratin de chou frisé, des biscuits au babeurre, des tranches de *pumpernickel* et du fenouil caramélisé. L'arsenal déployé pour fêter Thanksgiving est impressionnant.

C'est au milieu de ce bric-à-brac qu'un cri retentit :

— Je les ai !

Wanda débarque avec les bras chargés de cabas. Elle ne prête pas attention au désordre ni à la craie rongée qu'Olivia lui tend sur son passage.

— J'ai les courges, dit-elle dans un souffle.

Épuisée, elle dépose les sacs sur le plan de travail.

— Tu as mis plus de temps que prévu, remarque Peter, un œil sur sa montre.

— Quatre magasins, trois ruptures de stock, une file d'attente longue comme le bras et un horrible mensonge pour passer devant une grand-mère irascible à la caisse, ça fait bien du retard, je te l'accorde. Mais le principal est là : j'ai les courges.

— Alléluia ! On va enfin pouvoir finir la déco ! se réjouit Danielle.

Elle contourne les plaques de cuisson pour venir en aide à sa tante. Des citrouilles et des coloquintes passent dans leurs mains. Puis des photophores, des bougeoirs et des serviettes aux couleurs de l'automne. C'est une chose qu'on a apprise : Wanda et Danielle adorent Thanksgiving.

L'an dernier, elles ont décoré tout le rez-de-chaussée. Je n'avais jamais vu la maison dans cet état. Des guirlandes de feuilles mortes s'enroulaient autour la rambarde de l'escalier, des couronnes de pin étaient accrochées aux portes, et des citrouilles peintes donnaient le ton dans le salon. L'ambiance était sympa, quoiqu'un peu particulière : Olivia venait juste d'avoir huit mois. Tout était récent, peut-être un peu trop. Notre famille en était encore à ses balbutiements…

On ne va pas se mentir, il a fallu faire pas mal de réglages pour se créer notre cocon, un environnement sain où personne ne se sent lésé. Et notre éclectisme a ralenti le processus ; trouver sa place demande du temps.

Par exemple, Danielle ne savait jamais quand demander des nouvelles d'Olivia. Elle avait peur d'être envahissante ou au contraire, trop absente. Il lui arrivait de ne pas répondre aux textos et d'éviter nos invitations à la maison. Elle pensait qu'on se forçait à l'inclure dans les activités de Vivi. Par compassion. Ce sont de longues discussions au téléphone qui ont réglé le problème.

Je ne suis pas un grand bavard, mais j'avoue que la communication est devenue un de mes outils de prédilection. Parler désamorce les conflits.

Aujourd'hui, Danielle est Danny à nos yeux. Elle reçoit des MMS quasi tous les jours – pour un nouveau vêtement, une nouvelle dent, ou un beau pipi sur le pot. Sa vie se découpe entre Washington DC et Boston, où elle a entamé ses études.

Janhvi et Peter sont aussi passés par une phase de doutes.

Quand Peter n'osait pas prendre Olivia dans ses bras à cause des poils d'animaux collés à ses vêtements, Janhvi ne savait pas quel rôle tenir. Est-ce qu'elle a le droit de nourrir la petite au biberon pendant la nuit ? Elle nous laisse dormir ou elle nous réveille ? Elle nous demande conseil ou elle agit tout de suite ? Elle réconforte Olivia ou non ?

Elle voulait bien faire, mais à se poser trop de questions, elle se compliquait la vie. C'est une autre leçon qu'on a retenue : lâcher du lest.

Personne ne sait comment éduquer un enfant avant d'en avoir un. La perfection est un mythe. La seule chose qu'un parent puisse faire, c'est d'apprendre en rythme avec le petit.

Avec Vivi, on s'adapte et on fait de notre mieux. Ça ne va pas plus loin.

C'est comme ça qu'on a su qu'elle préférait que je la dépose à la crèche plutôt que Leandro – il masque très mal ses angoisses. Que Wanda adore les rendez-vous chez le pédiatre puisqu'elle peut poser ses questions de tante stressée. Que les bains donnés par Peter sont les plus apaisants. Que Deepankar change des couches comme un champion. Que ma guitare est deux fois plus efficace qu'une comptine à l'heure du coucher. Que ma mère a une voix vraiment ridicule quand elle parle à un nouveau-né au téléphone…

— *¡Mi princesa !*

Leandro et Janhvi apparaissent dans la pièce embouteillée. Olivia est volée à Peter, elle passe de ses bras à ceux de Leandro pour se faire chatouiller le ventre.

— On était en train de jouer.

Leandro jette un œil au tableau qui affiche un schéma intestinal complexe.

— Non, tu étais en pleine tentative de corruption, dit-il en essayant de faire sourire Vivi. Ma fille ne soignera pas de vaches, *parce*.

— Elle adore les animaux et elle est douée pour ça.

— Elle est encore meilleure pour le dessin. Hier, elle a presque reproduit la fresque du plafond de la chapelle Sixtine, celle où les doigts d'Adam et Dieu se touchent. En se concentrant bien, on voyait leurs ongles.

— Elle a gribouillé et mangé son crayon, tempéré-je, une spatule plongée dans les patates douces.

— Van Gogh s'est arraché l'oreille, on a tous nos

vices. Ne t'arrache jamais les oreilles, *princesa*, tu as besoin de tes lobes. C'est très important, un lobe. Tu sais dire lobe ? Lobe ?

En tirant dessus, il arrive à déclencher le rire que j'aime tant. Dur d'y résister. Je suis devenu sensible à ces choses-là. Les gazouillis, les babillements… ces bruits me rendent heureux.

— J'ai eu mes parents au téléphone, intervient Janhvi au milieu des bruits. Ils auront un peu de retard.

— Il y a du monde partout, aujourd'hui, en même temps, soupire Wanda. Les magasins qui sont encore ouverts ont été pris d'assaut et les routes sont bloquées. Thanksgiving ressemble à une version halloweenesque de fin du monde dès qu'on passe le seuil de cette maison !

— C'est surtout que c'est Deep qui conduit, et il n'est pas encore très à l'aise au volant, précise Janhvi dans un sourire. Ils ont eu un accrochage au péage de la 267.

— Rien de grave ?

— Ils avaient l'air en forme.

— Ta mère doit être ravie, présume Peter.

— Elle hurlait, donc j'imagine que tout va bien.

— 'Obe !

Olivia nous regarde avec un sourire édenté.

— Bravo ! C'est un lobe ! s'exclame Leandro. Tu en as deux, un ici et un autre là. Tu sais dessiner un lobe ? Montre à papa comme tu es un génie du crayon.

Elle répète « Obe ! Obe ! Obe » sans s'arrêter une fois au sol, les bras tendus comme ceux d'un épouvantail. Leandro la suit jusqu'au salon.

— Le tableau est dans la cuisine, Vivi !

— Dodo 'Obe !

Peu à peu, la table prend forme. Tout en parlant de

la vie à Berklee ou en racontant des anecdotes sur les poussées dentaires, la cuisine se vide et la table de la salle à manger se remplit. Jan et Peter en profitent pour s'embrasser en douce. Et se sourire. Et s'embrasser encore et se sourire encore plus après.

Rattraper vingt-deux ans d'amour manqué passe par une phase de trouble obsessionnel du contact physique. La leur est particulièrement longue.

— Arrête de sourire.

Peter allume la mèche des bougies avec les lèvres tellement étirées qu'elles vont finir par relier ses deux oreilles.

— Je suis heureux, je n'ai pas le droit ?

— C'est révoltant. Tu n'as pas déprimé une seule fois depuis l'exposition de Jan. Sois triste, un peu. Redeviens humain.

— Mon côté grincheux te manque ?

— Si tu savais... Plus personne n'est malheureux dans cette maison, c'est le monde des Bisounours. Je comptais sur toi pour remettre un peu de désordre, tu me déçois. Trouve-toi une mauvaise nouvelle à te mettre sous la dent.

Il secoue la tête, toujours aussi béat, avant de dévorer sa petite amie des yeux.

Joyeuse, Jan court après Olivia dans une pièce qui déborde de jouets multicolores. C'est une scène comme une autre, il en a déjà vu des centaines qui y ressemblent, mais elle suffit à l'émerveiller.

— Tu me désoles, Peter...

— Elle annule toutes les mauvaises ondes, que veux-tu que j'y fasse ? Elle rend ma vie plus... vibrante.

— Pitié !

— Je suis très sérieux. Quand j'ai un coup de mou, il me suffit de la regarder et mon rythme cardiaque s'apaise.

Je fronce les sourcils.

— Tu deviens horriblement romantique.

— Je sais, oui.

Il me jette un coup d'œil.

— Et j'ai pire en stock, si tu veux.

— Je ne veux rien savoir, non, dis-je en balayant l'air de la main.

— Je lui prépare des petits déjeuners au lit…

— Peter, épargne-moi les détails.

— … je laisse des mots sur le miroir de notre salle de bains. Je la regarde dormir, aussi. Elle ne ronfle pas, mais elle dort avec la bouche un peu entrouverte : l'air fait gonfler ses joues comme un crapaud, c'est adorable. Il m'est même déjà arrivé de lui envoyer des textos pour lui dire que je pensais à elle. Et des mails. Je l'appelle souvent. La semaine dernière, elle a fini par me faire entrer dans son bureau et…

— Stop, on arrête là.

Il croise les bras, pris dans ses pensées. Près des citrouilles, Jan attrape Olivia pour la soulever au-dessus de sa tête. Un rire d'enfant recommence à fendre l'air.

— Je suis pathétiquement amoureux, Graham.

— Ah bon ? Ça ne se voit pas…

— Et le plus étrange, c'est que je n'ai pas honte. Erin a pris une vidéo de moi en train de siffloter au bloc. Je *sifflote*. J'ai l'impression d'avoir seize ans.

— Quatorze. Donne-moi le briquet.

Comme d'habitude lorsqu'il s'embarque sur le sujet « Janhvi Thapar », plus rien ne compte à part elle. Je me charge de terminer l'allumage des bougies pendant qu'il retrouve son air béat. Tout bien réfléchi, son âge émotionnel ne dépasse pas douze ans et demi.

Simran, Guransh et Deepankar arrivent la demi-heure suivante, sous un ciel orageux. L'incident sur la route a ébranlé les parents plus que le fils : s'ils nous racontent de trois manières différentes comment les pneus ont crissé sur le macadam, Deep ne fait que sourire.

Il salue Wanda et Danielle, embrasse le front d'Olivia, râle sur Leandro qui insiste pour prendre une photo d'eux, puis il me rejoint.

— Cinq mille huit cent quatre-vingt-trois vues sur la dernière vidéo ! lance-t-il comme un bonjour.

Je lui fais signe de retirer son blouson.

— C'est quatre cents de plus que la reprise de Mood ! Je crois qu'on est sur le point de percer, Graham.

— Ça fait un an que tu me dis ça. Ton blouson.

Ces chiffres me laissent de marbre. C'est son domaine, pas le mien. En ce moment, je suis plus calé sur les recettes de purées de légumes que sur celle pour devenir une star d'Internet.

— Oui, mais là, je le sens vraiment bien, assure-t-il en se tortillant pour enlever ses manches. Tu as ta nouvelle coupe de cheveux en plus, ça te donne un peu l'air d'un *bad boy* des plaines de l'Ouest.

— Des plaines de l'Ouest ?

— Ouais, enfin, d'un endroit paumé où les mecs baraqués comme toi font de bons héros de films à l'eau de rose.

— Je te serais reconnaissant de ne pas transformer mon mari en un produit de consommation, merci ! s'interpose Leandro.

— C'est pour ma carrière, ne t'inquiète pas.

— Bon sang, Deepankar, laisse Graham tranquille ! Il va finir par ne plus vouloir nous inviter, se plaint Simran.

Depuis quelques mois, « Big Deep » me rend régulièrement visite. On a aménagé un coin à l'étage de la maison pour qu'il puisse tourner ses fameuses vidéos où je tiens le rôle du guitariste.

Je passe de bons moments avec lui. Ce gamin est un vrai râleur mais il a un bon cœur, comme tous les Thapar. Je ne lui aurais pas laissé l'honneur de changer les couches de ma fille dans le cas contraire.

— Tout va bien, Simran, je suis content de pouvoir aider. Et puis, j'ai prévu de récupérer 50 % des bénéfices engrangés par votre fils quand il sera connu à l'international.

— On avait dit 25 %, murmure Deepankar.

— Je te défends auprès de ta mère, ça vaut tous les sacrifices financiers du monde.

— Mais...

— Tu n'es pas en position de négocier, bonhomme.

— C'est de l'escroquerie !

— Exact. Je t'apprends le métier. Va mettre ton manteau dans l'entrée et ne te plains pas quand tu verras les patates douces dans ton assiette, c'est moi qui les ai cuisinées.

Il parlera affaires avec moi pendant tout le repas.

L'amour se faufile partout, c'est la troisième leçon. Il est là, dans l'entente spontanée qui se fait avec un ado, dans les regards bienveillants de ses parents, dans les câlins exigés par des monstres miniatures, dans les baisers discrets de deux amants, et dans ces déjeuners familiaux interminables. C'est peut-être à ça que ressemble le bonheur : un assemblage imparfait de petits plaisirs.

— Papa !

Olivia grimpe péniblement sur mes genoux. Ses couettes sont défaites et des restes de bave bleue ont séché sur son menton. Une fois sur mes jambes, elle se met à sucer son pouce, le regard concentré sur la table garnie.

— Je t'aime, Vivi. Papa t'aime fort.

Janhvi, la tête posée sur l'épaule de Peter, me regarde avec tendresse.

Elle a gagné en sérénité depuis qu'ils sont ensemble, comme si elle avait absorbé le côté flegmatique de Peter. Même s'il leur arrive de se disputer, la solidité de ce couple est indéniable.

Ils se portent. Se complètent. Se respectent.

Peter aime raconter qu'il lui a fallu trois quartiers, cinq passages piétons, dix trottoirs et une allée bordée de bégonias pour tomber amoureux de cette fille, mais je crois que le charme a mis moins de temps à opérer. Les âmes sœurs n'ont besoin que d'une seconde pour se reconnaître, même si pour certaines, il faudra quelques années pour le reconnaître.

Pour obtenir ce que l'on veut, de longues batailles doivent être menées, mais il est aussi crucial de savoir quand lâcher prise et laisser faire le temps. C'est la dernière leçon.

Vous avez aimé *Promis, on reste amis !* ?
Découvrez les autres romans
de Juliette Bonte en poche !

HarperCollins
POCHE

Composé et édité par HarperCollins France.

Achevé d'imprimer en mars 2021.

CPI
FIRMIN-DIDOT

à Mesnil-sur-l'Estrée (Eure)

Dépôt légal : avril 2021.

Pour limiter l'empreinte environnementale de ses livres, HarperCollins France s'engage à n'utiliser que du papier fabriqué à partir de bois provenant de forêts gérées durablement et de manière responsable.

Imprimé en France